| 世界现代马戏之父孙福有的传奇人生 |

王者江湖

童 村◎著

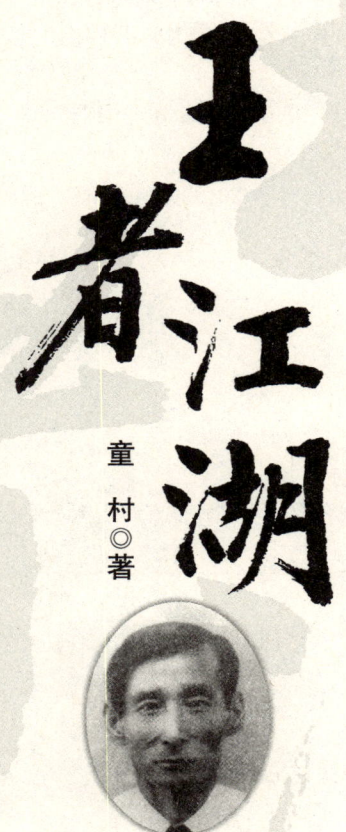

花山文艺出版社

图书在版编目（CIP）数据

王者江湖：世界现代马戏之父孙福有的传奇人生 / 童村著. —石家庄：花山文艺出版社，2019.8
 ISBN 978-7-5511-4787-3

Ⅰ.①王… Ⅱ.①童… Ⅲ.①传记文学－中国－当代 Ⅳ.①I25

中国版本图书馆CIP数据核字(2019)第140486号

书　名：	**王者江湖** ——世界现代马戏之父孙福有的传奇人生
著　者：	童　村
书名题签：	张延龄
责任编辑：	张采鑫　李　鸥
责任校对：	李　鸥
装帧设计：	王爱芹
美术编辑：	胡彤亮
出版发行：	花山文艺出版社（邮政编码：050061） （河北省石家庄市友谊北大街330号）
销售热线：	0311-88643221/29/31/32/26
传　真：	0311-88643225
印　刷：	石家庄市西里印刷厂
经　销：	新华书店
开　本：	700×1000　1/16
印　张：	16
字　数：	190千字
版　次：	2019年8月第1版 2019年8月第1次印刷
书　号：	ISBN 978-7-5511-4787-3
定　价：	38.00元

（版权所有　翻印必究·印装有误　负责调换）

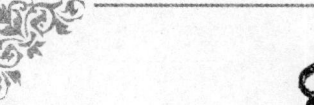

FESTIVAL MONDIAL DU CIRQUE DE DEMAIN

En hommage à
Sun Fuyou
Un des pères du Cirque Moderne

Dominique Mauclair
Président du Festival Mondial
du Cirque de Demain de
Paris.

纪念世界现代马戏之父孙福有先生

——法国"明日与未来"杂技马戏协会主席莫克莱尔先生题词

战火频仍，山河破碎，唯有信仰不可辜负。这部生动鲜活的传记文学，让我从世界现代马戏之父孙福有的身上，感受到一种永不言败的精神力量。

——著名作家石钟山

关于我爷爷孙福有的那些事儿，都被作家童村写进《王者江湖》这本书里了。

——孙多米

在我想来，左一步即生，右一步即死；前一脚天堂，后一脚地狱的生活，也的确算得上那些献身于马戏事业的艺人们的真实写照了。

——作 者

目 录
CONTENTS

楔　　子 …………………………………… 001
第 一 章　远走他乡 ………………………… 013
第 二 章　组班 ……………………………… 020
第 三 章　基辅·惊变 ……………………… 031
第 四 章　前路茫茫 ………………………… 040
第 五 章　上海·义演初识田汉 …………… 054
第 六 章　结仇黄金荣 ……………………… 070
第 七 章　杭州·婚事 ……………………… 085
第 八 章　南昌·神乎其技 ………………… 102
第 九 章　将军们 …………………………… 112
第 十 章　镇江·喜得贵子 ………………… 122
第十一章　日常 ……………………………… 126
第十二章　战火蔓延 ………………………… 129
第十三章　田汉的歌 ………………………… 144
第十四章　湘难 ……………………………… 148
第十五章　桂林·官赌 ……………………… 155
第十六章　要命的爱情 ……………………… 166

第十七章	柳江·兵患	171
第十八章	桂林·秘事	183
第十九章	忻城·玉殒	191
第二十章	步入绝境	196
第二十一章	跳下来，不要怕	202
第二十二章	贵阳·喘息	206
第二十三章	重庆·劫后余生	215
第二十四章	马戏之福	229
第二十五章	大邑·堂会风波	233
第二十六章	美丽与伯当	237
第二十七章	梦断山城	240

附录一　抗战逃难时期华侨大马戏团成员名单 ……… 244
附录二　华侨大马戏团曾接待的知名人士名单 ……… 244
后记：《王者江湖》的因与果 …………………………… 245

楔　子

世上千般苦，难比走江湖。
——锣　歌

上至九十九，下至刚会走，吴桥耍杂技，人人有一手。
——谚　语

1935年7月初，河南漯河。

午场的演出刚刚结束，孙福有回到后台的休息室，服装还没换下来，就见管家司拉鲁慌慌张张地跑了进来。

"老板，老家来电报了！"司拉鲁一边将手里的那张纸片递上去，一边小心地说道。

孙福有先是一愣，紧接着，他朝那张纸片扫了一眼，脸色唰地白了。

老家遭劫了。

孙福有半晌没有回过神来。

"老板，怎么办？"一旁站着的司拉鲁提醒道。

清醒过来的那一刻，孙福有猛地起身，立即吩咐道："快去，准备回家。"

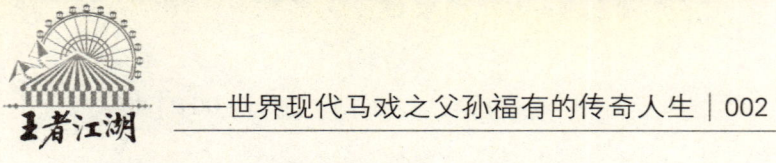

话音刚落,余慧萍挺着个大肚子走了进来。孙福有把那封电报递给了她。余慧萍看了,一下惊在了那里。

"不要担心,有我呢!"孙福有一边安慰着夫人余慧萍,让她照应好马戏团的一切事务,一边当即决定,装备好枪支弹药,带上管家司拉鲁、侄子孙吉堂、女婿孙吉成,立刻起程,火速赶赴河北吴桥老家孙龙庄。

几个人昼夜兼程,从马戏团的演出地河南漯河回到孙龙庄时,已经是第三天的凌晨了。

这时间,孙龙庄村东的"孙家楼"正屹立在一片若隐若现的晨曦里。一年前,为了建造这座二层小洋楼,孙福有与二夫人茹莉颇费了一番心思。小洋楼水泥圆柱,拱门尖窗,门楣雕刻图案,房檐上有瓶形栏杆,三面木制回廊,一派十足的俄式建筑风格。而这所有的一切,均由二夫人茹莉仿照她明斯克老家的房子式样一手设计的。为了建造这座小洋楼,孙福有花去了两万块大洋,建楼的水泥都是从天津漕运而来,砖瓦石灰由当地定做,而部分建筑材料则是从国外直接运回,工料讲究,磨砖对缝。吴桥县本来是穷乡僻壤,忽然间在以土房为主的乡村里出现这样一座小洋楼,在农民的眼里,不啻为天上的玉宇琼阁。

可是,它到底还是招来了祸殃:八十多岁的老母亲被一群来路不明的土匪绑走,至今下落不明;二十九岁的女儿孙玉香惨死于匪徒的枪口之下;元配夫人张氏失踪。到这时,"孙家楼"里里外外已是一片狼藉。

进得楼来,一股浓烈的血腥气扑面而来,眼前的情景,让孙福有的脑子一下就乱了。

三天前的深夜时分,一股戴着面罩的土匪,突然从西边的庄稼地方向,神不知鬼不觉地摸黑潜进了孙龙庄,紧接着便直朝孙家楼而去。那股土匪一个个身强力壮,又身手利落,来到孙家楼院门前,其中的一个没费半点工夫，便跳过了院墙，从里面把大门打开了，随后一伙人破门而入闯进楼来。

这时间，楼里睡下的几个人，都已进入了梦乡。随着一阵门响，突然闯进来的几个人，立时把她们吓醒了。一个土匪划了根火柴，把灯点了。灯影里，一张床上躺着的孙福有的老母亲，睁着一双惊恐的眼睛，整个身子已经哆嗦成一团了。孙玉香睡在另一张床上，还没完全清醒过来，就一下从床上坐了起来。睡在另一间房里的张氏，听到了土匪们的撞门声，马上意识到了什么，一双腿立时就瘫软了，大气都不敢喘一声，想着还是活命要紧，慌慌地爬下床来，接着就藏身到床下面去了。

"谁也不许动，不许出声！"一个土匪低声吼道。

说这话的工夫，另外几个土匪，已经开始箱箱柜柜地翻找东西了。眨眼间，屋子里已是一片狼藉。

片刻工夫，东西翻找完了，那几个土匪仍不肯就此罢手，一个土匪想都没想，上前就把孙福有的老母亲从床上架了下来，另一个土匪顺手抓过一块破布，抬手塞进了她的嘴里，转身就往楼外跑去。孙玉香见势不妙，情急之中再也顾不得许多，壮起胆子大喊道："来人，快来人，抓土匪！"一边喊着，一边跳下床来，与他们撕扯到了一起。

那几个土匪没想到孙玉香的胆子这样大，其中一个抽手狠狠地给了她一个耳光，另一个土匪一边挟持着她向外拽扯，一边还想向她的嘴里塞堵东西，却都被她挣脱了。

孙玉香奋力挣扎着，一只胳膊死死抱住了楼梯的栏杆，一边拼死反抗，一边还在不住地大喊："救命，快来人，打土匪！"

隔墙的邻居孙德新是在孙玉香的喊叫声中惊醒过来的，蒙蒙眬眬间，听到孙玉香的声音都变了调，孙德新很快想到了一定是孙家楼里出了事，翻身起床，没顾得细想，抓起一杆自卫用的步枪，三步两步登上自家的扶梯就爬到了房顶。从孙家楼窗口透到院子里的灯影里，

他看到楼里面的人已经乱成了一团。此刻的院子里，还有几个人正站在那里嘀咕着什么。孙德新一下明白了什么，不禁倒抽了一口凉气，但是为了解救被困的主人，他马上就想到了一个主意，于是，一边趴在那里，一边憋足了劲儿，虚张声势地大声喊道："听好了弟兄们，千万别让他们跑了！瞄准了打呀！"话音刚落，便朝院子里开了一枪。

这一招顶了事，院子里的那几个土匪听到喊声和枪声立时就慌了，紧随而来的一阵子弹，噼噼啪啪地一齐朝房顶扫了过来。

孙玉香还在不住地大声喊叫着。

楼里的几个土匪听到院子里的枪声，不约而同地愣了一下，于一片慌乱之中感觉到事情不妙，便谁也顾不上谁了，撒开两腿就朝楼外跑。可是跑在最后的那个，正一脚门里一脚门外准备继续向外跑时，回身看到孙玉香仍还抱住楼梯栏杆不停地喊叫，突然想到了杀人灭口，举手便是一枪。那一枪，正打在孙玉香的胸口。

直到土匪们早已跑得没踪没影了，张氏这才从床下面爬出来，随后，就不知去向了……

这一切都太突然，这一切也都太蹊跷。

事已至此，最为要紧的是如何料理好女儿孙玉香的后事，如何找到被土匪绑架的老母亲，以及事发之后下落不明的元配夫人张氏。

但是，这到底是哪一股土匪，竟敢如此猖狂和嚣张？

孙福有绞尽脑汁，想不出个所以然，一面派人四处打探消息，一面又安排了孙吉堂和孙吉成两个人，去为孙玉香购买棺材以及操办丧事的物具。为防节外生枝遇有不测，孙福有又特意交代了司拉鲁，将一挺歪把子机枪，架在了小洋楼二层平台一处既视野开阔又较为隐蔽的位置。

就这样，一天的时间过去了，孙福有没有得到半点音讯。可是，他却从乡人的闲谈中，得到了另外一个消息：山东省政府主席韩复榘正在德州巡察灾情。

孙福有听到这个消息，立时有了主意。

紧接着，孙福有备下了重金，只身一人驾着摩托车，火速赶往三十公里外的德州城。

原来，一年前孙福有带着马戏团到济南演出时，便与韩复榘有了接触。对于孙福有的演技，韩复榘也早有耳闻，在济南看过他的几场绝技表演后，心里暗暗对孙福有产生了钦佩之情。加之两个人同为河北老乡，言谈之中，又多了几分亲情，竟然一见如故。孙福有自然是巴不得与他攀上关系，江湖之人四海为家，多个朋友多条路，更何况作为一省主席，韩复榘一言九鼎，跺一跺脚，整座城都要地动山摇，有了这么大的一个靠山，孙福有何愁在山东省这么大的地盘上没有立足之地。就这样见过了几面之后，孙福有便备下了一份厚礼，走进了省府大院，亲自登门拜访了韩复榘。韩复榘心中自是十分高兴，热情地挽留了他，并将他请到家中，摆了酒宴。两个人皆是豪爽之人，又皆善饮，三杯下肚，你一句我一句，竟是越说越投机，乘着酒兴正浓，便结下了金兰之交……

到达德州时，天已黑了下来。

通报了姓名之后，孙福有很快见到了韩复榘。

"你咋来了？"韩复榘有些吃惊，眯眼望着孙福有开口问道。

"向方①兄，孙龙庄老家遭劫了。"孙福有直截了当地说道。

从年龄上讲，孙福有虽然比韩复榘大上几岁，但出于尊重，始终对他以兄长尊称。

韩复榘让了座，又倒了茶，这才坐在那里，问道："到底怎么回事，慢慢说。"

孙福有便把从河南漯河急急赶回孙龙庄的来龙去脉对他一五一十复述了一遍。韩复榘默默地听他说完，皱了下眉头，问道："你断定

---

① 韩复榘，字向方。

是土匪做下的？"

孙福有点点头，说："邻居孙德新看清了，不会有错。"

韩复榘思忖片刻，咬牙骂道："奶奶的，真是翻天了呢！"

韩复榘平生最恨两种人，一是土匪，一是毒犯，恨不能把他们斩尽杀绝。上任山东省政府主席后，他首先就是将肃清匪患作为治鲁第一要务。为此动员全省驻军及民团军，大动干戈，积年累月与土匪周旋。人人皆知，韩复榘在处置土匪方面，是从不手软的，许多土匪强梁，只要得到韩复榘的消息，立时就会闻风丧胆。

"照理说，土匪打劫，无非是一个劫财，一个劫命。可他们把老太太绑走，几天过去了，却一直没有口信传过来，我一直在想，他们一定是在听风观望，等待时机呢。"孙福有望着韩复榘，小心问道，"事不宜迟，向方兄你看如何是好？"

韩复榘又皱了皱眉头，点上一支烟，狠吸了两口，犹豫了好半晌，说道："一个河北，一个山东，虽然一墙之隔，但毕竟是跨着界呢！"

孙福有见韩复榘面露难色，明白他话里的意思，眼睛里一下就有了泪光，说道："老娘亲是死是活现在还不知道，事到如今，我也只有仰仗为兄了。"

说到这里，孙福有突然想起了什么，便将随身带着的一只布袋放在桌上："一点小心意，实在不成敬意了。"

韩复榘朝那只布袋扫了一眼，说道："兄弟见外了。熟悉我的人都知道我是一个不怕死、不爱钱的主儿。"

韩复榘起身踱了几步，又继续说道："这事儿如果搁在山东，我只是往下吩咐一声也就成了，可孙龙庄属于吴桥，是河北的地界，我如果插上一杠子，管了这事，人家不定要说我啥呢！"

孙福有眼巴巴地望着韩复榘，再顾不得许多，急切地说道："为民除害，怎分畛域。你虽然是山东省的主席，但河北毕竟还是你的老家，老家有了匪患，你的脸上也没有光彩呢！如果把那帮土匪铲了，把老娘亲救出来，不只是我孙福有，周边的老百姓都会念你的好呢！"

韩复榘思虑了好大一会儿，终于说道："好吧，明天一早我带上人，跟你一起到孙龙庄看看，然后再和省府那边打个招呼。"

孙福有这才长长地吁了一口气。

一夜无话。

次日一早，天刚蒙蒙亮，韩复榘果然带着荷枪实弹的警卫队，同孙福有一起，乘坐一辆军用卡车，直接奔向了孙龙庄。

楼前楼后、里里外外仔细看过了一遍，韩复榘便向警卫队传下了一道命令：凡方圆百里人群集中处，村镇、路口等，皆张贴醒目通告，限绑架者于三日期内，将孙龙庄被绑之人，毫发无损送归原地。若遵此令，当宽大不究；如违不从，必令大军围剿，概杀无赦。

通告张贴出去，韩复榘亲自坐镇孙龙庄等消息，孙福有的心里却是七上八下没个着落。

一天两天过去了，两个人没有等来任何音讯。孙福有心急心煎地站也不是，坐也不是，饭也懒得吃上一口，难挨难熬地恨不得立时寻了人去拼命。

说话间就到了第三天的早上，孙福有刚起了床，突然就听到了远远传来的一阵喊叫声。仔细听了，原来是在喊他的名字，慌慌地便走出院子，抬眼间正看到本村一个背着粪筐的老人，急急地朝这边跑过来。

"欢儿①，你快去村西的棉花沟里看看。"老人气喘吁吁地指着村西的方向说道，"我一大早去捡粪，看到一个大麻袋在棉花沟里，还在动换呢，我心里头害怕，没敢打开就来喊你了，你快去看看是不是……"

孙福有听了，来不及多说，立时便叫上几个人，跑到村西的棉花

---

① 欢儿：孙福有的小名。

沟里,把那麻袋打开,正是八十几岁的老母亲,一时间禁不住又悲又喜。此时,老母亲的耳朵已被人灌了蜡,嘴巴也被人封住了。

当天,为给老母亲压惊,也为了表达对韩复榘的感激之情,孙福有特意吩咐司拉鲁等人摆了一桌上好的酒席。

"处理好这边的事,你就放心走吧。"韩复榘干了杯里的酒,拍了拍孙福有的肩膀,承诺道,"这边老太太的安全,我会负责保护的。至于那些土匪的身份,我也会尽快派人追查清楚的,好歹我得给你一个交代。我还有公务在身,事务繁忙,就不便久留了。"

听了韩复榘的话,孙福有也将杯中酒一饮而尽,起身说道:"有你向方兄在,我还有什么不放心的。这一次老娘亲虎口脱险,全仰仗着为兄足智多谋鼎力相救,我孙某将一生铭记在心,日后若有需要我效力的地方,我当万死不辞。"

韩复榘摆摆手,笑道:"言重了,言重了。"

送走了韩复榘,处理了女儿孙玉香的后事,又派人把大夫人张氏找回来,等家中这一切安排妥当之后,孙福有就该走了。

临行前,孙福有握着老母亲的手,不由得百感交集:"娘,原谅欢儿不孝,不能时时守在你身边,让你遭受这么多的委屈和苦难。今天,欢儿又要去走江湖闯天下了。马戏团那边还有几十口子人在等着我呢,我走之后,你万万保重,等我回来。"

老母亲泪眼婆娑地望着孙福有,点点头,说道:"欢儿,娘不是不懂事理的人,可惜娘的年纪大了,不能跟你一起去闯江湖了。娘知道,马戏团这口饭不好吃,你在外也要处处当心,事事体贴着自己,别让娘挂心就是了。"

"娘的话,欢儿记住了。"孙福有双膝跪了下去……

从孙龙庄回漯河的一路上,孙福有一直在想着女儿孙玉香。而对于孙玉香回老家孙家庄,孙福有事先并不知情。

说起来，孙玉香很小就跟着孙福有一起满世界闯荡，确实也是吃了不少苦的。为了让她学好杂技，掌握一门生存的本领，孙福有也没少打了她。不疯魔，不成活，打了她，她也便记住了，这是老辈人传下的规矩，这规矩，孙福有不能破。但是话又说回来，那些能在马戏团留下来的人，哪一个又不是抽筋剥皮受过一番磨难吃过一番苦的？马戏团不是享福人待的地方，吃过苦中苦，方为人上人，他这是让她往高处走，往好处奔呢！

起初，每当练功出现失误，小玉香挨了父亲的鞭子，还一把鼻涕一把泪地坐在地上大哭。可是，那一鞭一鞭地抽下去，哪一鞭又不是打在他孙福有自己的心上呢？

再后来，再挨父亲的鞭子时，小玉香不哭了。她学会了忍，咬着牙齿忍。但是，她的心里却埋下了一颗仇恨的种子。

她恨父亲把她生在这样的家庭里，她恨他让自己吃这么多的苦，受这么多的罪。

毕竟，小玉香又是一棵做马戏的好苗子。

后来，孙福有就把她带到了俄国。

在俄国，孙福有结识了一个叫茄莉的白俄女人，那女人聪明美丽，多才多艺。不久，他们相互之间就产生了爱慕之情，很快，他们也就瓜熟蒂落地同居了。

小玉香就是茄莉看着长大的。对于小玉香，茄莉竟是百般地呵护，如同己生，既照顾她的生活起居，又教她识字拉琴，久而久之，小玉香也竟能说上一口流利的俄语。正因为此，两个人的感情也日渐亲密，呼来唤去间，皆都以母女相称。

但是，自从1934年5月孙福有在杭州和余慧萍偶然相识继而成婚之后，似乎一夜之间，整个家族的天平倾斜了，显而易见的家族内部矛盾，愈来愈呈现出尖锐的态势。尽管平日里，马戏团的每个人包括茄莉和孙玉香在内，都因为慑于孙福有的威严，不敢发出半点异样的声

音,但是,暗中分立的两股家族势力,还是让向来我行我素的孙福有产生了某种深感心痛的隐忧。

本来,"孙家楼"是为茹莉回孙龙庄养老准备的,但是当按照茹莉的想法即将完工之时,孰料,余慧萍却在一夜之间以主人的身份出现在了他们的生活里。余慧萍的到来,不能不令茹莉顿生醋意,她忽然觉得自己在马戏团的地位受到了动摇,成了孙福有随手扔掉的一件旧衣裳。既然这样不受待见,她也只好选择退出。也是为了和孙福有赌气,随即她便改变了最初要在孙龙庄养老的念头,决意从此定居上海。迫于无奈,孙福有不得不又在上海为她购地建房。可是,还没等新居落成,茹莉便迫不及待地告别了孙福有和他的马戏团,先期租借住进了上海。与此同时,孙玉香借故照顾茹莉妈妈,也与这个白俄女人生活在了一起。

与孙福有结婚不久,余慧萍便怀上了孩子,孙福有自是喜出望外,心里头天天就像抹了蜜一样。到这个时候,余慧萍的身子已经显得十分笨重了。

半月前,孙福有在和余慧萍商量生育的事情时,把自己的想法说给了她。

孙福有一边温情地抚摸着余慧萍的大肚子,一边说道:"慧萍,过些日子,我想把你送回老家孙龙庄,让你在那里静静心,好好坐个月子,也好让老母亲高兴高兴。"

余慧萍对孙福有言听计从,轻轻点了点头,微笑着应道:"听你的,你说咋做就咋做,一切都随你安排吧。"

可是,这话儿刚刚说出口,孙夫人余慧萍要回老家孙龙庄坐月子的消息,就一阵风样地在整个马戏团传开了。

这天晚上的演出刚刚结束,女婿孙吉成就来到了孙福有的住处。

孙吉成站在门口,犹豫了好大一会儿,这才望着孙福有说道:"俺想和您商量件事儿。"

孙福有燃起一支烟，笑了笑，说道："有啥事就说嘛，咋还吞吞吐吐起来了。"

孙吉成便说道："这次余大娘①去孙龙庄坐月子，我想趁这个机会去上海一趟，把玉香叫回马戏团，等大娘坐好了月子回来时，我再让玉香回上海。"

孙福有想了想，说道："我看可以，让玉香回马戏团照应一下这边的事情。你们也很久没有见面了，也该好好团圆团圆了。"

得到了孙福有的许可，孙吉成连夜赶到了上海。这个时候，孙玉香已经带着两个孩子随茄莉一起搬进了刚建成不久的位于上海虹口区江湾路东的一幢三层楼欧式花园别墅里。

一见面，孙吉成就把余慧萍要回孙龙庄坐月子的事情对茄莉和孙玉香讲了。

"她坐她的月子，与我们有啥关系？"孙玉香听了，瞪了孙吉成一眼，生气地把头扭到了一边。

孙吉成有些不自然地笑笑，末了，央求一样地说道："你还是收拾一下，跟我回团里吧。"

孙玉香坐在那里喘粗气，不说话了。

"既然吉成来了，你就和他一起去吧！"茄莉打了个圆场，在一旁劝道。

"我不去，"孙玉香又扭了扭身子，噘着嘴，赌气地说，"死也不回那个马戏团了。"

听孙玉香这么一说，孙吉成心里着急了，问道："别的不为，你还能不为我想想吗？"

"你咋不为我想想？"孙玉香又瞪了他一眼，抢白道，"到了马戏团，我和那个姓余的，天天低头不见抬头见，她比我小那么多，我

---

① 余大娘：马戏团里的人对余慧萍的称呼。

到底该叫她声妹妹，还是该喊她声娘？"一想到余慧萍，孙玉香就是满肚子的气。

孙吉成一下没主意了，愣愣地站在那里，小声咕哝道："那你想怎么办？"

孙玉香紧锁眉头沉默了半晌，长长地叹了一口气，突然抬起头来，望着孙吉成说道："照这样，我还不如回孙龙庄的好，回去守着娘住一些日子。这样吧，明天我买张票，你到车站送送我！"

孙吉成怔怔地望着孙玉香，不无担心地问道："这样不好吧，万一和她遇到一起……"

孙玉香没等孙吉成把话说完，便抢白道："我回我的老家，碍着她什么事，再说了，真的遇到了她，我还怕她吃了我不成？"

孙吉成实在拗不过孙玉香，只好依了她。

第二天，孙吉成一直把她送上了火车，这才又匆匆忙忙赶回了马戏团。

回到马戏团的孙吉成，并没有把孙玉香回老家的事情告诉孙福有，一句"孙玉香不愿意回来"，就把这事搪塞了。

就这样，孙玉香先余慧萍一步由上海回到了孙龙庄，于是也就发生了命定的事情。

第一章　远走他乡

　　位于河北省东南部冀鲁交界处的吴桥，早在春秋战国时期，由于地处燕赵之交，绾毂四方，地势扼要，便为兵家必争之地。东汉末年，黄巾军与汉将公孙瓒曾鏖战于斯。明代初年，靖难兵起，两军往来冲杀，百姓深受其害，造成"十室九空"的悲凉局面……

　　孙龙庄坐落在吴桥东北二十公里处，是一个只有几户人家的小村子。孙龙庄原本无名，早年间，孙龙、孙虎、孙豹三兄弟，由东北进关来至天津。三兄弟会些武功，便经人介绍，在天津的一家武馆找了份武教头的事做。可是，日子长了，虽然三兄弟尽心尽力做出了一些小名声，但是仍然入不敷出，生活拮据，无奈之下，只好罢别武馆，继续在四方民间流落。后来，三兄弟来到了河北吴桥，就在这个只有七八户人家的小村子里落了脚。小村虽然很小，但它毕竟也要有个名称，于是便使用了老大的名号，给它取了个孙龙庄的名字。

　　从此，孙龙、孙虎、孙豹三兄弟，就在这个叫孙龙庄的小村子里落地生根，繁衍生息。几年后，性情不羁的老三孙豹，因为不肯屈就于农事，便在一个偶然的机会，独自离开了孙龙庄，跟随一个南下的京戏班子学唱武生去了。而孙龙、孙虎两个人，则仍然固守在孙龙庄，专心于田畴稼穑，娶妻生子。

在三兄弟中排行老二的孙虎，由于连年在外奔波流落，很大年龄才结婚成家，并在光绪八年（1882）春夏之交，生下了儿子孙福有。

生下孙福有这一年，孙虎的妻子已经三十八岁了，死死活活地就是挤不出奶来，于是便让孙福有吃了嫂子的奶水，这个奶嫂，就是后来落生的孙吉堂的母亲。

中年得子，孙虎老两口自然把儿子看得比自己的命都金贵，怕磕着怕碰着地寸步不离他的身边。农村人家生养了孩子，大都要给他取个小名，想来想去想了好半天，最后还是叫了"欢儿"，其言外之意，自不必说。

孙福有长大之后，一直没有忘记奶嫂对他的喂养之恩，当着背着地言必称其嫂娘。也许正是为了报答嫂娘如此的大恩大情，1917年1月，孙福有便将六岁的侄儿孙吉堂一同带到俄国学习马戏去了。自然，这已是后话了。

孙福有出生之后的第二年，南与山东接壤的德州老虎仓运河决口，发生了一场大水灾，河水汹涌，殃及了吴桥城西数十个村庄，并水浸了吴桥县城。乡人们看到地里庄稼收成无望，于是纷纷离家出走，成群结队地到外面的世界卖艺求生。

孙福有在这种环境中慢慢长大了。

会走会跑以后，父亲母亲不能每日每夜地再把他拴在腰上，于是，孙福有便有了一方自由的天地，成日里跟着村子里的那些孩子们，一起到大野地里去撒欢儿。同伴中那些年龄大些的，大都会些杂技的活儿，小小年纪的孙福有觉得好奇、有趣，便也模仿了去做。一来二去，很快也便迷上了它。

孙福有的父亲发现了这个苗头，没少呵斥了他，说什么也不让他学做这些杂技的勾当，他怕他"上道"，一旦上了道，就再也回不来了。

母亲倒没说什么，只是让他注意着点儿，别摔着碰着就行。

孙福有很犟，越不让他去做的，他越是要做。表面上拧不过父亲，他就偷偷背着他们，跟着那些大孩子去学、去练。窝腰，踢腿，打跟头，一招一式，乐此不疲。

六岁的时候，一个偶然的机会，孙福有见到了当地有名的杂技高手，一个被称为神仙手的人，于是便大着胆子向他开口，要拜他为师学艺。神仙手看了看他，抚摸着他的脑袋，微笑着点点头，应了下来。但是，这也不过是嘴上随便说说，大多的时间里，还是要靠孙福有自己观看琢磨，苦学苦练。

孙福有毕竟天生是块做杂技的料，加之他天资聪明，悟性极好，很多的招式一遍两遍学下来，也便记住了。

自然，为了学杂技，孙福有也是吃了许多苦头的。单单为了翻好跟头，他就不知经历了多少次波折。地面上的跟头翻好了，他又站到了墙头上，再从墙头爬到树上，一遍一遍从上头往下翻，一次接着一次的失误，常常把他摔得鼻青脸肿。可是，摔倒了爬起来，再来。

到后来，孙福有的胆子越来越大，在地上铺好了厚厚的一层干草和被褥，竟然悄悄爬到了自家的土坯房上。父亲母亲见了，一张脸吓得煞白，扯着嗓子让"这个小祖宗"快些下来。孙福有真的听话了，却是打着跟头下来的。

这还不算，他要打出花儿来。

又经过了几次练习，居然真的成功了。

那个跟头花儿，开始的时候他只能打上一圈，渐渐地，却能打上两圈了，到最后，三圈儿打下来，也已经难不住他了。

父亲母亲见他如此执拗，一下没有主意，便也只好听之任之了。

光绪十六年（1890），吴桥境内遭受了一场大旱灾，使得农田绝收。为了逃荒躲过饥馑年头，一时之间，又有大批的乡民纷纷出走，外出卖艺以求谋生。

这天，孙福有站在村头的路口，举目看到一队肩挑手推的灾民渐渐远去，心里头一下感到空荡荡的。

他们要到哪里去？

外面的世界到底是个什么样子？

孙福有在问自己。

此时此刻，一种十分强烈的愿望，就像一颗种子一样，在他的心里悄悄萌芽了。他想，迟早有一天，他要离开孙龙庄。孙龙庄太小，容不下他。他要到外面更广阔的世界里闯荡江湖。

可是，就在那场旱灾之后的第二年，父亲突然得了一场急病，说走就走了。

父亲的去世，让只有九岁的孙福有，过早地懂得了世事的艰难。

再没有人管得住他，他的性子也更野了。

终于熬到了1894年。

深秋里的一天，孙福有和村里的几个一般大的孩子正在村头的一条小路上翻跟头玩耍，突然看到从远处推车挑担走来了一伙人。走近了，才知道原来是不远处村子里的一个小杂技班。

孙福有站在路旁，出神地看着他们走到身边，忍不住好奇地问了一句："你们要去哪里？"

一个人看了他一眼，随口说道："去远处。"接着，继续向前走去。

孙福有紧跟了几步，又问："远处是哪？"

那人听了，回头朝他笑了笑："远处就是远处，怎么，你想跟着去？"

孙福有一下就心动了，想了想，说："去就去，你们能去，我就能去！"

那人一下觉得这个孩子怪有意思的，便站下了，望着他，半开玩笑半认真地说："那好，你回家向你家大人言语一声，咱们一起走。"

孙福有高兴地点了一下头，正要回身往家跑，突然又想到什么，便向身边的一个小伙伴说道："你回去给我娘说一声就行了，我走了，让她别挂记。"

说完，家也没回，就真的跟着那个小杂技班走了。

这一年，孙福有十二岁。

杂技班走了一个地方又一个地方，孙福有也便一个地方一个地方地跟着。为了混上口饭吃，每到一个地方打场子演出，他便会被班主呼来唤去的，时候长了，难免就会受些白眼和呵斥。可是，孙福有都忍了。

一般来讲，乡村里的这些临时组成的小杂技班子，外出谋生的时间都是有限的。逢到农忙时节，或者快到过年的时候，他们就会像候鸟一样地再赶回家乡来。

说话间，几个月过去了，天气也越来越冷了，眼瞅着春节就要到来了。到了这个时候，孙福有跟着的这个小杂技班，便开始筹划起回家的路线来。

孙福有的心里很矛盾，前思后想了好半天，最终还是狠了狠心，放弃了跟他们一起回家的念头。

那个小杂技班说走就走了。孙福有孤零零地留了下来，几天过后，正当他一个人为了接下来的生计问题发愁时，天无绝人之路，却在陌生的他乡异地与邻村的程家班相遇了。

不能不说，就是这一次的相遇，让一心想学马戏并且一心想出人头地的孙福有，从此之后一步一步渐入了"佳境"。

程家班一共二十几个人，在老家的十里八村中，算是一个较为庞大的杂技班子。

班主程兰惠见了孙福有，一下就喜欢上了这个孩子。待问过了一些什么，又让他做过了几个"拿手"节目之后，程兰惠便十分爽快地收留了他。不过，由于他年龄尚小，又是刚到程家班，虽然他聪明好学，又舍得吃苦下力气，程兰惠还是让他先从小伙计做起，平时里，除了前前后后地侍候班主之外，班子里的一些打杂跑腿的零活，哪里需要就去哪里，自然，按月拿下的"份子"也是最少的。尽管如此，由于孙福有招人喜欢，每每程兰惠心情好的时候，就会隔三差五地教

他几手,时不时地,也会给他创造一些登台表演的机会,让孙福有博几声彩儿。

孙福有聪明、勤奋,肯动脑子琢磨,不久之后,就在程家班掌握了一些拿手节目,并且日渐精湛,比如《吊小辫》《耍马叉》《杂拌子》《镖刀》《脑蛋子》等等,这些节目很多都是一直表演到了晚年。

说话间到了1903年。这一年,程家班在哈尔滨演出时,恰逢俄国巴罗斯基马戏团也来到此地。为了扩大规模壮大自己的团队,在观看了程家班的几场演出后,巴罗斯基马戏团的老板亲自找到了程家班班主程兰惠,向他表达了自己的想法,欢迎程家班加盟到他们的团队来。程兰惠觉得这是一件好事情,当即便答应了。

孙福有一走进巴罗斯基马戏团,立时感到了一种别样的气氛。在这里,他不但看到了丰富多彩的马戏节目,而且在演出形式以及音乐伴奏上,也有一种令他耳目一新的感觉。似乎于恍然之间,一脚迈进了不同以往的新天地一般。

孙福有本身就很勤奋,是一个眼里手里永远有活的人。除了练功和节目演出,剩下来的时间,他就自觉自愿地去帮着马戏团做一些后勤事务,每天将原本看上去乱糟糟的前场后场,收拾得齐齐整整的。时间久了,马戏团的老板把这一切都看在了眼里,与孙福有的接触多了,从心里也便越来越喜欢他。

孙福有性情豪爽,愿意结交朋友,尽管在马戏团里是一个微不足道的小角色,与别的演员相比,所获得的报酬也是最低的,但是在对待朋友方面却向来出手大方。这样一来,将心比心,那些俄国同行,久而久之也和他结成了朋友,不但教他学习俄语和俄文,还把他们所会的节目手把手地教给他,与此同时,还送给他一个俄国的名字:多伯鲁·三蕃①。这便使得孙福有的杂技技艺,无论从质还是从量,很快

---

① 多伯鲁·三蕃:俄语,"多伯鲁"是指跟斗,"三蕃"是指三个跟斗,三翻身。

就有了一个飞跃,一举成为巴罗斯基马戏团的一名出类拔萃的演员。

可是,巴罗斯基马戏团并不能长期在中国待下去,一段时间之后,他们也就到了回国的时候。临别前,马戏团老板亲自找到了程家班的班主程兰惠,当着他的面,对孙福有在马戏团的表现好一番赞赏,并且热诚地邀请他来年带班去俄国继续合作,程兰惠十分痛快地答应了。

第二年初春,孙福有跟着程家班如期来到了陌生而又寒冷的俄国……

日子过得飞快,转眼间就到了年底。

在冰天雪地的俄国,孙福有越来越想念家中的老母亲,想念那个叫孙龙庄的小村子,程家班的其他人一个一个也都在盼着回国过个团圆年。于是,孙福有毅然决定返程故里。这个时候,孙福有尚且不知,家中的老母亲早已为他订下了一门亲事,姑娘姓张,是邻村张家圈的。老母亲心里想着,一旦欢儿回到家来,把这门亲事成了,身边有个搂腰抱腿的人,往后他就再也不会满世界胡跑了,每天里她也能一早一晚地看到他摸到他了。

可是,事实并不像她所想的那样。

第二章　组　班

　　1904年底，离开家乡整整十年之久的孙福有，终于回到了孙龙庄。当他把这些年辛辛苦苦积攒下的钱都给了母亲之后，老母亲一边抹着泪，一边笑了。随后，按照老母亲的想法，孙福有和那个张家圈的姑娘举行了婚礼。

　　新婚之夜，孙福有坐在灯影里，把顶着红盖头的新媳妇看了好大一会子，这才和她搭了几句话儿，于是便知道了这女子原是比他大上好几岁的。忽地一下把红盖头揭下来，孙福有的脸色立时就变了，显然，眼前这个满面含羞的姑娘，他并不喜欢。

　　整个年过下来，孙福有一直觉得没滋没味的，无论做什么，都是一副心不在焉的样子。好不容易熬过了正月十五，孙福有给娘言语了一声，拍拍屁股，走人了……

　　两年后，再回到家来的时候，张氏夫人十分主动地把一个孩子送到了孙福有的怀里："是个闺女呢！"

　　孙福有愣了一下。

　　"闺女，爹回来了，快喊爹！"张氏夫人一边笑着，一边教孙福有怀里的那个孩子。

　　孙福有一下醒悟过来，认真朝怀里抱着的那个孩子看了一眼，那孩子正睁着一双水灵灵的眼睛朝他笑。

张氏说："她还没有名字呢，你给起一个吧！"

孙福有看了一眼张氏，又看了一眼那个孩子，皱了皱眉，没有吱声。

张氏说："一直等着你呢，你好好想想，起个啥名好。"

孙福有头疼样地想了好半天，终于憋出了一句："就叫玉香吧！"

于是，就叫了孙玉香。

就像上次一样，在孙龙庄没住多少天，孙福有又像一股风样地走了。

他又回到了俄国，回到了巴罗斯基马戏团。

这个时候的孙福有，凭着超群的技艺与非凡的管理才能，已经深深得到了班主程兰惠的赏识。程兰惠很信任他，大事小情都和他商量，俨然把他当成了程家班的主心骨。私下里说起闲话来，程家班里已经有人开始称他为"二当家"了。孙福有对程兰惠自是十分尊重，实心实意为他出谋策划，且为人处事又滴水不漏，由此为身在异国他乡的程家班，赢得了很高的声誉。

但是，孙福有到底还是不满足于现状的。为了日后能够拉起自己的一班人马，孙福有暗暗地也在积蓄力量。

几年之后，一个偶然的机会，孙福有看了伊扎克马戏团的一场演出，由此结识了他们的老板，一番交谈，两个人竟十分投机，出于种种发展方面的考虑，这位马戏团的老板便向他诚心相邀，希望他来年带队到他的团里来，所开出的条件，自然要比巴罗斯基马戏团优越。孙福有经过三思，便把这话说给了程家班的班主程兰惠。人往高处走，水往低处流，程兰惠听了，心里自然欢喜，便十分爽快地采纳了孙福有的意见。就这样，1911年春天，程家班举班告别了巴罗斯基马戏团，正式加入到伊扎克马戏团的队伍里。

孙福有在明斯克的首场演出，就赢得了一个满堂彩。

那一天他表演的节目是杂拌子中的《三物奇功》。

报幕小姐报过了将要表演的节目和表演者的姓名之后，孙福有满

面含笑地走上台来,一边走着,一边向台下的观众施礼致意,而正当他走到舞台中央位置时,不料,一顶高筒礼帽,唰的一声,从七八米外的"百令台"上平飞过来,那顶高筒礼帽,不偏不倚正扣在他的头上。就这一着,立时引来全场一片叫好,笑声和着呼哨声连天四起。

可是,这一片欢呼声尚未平息,紧接着,一支"司弟克(手杖)"又翻着跟头从那边飞了过来。那"司弟克"飞得很高,在空中转了几个跟斗之后,竟被孙福有稳稳接住了。

这边刚刚接住了司弟克,那边的一包香烟又掷了过来,也被他伸手接了,顺手抽出一根,叼在嘴上。一扬手,又将那包香烟抛了回去。

随后,孙福有绕场一周,又一次向观众致意,整个马戏大棚,再次响起了热烈的掌声。

恰在这时,孙福有突然将手中的那支司弟克抛向了空中,相跟着又抬手取下礼帽也抛了上去,这两样物件儿还在空中打着转儿的工夫,他已将嘴上叼着的那支香烟抛了出去。

就这样,右手刚抛出香烟,左手已接住了司弟克,右手接住了礼帽,左手也抛出了司弟克,反反复复抛出了接住,接住了再抛出。只见这三样物件在空中上下飞舞着,起起落落,来回翻滚,如同附魔了一般。

这还不算,此时再看这位表演者,不仅将这三样物件抛接自如,而且竟又迈动双腿在舞台上一路小跑起来,同时边跑边接,边接边跑,随着双手频率的加快,俨然一道道闪电一样,让人眼花缭乱,难辨彼此。再看台下的观众,一个个已是睁圆了双眼,张大了嘴巴,仿佛呆住了一样。他们高度紧张的情绪,已经完全被台上的孙福有控制了。

可是恰恰就在这时,孙福有突然一个收势,眨眼之间,礼帽已经戴在了头上,司弟克自然落下,也已挂在了臂上,那支香烟在空中翻了好几个跟斗,从高处落下时,正被他张嘴叼住。这一连串的收场动作,孙福有毫不间断,一气呵成,似梦似幻地到了妙不可言的地步。

接着，又一个施礼，孙福有跑下场去。

整个演出大棚里，旋即爆发出经久不息的掌声……

演出刚一结束，一个金发碧眼的高个子姑娘就找到休息间来了。

姑娘站在孙福有跟前，闪动着一双蓝眼睛，上上下下打量着他，微笑着说："我喜欢你的表演。"

姑娘能说中文，这是孙福有始料未及的。

他也朝这姑娘笑了笑，点点头，示意她坐下来。

姑娘并不客气，坐在了孙福有的面前。

孙福有用俄语问道："请问姑娘叫什么名字？"

"茄莉，"姑娘又笑着说，"你叫我茄莉就行了。"

"茄莉，好名字。"孙福有说，"我记下了。"

茄莉坐在那里，微笑着，还在目不转睛地看着他。这一下，竟把孙福有看得不好意思了，问道："请问姑娘找我有什么事吗？"

茄莉含笑低了一下头，又抬起头来摇了摇。

两个人接着便一起笑了起来。

只坐了一小会儿，茄莉就走了。

临别时，茄莉握着孙福有的手，说道："方便时，欢迎先生到我家做客吧！"

孙福有并不推辞，爽快地答应道："找个机会，我一定去登门拜访。"

茄莉含情脉脉地又望了孙福有一眼，转身跑了出去。

有了第一次的接触之后，从此茄莉就成了伊扎克马戏团的一名常客。时候长了，两个人说起话来，也就显得十分随意了。茄莉借此机会，便主动提出来，让孙福有也教她几个小节目。孙福有见她喜欢，就把几个简单易学的表演节目，手把着手地教给了她。

就这样，一来二去间，两个人的感情迅速升温了。

马戏团的演出结束后，很多时间，孙福有都用在了练功上。练功的时候，茄莉常常会陪伴在他的身边，有时候，竟然会一直陪伴到深夜。

孙福有心里知道，这个名叫茄莉的白俄姑娘，到这时为止，已经深深爱上了他。而在他的心里，也深深喜欢上了这个姑娘。

这天晚上，在送茄莉回家时，孙福有第一次走进了她家的大门。

也是第一次，他见到了茄莉的妈妈。老太太很和善，见到孙福有，显得十分热情，又是让座，又是冲咖啡，末了坐在他的身边，一句跟着一句地问这问那，好像见到了久别的亲人一样，这让孙福有一下放松了许多。

孙福有坐在那里，不经意中打量着房子里的一切。房子已经很旧了，虽然是二层小楼，但屋里的摆设也显得不那么入时了。

在和老太太的交谈中，孙福有了解到，茄莉的父亲，原来是一名老军医，因为历史上的一些问题，遭到了别人诬告，已被流放到西伯利亚。

孙福有十分同情茄莉一家的遭遇。后来的一些日子里，有事没事去茄莉家的次数也便多了起来。每次去了，总要陪老太太说一会话儿，遇到家里有什么活儿，便主动帮忙去做。与此同时，身在异国他乡的孙福有，从茄莉和她母亲那里，无形中也获得了一种精神上的温暖与慰藉……

时间过得飞快，转眼间到了1916年1月，孙福有心中酝酿了许多年的一个计划终于出笼了。打定了主意之后，孙福有再次从俄国回到孙龙庄。这一次，他想从老家带走几个人。这几个人里，有他的女儿孙玉香，内弟张连振，也有他的几个朋友李殿富、孙德恒、张起昇、王宝忠、沈常富等。他要让他们一起跟着他学马戏，闯天下，混生活。

起程前的头天晚上，孙福有正陪着娘说话儿，堂哥孙福昌带着刚刚六岁的儿子孙吉堂来了。

孙福昌进门就把孙吉堂拉到孙福有身边，说道："欢儿，你把吉堂也带走吧！"

孙福有一怔，抬头问道："大哥，你不是开玩笑吧？"

孙福有知道，吉堂这孩子是大哥和嫂娘身边最小的一个儿子，一直把他当宝贝一样地拉扯着，他们怎么舍得下让这么小的一个孩子跟着他到外面的世界去吃苦受罪呢？

"不是玩笑，"孙福昌一脸认真地说，"是真心的。"

孙福有想了想，还是说道："大哥，这碗饭不好吃呢！"

"我知道呢，"孙福昌说，"那也总比跟着我在地里撸锄把子强啊！"

"你真舍得了？"孙福有望着侄子孙吉堂，心里边很矛盾，犹豫了好大一会儿。

"有啥舍不得的，"孙福昌递给孙福有一支烟，说道，"我和吉堂娘也商量过了，他年龄小，好培养，学起来快，你把他带走吧！"

说这话时，孙福有能感觉得到堂哥孙福昌的心里很不是个滋味。

孙福有望一眼堂哥孙福昌，又望一眼侄子孙吉堂，眼圈一下就红了，说道："大哥和嫂娘放心吧，吉堂虽然是我侄子，但我会把他当亲兄弟待的，有我一口吃的，就少不了他半口，冷了暖了，我都会把他放在心上的。"

"那就让你操心了！"孙福昌说，"从今往后你就把吉堂当成自己的孩子，学艺偷懒不听话的时候，该打的打，该骂的骂，我不心疼呢！"

"一家人不说两家话，大哥的话我记住了。"孙福有说着说着，两行泪就流下来了。

不日后，孙福有带着家乡的这几个人，又一次回到了俄国。

出于将来发展上的考虑，孙福有便将自己拉起的这支小队伍称作"孙家班"。自然，孙家班还是归并于程家班管理，算作程家班其中的一个班中班。

随后的一段时间里，孙福有为了让孙家班快些强大起来，便利用一

切可以利用的时间，带领大伙儿开始了异常艰苦的杂技技能的训练。

为此，他特意制定了一个作息时间表，并严格规定了每天的练功时间：

早上6点练功至8点，第一遍练功（早功）；早上9点半至11点半，第二遍练功；中午12点中饭，中饭后休息。下午3点至5点，第三遍练功；下午5点半晚饭。晚上7点半演出，演出后，晚9点半至11点练功（晚功），夜11点后休息。如每周六、周日有日场演出，则取消第三遍练功时间。晚功主要练空中飞人、十字花绳等高空节目。

这个作息时间表，孙福有和他的孙家班一起，雷打不动地一直遵守到了生命中最后的日子。

对于孙家班的每个人来讲，演出之外，练功无疑便成了一项主要的内容。

而在别人看来，孙家班的练功，却又是极其残酷甚至是十分残忍的。

每天练功，孙家班的演员们面对的不仅仅是自己，更多的时候则是班主孙福有。这个时候，孙福有都会站在一旁异常严厉地对他们进行监督。铁青着一张脸，面目凶狠，煞是吓人。他的手里总是握着一根鞭子，那是他在表演《鞭技》时使用的。鞭棍大约尺半，而鞭子的皮绳却有三丈多，鞭鞘上还打了一个小结。他的眼尖，只要瞄到谁在练功时偷了懒，做错了，失了脱，扬手就是一鞭。鞭子抽到身上，眨眼就是一道血印子，还外加一个血疙瘩。

"人是苦虫，不打不行。"孙福有有他的说辞。

在整个马戏团里，孙福有的狠是出了名的，无论对谁，哪怕是对自己的女儿孙玉香、侄子孙吉堂，都一视同仁，概不能外。但是，说来奇怪，这样一来却很是奏效。

人一狠，就会让人害怕，但是对于孙福有，孙家班的每个人从内心里却又十分敬佩他。话说回来，为了求生存，哪个马戏班的班主不是这样狠过来的呢？

除了苦练，平时，孙福有还十分注意观察，每逢马戏团上演新节目，特别是那些深受观众欢迎的上座率很高的杂技节目，他都会细心观摩，认真体会，并从这些演员身上汲取经验和教训，进而经过思考和改造，为我所用，为进一步拓展自己的艺术空间打基础，做准备。

艺多不压身。这道理，孙福有懂，也深有体会。

命运也总是在机会来临之时眷顾那些有心者和苦心人。

伊扎克马戏团有一个主打节目叫《空中飞人》。这一天，主演巴纳西因为一次严重的意外摔伤，住进了附近的医院。一时之间，由于巴纳西的缺席，节目无法正常上演，不但影响了观众的上座率，就连马戏团的营业收入也锐减下来，为此，又矮又胖的伊扎克老板十分着急。

无疑，《空中飞人》这个节目，不但观众们喜欢，孙福有也很喜欢。往常，每当巴纳西他们演出时，孙福有就一招一式用心琢磨，也早就心里发痒，想亲自试一试。于是，这一天演出结束后，他便把自己的这个想法，说给了《空中飞人》节目的一个演员，想借用一下他们暂且闲置下来的道具。不料想，还没等孙福有把话说完，那个演员就一边摆手，一边摇头地走开了，把孙福有弄得很是难堪。

孙福有不甘心。只要他起意去做并愿意尝试的事情，就从来没有放弃过，即使想尽千方百计也要完成它。虽然他心里明白，表演《空中飞人》，速度快，难度大，表演过程中有许多危险因素存在，可以称得上是生死攸关的一个节目，稍有不慎，后果将会不堪设想。但是，他的胆子向来就大，他不怕。

想来想去，最后，孙福有还是自己动手，按着《空中飞人》道具的样子，在马戏团外的一片空地上搭起了一个架子。

一切准备就绪后，孙福有便招呼着孙家班一行人来到了这里。

接着，在孙福有的带动下，几个人爬上爬下，模仿着巴纳西他们的表演动作，一遍一遍地开始练习起来。可是，令孙福有万万没有想到的是，当初他满以为十分简单的几个空中动作，到这时却无论如何也掌握不了其方法要领。

一连练了几个晚上，最终还是不成功。

见孙福有因为练习《空中飞人》，被摔得鼻青脸肿，身上也青一块紫一块的，一旁陪着的茄莉心疼得刀割一样。

孙家班一起跟着孙福有练习的几个演员，因为一次又一次的失败，慢慢地也就泄气了。

"不练了吧？"茄莉试探着问。

"练！"孙福有很坚决。

"可是，这样练不行啊！"茄莉说。

"不练更不行。"孙福有一边捂着流血的额头，一边咬着牙说。

孙福有这样说了，孙家班里的人谁也不敢说啥，于是也就跟着他接着往下练。

竟又是一次又一次的失败。

这消息很快传到了马戏团老板和巴纳西的耳朵里。孙福有的这种玩命劲儿，一时之间触动了巴纳西的恻隐之心，于是，这天晚上，他便拖着带伤的身体和马戏团老板一起，来到了孙福有他们练功的地方。

孙福有远远地看着他们走过来，一下感到有些不好意思了。

走近了，巴纳西看了孙福有一眼，没说什么，却抬手摸了摸网子，又仰头看了看吊杠，最后眯起眼睛上下左右地打量了一番，这才叹了口气，摇着头说道："比例没找好。"

孙福有一脸茫然。

接着，巴纳西如此这般地一边比画着，一边便将吊杠和网子以及相互之间的空间比例等，向他一五一十说了一遍。想想，又将如何起飞，如何落脚，啥时伸手，啥时抱腿，如何蹦跳、穿越、翻滚，如何下网等动作要领给他做了一番讲解。

孙福有自是无比感激，便一五一十记在了心里。

"要练好空中飞人，重要的还是要练好臂力。"巴纳西举了举自己的胳膊，又补充道，"这是基本功，但真正要练好臂力，也绝非一日之功。"

孙福有给了他一个热情的拥抱。

孙福有也一直相信，这世上任何一门功夫都是练出来的。除了下工夫苦练，没有任何讨巧的偏方，也没有任何捷径可走。台上一分钟，台下十年功，功到自然成。工夫和时间积累到了一定程度，自然也就水到渠成了。

自从巴纳西带病亲临现场，向孙福有言传身教之后，孙福有按照他的建议，抓紧对《空中飞人》的道具进行了一番改造，又经过一段时间的摸索和总结，反反复复练过了一些日子，再表演起来，果然也就驾驭自如了。

探索之路是没有止境的。

此后，在这一基础之上，孙福有又一步步对这个节目进行了改进，并首创了马戏绝技《空中飞人》中的"三周半入洞接腿带回吊子"和下网绝技"燕子投井"等特技。这些特技的诞生，震撼了当初《空中飞人》的主演巴纳西，对这些孙福有独创的"新动作，新范儿"，由衷折服地称之为"世界绝技"和"中国吴桥演员的最高绝活"，与此同时，也一举震撼了马戏团的同仁与广大的俄国观众，由此也给伊扎克马戏团带来了丰厚的经济收入。马戏团的老板一时激动，马上拍板，在原有待遇的基础上，给孙福有带领的孙家班增加了包银。

这一年，孙福有三十二岁，不仅在程家班，即便在整个伊扎克马戏团，也成了当之无愧的顶梁柱和佼佼者。

孙福有自有盘算。在伊扎克马戏团的那些日子里，练功和演出之余，他常常会一个人在马戏大棚里四处观看，踱步思量，他的衣袋里

总是揣着一个小本子，只要一想到什么，随即就会记在上面。时间长了，他便将大棚的布局和结构一股脑地摸了个透。从外形到内部，所涉及的每个部位的尺寸以及安装等，都准确无误地画好了图标，做好了标记，并使用俄文加注了说明。这些图标，别人看不懂，只有他自己心里清楚。

很久以后，孙福有所亲手打造的中国有史以来的第一个马戏团大棚，基本上就是参考了伊扎克马戏团大棚的模式规格，其大棚容纳量达3000余众。自然这也是后话了。而当前，要紧的是如何才能攒到更多的钱。条件成熟，又有了钱，要想创办自己的大马戏团，并非难事。

孙福有把心里的这一想法对茹莉说了，茹莉竟也是全力支持。

茹莉抚摸着孙福有的臂膀，无限柔情地亲吻着他，说："我等着那一天呢！"

可是，天有不测风云，不久之后，就出了变故。

第三章　基辅·惊变

孙家班所在的程家班，随伊扎克马戏团在基辅演出时，经历了二月革命后的俄国，随后又爆发了十月革命。

1917年11月7日，俄历10月25日，俄国首都彼得格勒的工人赤卫队和士兵在列宁和布尔什维克党领导下，首先举行了武装起义，并以停泊在涅瓦河上的"阿芙乐尔号"巡洋舰的炮声为信号，开始向冬宫发起攻击，当夜攻入冬宫后，他们逮捕了临时政府成员，临时政府随即被宣布推翻了。

内战的炮火仍在继续。

那一天，刚刚从梦里醒来，程家班所住的大楼，就不可幸免地遭到了炮火的袭击。眨眼之间，楼房被炸毁了。担心再次遭遇不幸，在一片慌乱的呼喊声中，程家班的人，和楼里的许多居民一起，胆战心惊地逃进了一座地下室。

一连几天过去，枪炮声仍没有平息下来。

那些天里，就像大多数逃难者一样，他们突然断绝了食物来源，每天只能得到少量的饮用水。饥饿，恐惧，寒冷，向每个人发出了最严酷的挑战。

就这样，一直艰难地在地下室度过了七天，他们这才被一群苏联红军发现并解救出来。那群红军中，有几名中国战士，当他们得知程家班的这些马戏艺人都是从中国吴桥流浪而来，而且已经在这里饿着肚子被困七天后，很快给他们送来了粮食。

基辅看来待不下去了，程家班于是立即转点来到了盖鲁奇。可是，盖鲁奇的日子也并不太平，演出没几天，这地方又被沙皇的白军占领了。

占领军到处宣传中国人参加红军不好，扬言要杀死一切中国人。程家班的人闻讯，无论大人孩子，都担心随时会被他们搜去，便一起躲藏在一家意大利人的饭店里，并时刻盼望着苏联红军战士再次解救他们。

自然，那家饭店的老板，害怕惹来杀身之祸，这些中国艺人也不敢久留，程家班只好另寻他途，瞅准一个合适的机会，集体逃出城去。

即便这样，要活下去，首先还要填饱肚子，于是，在程兰惠和孙福有的带领下，他们仍然坚持着一边逃难，一边演出，而这时，他们的演出场地，也仅仅限于剧场之内了。

后来，按照程兰惠和孙福有拟定的路线，他们准备从里鲁孙到报打屋去，可是，谁也没有想到，刚走到中途一个叫巴拉的地方，还没落下脚来，却迎头与一队德国兵遭遇，结果大人们全部被抓去做了劳工，劈柴，装车，挖战壕，不胜其苦，直到一周之后，他们才终于在报打屋会齐。

兵荒马乱的俄国，给这些中国艺人带来的不仅是精神上的恐惧和肉体的折磨，还有更为深痛的教训。

就在这一年，迫于当时的形势，孙福有在俄国演出多年积攒下的大部分"卢布"惨遭变故。之前，他把这批钱存到了莫斯科的一家国家大银行里，打算着日后用它作为自己成立马戏团的筹建资金，进而添购一批马戏团设备，然而天灾难料，新政府发布了告示，一切沙皇时代的旧币包括银行存款、金融股票等一律废除。

孙福有傻眼了。

打碎了牙齿往肚子里咽，孙福有实实在在吃了一个大哑巴亏，手里握着的十几张莫斯科银行的存款单，眨眼间一文不值了。辛苦多年的资金积累一夜之间荡然无存，孙福有欲哭无泪。

这一沉重的打击，让孙福有也得到了一个血的教训，从此之后，无论走到哪里，他无一例外地对国外任何一家银行都失去了信任。

只好从头再来。

可偏偏又是祸不单行。就在这时，为避国内战乱，伊扎克马戏团的老板找到了孙福有，想把苦心经营多年的马戏团带到中国去演出。孙福有不加思考就同意了。他把马戏团老板的这个计划，接着又说给了程兰惠，程兰惠也很干脆地同意了。但是，当他们做好了一切准备，正要取道一条铁路干线开始行动的时候，不料想，却在去往伯力的途中，无端地被一队溃败下来的白匪截住，一番盘问后，整个马戏团的人，随即就被关进一所监狱里去了。

接下来的事情，出乎所有人的想象。

在伯力监狱，马戏团的所有人，毫无遗漏地统统接受了过堂提审。其实他们问来问去，也无非就是一句话，谁是布尔什维克。

布尔什维克？孙福有自己也打了一个问号。

"说，谁是？"一个白匪头子问他。

"我怎么知道谁是布尔什维克，"孙福有说，"他们的脑门子上又没贴标签。"

见他嘴硬，那个白匪头子抽手就是一军棍。

孙福有捂着受伤的脑袋想了想，却突然想起一个人来。那是俄国一个年轻的丑角演员。平时，孙福有对他很尊重。也许正因为这样，有一段时间，他有事没事常到孙家班来，来了，就和孙福有与茹莉说一阵话儿。久而久之，彼此之间无话不谈，他们也就交上了朋友。有时候，他便对孙福有讲一些国家的事情。

"他到底是不是呢？"孙福有又给自己打了个问号。

但是，不管是与不是，无论如何也不能把这件事情说出去。孙福有暗自思忖，只要把这事一说出口，立即就会招来麻烦，轻者严刑拷打，重者杀头掉脑袋也未可知。最重要的是，他不能做出卖朋友的事儿，死也不能。

孙福有想来想去，不但自己不说，还告诉孙家班的其他人谁都不能说。说了，也就一切都完了，连自身都难保了。

孙家班没人敢不听他的话，再拉去审问时，一个一个都把牙关咬紧了，死活就是一个不知道。无奈，见审来审去的最终也审不出个结果，那些白匪们也就把目标转到其他人的身上去了……

孙福有满以为问不出个名堂，白匪们也就把他们放了，可是，却无论如何也没想到，孙家班连同程家班的人，在伯力监狱一蹲就是半年之久。

没有了马戏演，监狱里的孙福有难煎难熬地浑身发痒，恨不得立马挣开身子去撞墙。这样又过去了几天，孙福有的情绪终于稳定下来了。

孙福有想了想，说："哥儿几个别把功夫废了，咱们该练的还得练起来。"

听了孙福有的话，张连振几个人抬起头来，一个个神情沮丧地面面相觑着。他们对自己的将来早已经绝望了。

正犹豫不决的工夫，只听孙福有大喊一声："练！"一个大顶就控了起来。

几个人一下受了感染，旋即便都站起了身子，和孙福有一起摆开了练功的阵势。

外面的茹莉不知道孙福有他们在狱中的情况，每天着急上火地一直在为他们出狱的事情奔波着。为了尽早把孙福有他们搭救出来，她在当地四处托关系找人求情，总算最终有了些眉目。

对于外面正在发生的事情，身陷囹圄的孙福有却一无所知。

这天晚上，干坐了半天，程兰惠望着孙福有，长长地叹了一口气说："他们（白匪）八成是把我们忘了。你想，早就不提审了，他们为啥还不放我们走？"

孙福有前前后后地琢磨着，没有接话。

顿了顿，程兰惠又说："照这样下去，我们能不能活着出去，难说呢！"

孙福有还是没有接话。

"我老了，无所谓了，死到哪里都是个死。"程兰惠又深长地叹了一口气，望着孙福有说，"可是你还年轻，不能和我一起在这里等死啊，你得想想办法。"

孙福有无奈地抬起头来，把目光缓缓移到窗外黑漆漆的天空，说："都到这份上了，还能有啥办法？"

半晌，程兰惠说："得逃出去，想什么办法也得逃出去。"

"怎么逃？"孙福有说，"他们层层把守，插翅难飞呢！"

"逃不出也得逃，"程兰惠的口气从来没有这样坚硬过，"横竖一死，夺他们的枪，和他们拼。"

孙福有的血呼啦一下就热了。

两个人当即也就酝酿了一个逃狱方案：趁第二天晚上两个狱卒送饭的工夫，一起动手，用裤带把他们勒死，之后换上他们的服装……

如此这般十分周密地安排好了之后，只等着第二天晚上动手实施他们的逃狱计划，就在这个节骨眼上，茄莉带人来了。

她是来接他们出狱的。

1918年年初，伯力监狱的大门外仍是大雪纷飞。呼啸的寒风中，已经被监禁了半年之久的伊扎克马戏团的人们，终于走出了监狱的大门。

一眼看到茄莉，孙福有的眼泪一下就下来了。

两个人不禁悲欣交集。

茹莉一边紧紧地抱住他，一边泪流满面地向他述说着这半年来的遭遇。半年前在基辅分别时，因为挂念家中的老母亲，她匆匆忙忙赶回家中，原打算看她一眼就去找他的，可是没想到，老母亲病了，而且病得很厉害，已经一连几天水米未进了。她不能扔下她不管，便只好抓紧给她求医看病。可是，老母亲再没好起来，不久后就去世了。直到这时，她才一路打听着，寻找着他的下落，从盖鲁奇到报打屋，又从报打屋来到了伯力，最后从一个农人的口里，得到马戏团落难入狱的消息。为了能够看上他一眼，她一遍一遍央求监管，甚至给他们下了跪，可是那些监管就是不答应。无奈之下，她只好来回奔波，为搭救他们尽快出狱，四处找关系求人帮忙……

孙福有努力地朝她笑了笑，安慰道："你看，这不是又团圆了吗？"

走出监狱的伊扎克马戏团的演员们，经历了长达半年之久的狱中磨难，到这时为止已经大伤了元气，马戏团的老板也因此失去了东山再起的决心，无奈何，只好就此宣布即日解散。

众人听罢，立时一片呜咽之声。

虽然国籍不同，毕竟都是在马戏团一起共事多年的朋友，尽管素日里难免会遇到磕磕碰碰意见不合的时候，可患难与共到今天，从感情上还是觉得有些不舍。但事已至此，也只能各寻活路了。

望着三三两两渐渐散去的马戏艺人，孙福有的心里刀剜一般。

程兰惠牵了牵他的衣袖，问道："欢儿，你怎么办？"

程兰惠早已经打定了主意，一旦出狱，便与一直跟随他多年的几个人一起回老家。

孙福有扭过头来，从嘴里迸出几个字："我不死心！"

程兰惠点点头："那你是咋想的？"

孙福有想了想，说："俄国是待不下去了，那就到别的国家。"

程兰惠又点了点头，拍了拍他的肩膀："我如果年轻些，也会跟着你一起干，可是……"

程兰惠说不下去了。

突然间想到了什么，程兰惠便把一个小伙子拉到孙福有面前："你如不嫌弃，就让连金①跟你干吧，凡事由你管着他，我放心。"说到这里，程兰惠又环顾了一遍程家班的人，"剩下的这些人，有谁愿意跟你走，你也一起把他们带走吧！"

孙福有内心一片悲凉，顺手便把口袋里的钱摸出来，塞进程兰惠的手里："这些钱，你们路上用。回到家，给我娘捎声好就行了。"

程兰惠说声保重，一边老泪横流着，一边带着几个人蹒跚而去。

孙福有一直把他们望得没影了，这才回过头来，扳过茹莉的肩头，问道："茹莉，你怎么办？"

茹莉的泪水又流出来了，她一边流着泪水，一边紧紧抱住孙福有，一抽一泣地说道："老母亲去世了，我的家里也就没有亲人了，从今往后，你走到哪里，我就跟到哪里，死也要和你死在一块，再也不和你分开了。"

孙福有内心感动着，再也不知说些什么了。

可是，就在孙家班准备起程时，孙福有突然发现了一个人。

那是伊扎克马戏团的一个波兰老艺人。

刚才与程兰惠分手的这一幕，老人一五一十都看在了眼里。见孙福有带人要走又发现了他，这才走到他跟前，顺手从怀里掏出一只"飞十字马螂"②来。

这只做工精巧的马螂，孙福有曾不止一次见过，也曾不止一次见这位波兰老艺人用它做表演。当随手用力将它抛出，飞到十多米处，

---

① 连金：程兰惠之子。

② 飞十字马螂：为孙福有所命名。取两块长280mm、宽30~35mm、厚5~6mm的木板，木料不限，以轻、牢为主，照尺寸下料，打磨，细砂纸抛光，两端修切成圆弧R<30°（R角30度）。将加工过的两块木条构成十字形，中间位置空出40mm，用牛皮胶（水胶）固定即可。

它会自动偏向一方，待飞出一个圆弧后，再自动回到表演者的手里来。因为表演简单，十分讨巧，又带有戏剧性，很能满足观众的好奇心，所以常常拿它作垫场表演。

但是，作为一项表演绝活，这位波兰老艺人却一直把它当成一件宝贝，每次表演结束，便迅速将它收藏起来，从不让任何人碰它，更不让任何人拿去把玩。自然，他也不会轻易将这一门绝活传授给他人。

这是老人家用来糊口的一门技艺，孙福有对此十分理解。

"你的大恩大德，我一辈子都不会忘记的。"老人嗫嚅着嘴唇，眼含着泪水，一边握住孙福有的手，一边激动地继续说道，"马戏团散了，我也要回波兰了，不知以后是否还能见面。我知道你是一个好人，打心眼里敬佩你。为了感谢你对我的照顾和帮助，现在我就把这只十字马螂送给你做个纪念吧，希望你把它带到中国去，好好研究它，掌握它。日后如果想起我来，它也算是一个念想吧！"

原来，孙福有与这位波兰老艺人，曾经有过一段故事。那还是在伊扎克马戏团的时候，有一次，这位孤独的老艺人患了重病，高烧不退，咳喘不止，一连几天卧床不起。生了重病，自然就难以参加正常的演出了，马戏团的老板见他这样，不但不给他看病，还扣发了他的工资，并且打算解雇他。孙福有得知这事之后，便同张起昇等人和马戏团的老板据理力争，并提出三点要求：一要抓紧给波兰老人看病，二要按时发放生活费，三不准提出解雇。交换的条件是，在老人的病情没有好转之前，他所表演的节目全部由孙福有和张起昇两个人包下，决不影响马戏团的正常演出。老板的心里自然清楚，当时在伊扎克马戏团里，中国吴桥的演员人数占去了全团的半数以上，如果不答应孙福有他们的要求，这些人一齐站出来罢工罢演，结果将是很难收拾。马戏团老板见势不妙，又害怕触犯众怒，自知理亏，最后终于让了步。就这样，孙福有和张起昇等人不但为波兰老艺人争得了医疗费，同时也争得了一部分生活费。后来，在孙福有他们的精心照料下，三个月后，波兰老艺人终于大病痊愈，又能上台表演了。经过这一段时间的接触，波兰老艺人自然对孙福有无比感激。

老人一直把这件事情记在心里，他这是在报答呢！

孙福有接过"飞十字马镫"，谢过了老人，又连连互道珍重之后，就此分别。

自此以后，孙福有无论走到哪里，一直把这只波兰老艺人送给他的马镫带在身边。有事没事时，总爱把它掏出来潜心研究，并不断改进，继而先后创造了三种十字马镫绝技。

此刻，孙福有一边带着队伍往前走，一边在心里恨恨地想着，世上的道路千万条，我就不信没有一条马戏人的活路。

可眼下的境况，纵然是大道通天，也只怕山重水复，前路茫茫。

第四章　前路茫茫

天黑了。

赶了一天的路程，所有人都感到有些疲劳了，一行人便找了家便宜的旅馆，住了下来。

躺在床上，孙福有和茄莉说了一阵子话。

茄莉试探着问道："我们这是要往哪儿走呢？"

孙福有想了想，说："哪里有路就往哪里走。"

"……"

沉默了好大一会儿，孙福有才说道："和程兰惠他们分别的时候，你不知道我这心里有多难受。"

半晌，孙福有又说："你等着吧，我要做出个样子让你看。我要让整个中国，整个世界的人都知道吴桥有个孙福有。"

茄莉的泪水无声地流了下来，她一边抚摸着孙福有的胸膛，一边喃喃说道："我信你，我会帮你。"

第二天早晨，孙家班又起程了。

1919年1月起，他们边走边演，来到了波兰，来到了德国，来到了捷克以及法国境内的一些城市。由于这些国家的局势尚且稳定，于是经济收入很快得到了改善。

但是，江湖路上并不一帆风顺。在获得了荣耀的同时，他们也受尽了屈辱。这一年，他们有半年的时间是在恩直林法国马戏剧院度过的，为了保险起见，孙福有事先与剧院的老板签了约，半年演出结束后，所有演出费用一并结清。可是，所有人都没有想到，到了该结账的时候，剧院的老板却以种种理由搪塞推托，硬是不按最初的约定执行。没有办法，孙福有便一次一次求告当地政府，好在相应的政府部门最后终于进行了干预，演出费用才得到了结算。

毕竟还有柳暗花明的时候。离开法国之后，于1920年初，孙福有又带领孙家班取道巴斯拉（巴基斯坦），由里海转道至伊朗、阿富汗，最后进入印度，落脚新德里。一年多的演出中，他们几乎走遍了印度大半个国家，从亚格拉、孟买、胡布利、马杜顿、马德拉斯、斯里卡库兰、克塔克，直到加尔各答，在马戏剧院或独立上演，或搭班串场。

就是这一年，由于获得了一些收益，孙福有终于又积蓄了一些资金，便陆续添置了一些马戏大棚所用器材，并开始购进了部分狮子、老虎、狗熊、蟒蛇、马匹等动物。

在印度，孙福有与驯兽师司拉鲁的结识，不能不说带有一定的偶然性。

司拉鲁本是一名警察，却酷爱马戏，跟随着孙福有和他的孙家班并看过了几场演出之后，竟对孙福有佩服得五体投地。于是，他心头一热，就产生了一个大胆的想法：要跟着孙福有和他的孙家班闯荡江湖。

初夏的一天晚上，孙福有结束了演出，刚回到休息室，司拉鲁就找上门来了。

孙福有抬头看到这个比自己高出一头的黑人小伙子，不觉吃了一惊。

他下意识地打量他一眼，问道："你找我有什么事吗？"

司拉鲁坦率地说："我想跟你学艺。"

孙福有一愣，问："你叫什么名字？"

司拉鲁说："司拉鲁。"

孙福有问道："今年多大了？做什么职业？"

司拉鲁便一五一十告诉他说："我是一名警察，十八岁了。"

孙福有感到有些不可思议，放着好好的警察不做，却要来做一个马戏艺人。

孙福有并没当真，却又想多和他聊聊，接着便点了支烟，吸了两口，说："干这行，可是很苦的。"

"我不怕。"司拉鲁说，"我喜欢，从小就喜欢。"

孙福有一下来了兴趣，又说："做警察不是很好吗？"

司拉鲁却说道："人这一辈子没有几件喜欢的事，我想干我喜欢的，所以，请师父留下我，让我跟你走。"

孙福有见他铁了心，这才认真把司拉鲁看了好半天，感觉这个印度小伙子十分忠厚，接着问道："你会点啥？"

"我可以驯兽，"司拉鲁笑笑，露出一口洁白的牙齿，说，"我能和它们交流，能听懂它们的话，知道它们在想什么。"

孙福有笑了。

"当然，"想了想，司拉鲁又补充道，"我还会打枪、游泳。"

孙福有点了点头，突然又想起什么，问道："你家里还有什么人？征求过家人的意见吗？"

司拉鲁望着孙福有，咬了一下嘴唇，说："父母没了，我是一个孤儿。"

孙福有"哦"了一声，感到一颗心被撞击了一下，就不再问什么了，说道："那好吧，明天你到马戏团来吧！"

听了这话，司拉鲁不由一阵惊喜，激动地跪在了地上。

孙福有赶忙把他拉起来，说："我已答应你了，快回家收拾收拾吧！"

司拉鲁谢过了孙福有，转过身高高兴兴地跑了。

就这样，孙福有将司拉鲁收进了马戏团，让他做了一名驯兽师，并兼任私人保镖和管家。从此，无论孙福有走到哪里，司拉鲁始终忠心耿耿跟随着他，与他患难与共、不离不弃，千山万水一直跟随他走到生命的最后一刻。

人生难得一知己，在跟随孙福有奔走江湖的那些日子里，一对不同肤色、跨越了国界的师徒，也建立了牢不可破的生死之交与兄弟之谊。

随后，在司拉鲁的帮助下，孙福有又在当地招收了几名外国马戏演员。这个时候，女儿孙玉香与侄子孙吉堂都已长大，并能登台演出了。

自从堂哥把孙吉堂托付给孙福有之后，孙福有一直把他带在身边。他很喜欢这个孩子，甚至把他当成自己的亲生儿子一样看待。

孙吉堂性情忠厚，又天资聪明，不怕吃苦，无论孙福有教他什么，他都一一听从，而且学东西又快，在孙福有看来，他的确是块干马戏的好材料。他越是这样，孙福有越是有意培养他，为此教会了他不少尖子节目。自然，想练得一身好功夫，只是舍得吃苦，舍得下力气还不够，而且还要多用心揣摩和感悟。孙吉堂事事照着叔父的样子去做，这让孙福有省心了许多。即便在伯力监狱的那些最为艰难的日子里，坐了半年牢，孙吉堂也跟着叔父苦练了半年功。到最后，他的基本功如拿顶、小翻、单手顶、脑瓜顶、劈叉等，都已经操练得十分到位。与此同时，孙福有自己也练成了杂拌子"抛九球""七根火棒""鞭技""脑蛋子"等绝活。

孙吉堂很快便成了孙家班的尖子演员，随后不久，他和孙玉香两个人都能演出"尖子活"①，而且也能够顶下大半场的节目了。为此，孙福有感到非常欣慰。

除了马戏杂技外，孙吉堂在孙福有手把手的指导下，还学会了开汽车，修汽车、摩托车、发电机、柴油机等，马戏团的各种道具的尺寸、材料加工方法等，他都了然于胸。演员们做的都是硬功夫，平

---

① 尖子活：主要演员的节目，挑大梁。

日里难免谁会有个跌打损伤的，时候长了，孙吉堂还学会了接骨、打针、配药等，头痛脑热的一般病症，他也都能瞧得好。走的地方多了，自然而然地，孙吉堂又掌握了俄国、马来西亚、印度等多个国家的语言。说起来，在孙家班，孙吉堂应该算是一个多面手。

但是，孙吉堂就是口拙，脾气倔，做事直来直去，不会拐弯抹角，这种性子的人，是不适合做马戏团的外办的。这也难怪，尺有所短，寸有所长，人无完人，虽然这样，在孙福有看来，他却是一把练功的好手。

正因为孙福有对孙吉堂的这种特殊感情，等到孙吉堂到了成婚年龄之后，孙福有便亲自为他做主，在吴桥老家托人做媒，给他包办了一门婚事。婚后，孙吉堂的妻子在老家照顾家中二老，再后来，孙吉堂又有了两个儿子孙连印和孙连智，但是由于时局不稳，都一个一个留在了吴桥老家。自然，这也是许多年后的事情了。

说话的工夫，就到了1921年。这年的春天还没真正来临，孙福有就有些迫不及待了。他要带队回国，回自己的家乡去。

这时间，孙家班无论从团队技艺还是资金积累上，都已经有了一定的实力。

他要办两件大事情。第一继续招兵买马，扩大自己的演出阵容；第二赶制一座演出大棚。

2月，落脚上海之后，孙福有偶遇王宝忠的私人马戏团，经与王宝忠沟通，临时决定与他搭班合演。王宝忠十分高兴也十分爽快地答应了。

一切安顿好之后，孙福有回到了老家吴桥，并一一找到堂侄孙吉兴、孙吉利、外甥丁林清、丁树清和亲属李殿起、李殿彦、张立勇等，把自己的意图说给他们。他们都十分了解孙福有，又向来对他很敬佩，用不着太多的商量，就一口答应乐意跟他去干。

当年程家班的一些人，听说孙福有为壮大自己的马戏班正在招兵买马，很快也找上门来，决意跟着他一起去外面闯一闯，这让孙福有大喜过望。

回程时，孙福有又带上了范屯的少年范连瑞。这孩子出身于杂技世家，有些底子，肯学，求上进，人也长得精神，又读过几年私塾，能识文断字。孙福有想，如果好好把他用一用，必然是个可造之材。

浩浩荡荡的一队人马，在孙福有的带领下，很快就又回到了上海，紧接着便赶制出一座流动大棚，这是一座以二柱竿为主的带盖大棚，其内外结构的设计皆仿照了当年伊扎克马戏团的式样，建成后的盖棚可容纳1000名～1500名观众，当时在国内实属罕见。

与此同时，在茹莉的协助下，又组建起了一支为节目演出伴奏的西洋乐队（铜管乐队）。届时，孙家班彻底改变了马戏艺人一家一伙撂地式的形象，以全新的面貌出现在了观众面前。

坐在盖棚里能观看到孙福有马戏班形式新颖的演出，欣赏到马戏艺人紧张、刺激、精湛绝伦的表演，在场的观众无不大呼过瘾。

一连几场下来，场场座无虚席，人们无不奔走相告，孙福有的马戏班一下轰动了整个上海滩。

孙家班再不是从前的样子，演员队伍壮大了，演出设备改换了，孙福有就想为它取一个响亮的名字。

把这事儿向众人一说，大家都举双手赞成。可是，到底取个什么样的名字，一伙人却一下犯了难。

马戏班大都是些没有多少文化的人，想了半天，把脑仁儿都想痛了，也想不出个所以然来。这时就见一个年龄大些的，站起来说了一句话："咱马戏班多半都是吴桥人，我看就叫'直隶吴桥大马戏团'吧！"

孙福有摸摸脑袋，琢磨琢磨，觉得有些在理，下意识地看了一眼坐在身边的茹莉，突然想起什么，便说道："可咱孙家班毕竟又不全是吴桥人，还是再加上点什么的好。"

"加什么？"众人问道。

孙福有又想了想，突然说了几个外国字母："W·L·S。"

一伙人云里雾里，搞不清这是什么意思。

孙福有笑笑，解释道："它代表中俄，华而斯。对，就叫'中国直隶吴桥W·L·S华而斯大马戏团'。"

大伙儿看看孙福有，又看看茹莉，再想想，一下也就明白了。

于是也就叫了这个既不中不洋，又中西合璧的名字。

这名字却一用就是许多年……

一晃几年过去，到了1926年，孙玉香已经二十一岁了。照理说，这个年龄的女孩，在农村早就结婚生子了。但是由于孙家班连年在外奔波，孙福有无暇顾及女儿，孙玉香自己也把这件事儿耽搁下来了。

最初提到孙玉香婚事的是孙福有的岳父张凤兰。

"香头①大了，该给她找个婆家了。"张凤兰和孙福有商量。

孙福有这才梦醒一般，后悔自己平日里只忙着马戏班上的事情，却忽略了孙玉香的个人问题。

"现在给她选个合适的人家，还不算晚。"张凤兰宽慰道。

孙福有在孙家班的那些年轻人里拨拉来拨拉去，最后就拨拉到了范连瑞的头上。这孩子进步很快，几年的工夫下来，此时已是孙家班的台柱子了。

孙福有对张凤兰一说，张凤兰也感到满意，说："行，我看这孩子不错。"

但是，紧接着，孙福有又产生了另外一个想法。常言道，不孝有三，无后为大，由于到目前为止，孙福有还没有自己的亲生儿子，便盘算着一旦让香头与范连瑞成婚，便让他改名换姓入赘到自己门下，这样一来，孙家的整个家业，也便有了一个名正言顺的继承人了。

---

① 香头：即孙玉香。吴桥一带把女孩名字的最后一个字加"头"字为小名，亦表示为爱称。

第四章　前路茫茫

张凤兰十分同意孙福有的想法。接着，便由他亲自牵线搭桥，把这件事情说给了孙玉香和范连瑞，两个人当即表示没有意见，一切听从孙福有和张凤兰的安排。一桩婚事就这样定了下来。

眨眼间到了这年开春，孙福有便取"继承"之谐音，将范连瑞的名字改为了孙吉成，这其中的含义自不明说。

更名过继这天，孙氏家族一大桌子人围坐在一起，孙福有与孙吉成白纸黑字立了文书，一款写明若此后孙福有有了亲生，孙吉成所属一切继承权自行失效；一款写明孙福有赐予孙吉成老家孙龙庄老宅平房（二室一厅）三间，耕地三十亩，以作女儿孙玉香陪嫁之物，供孙吉成、孙玉香夫妻安享晚年；一款写明孙氏家族宗旨，即所属人员均分室分户不分家，一心一意，齐心协力搞好大马戏。双方当事人孙吉成、孙玉香、介绍人张凤兰、见证人范连友（范连瑞之兄）、主办人孙福有等一一签字盖章。

过继入赘仪式结束之后，张凤兰便带着孙吉成与孙玉香两个人回到了老家孙龙庄，行成亲完婚之事。就这样，孙玉香嫁给了小她四岁的范连瑞。两人完婚不久，再次回到了马戏团。

马戏团的生活一天一天就这样继续着。

就像居无定所、四处漂泊的吉卜赛人一样，孙福有带着自己的马戏团，风里来雨里去，走过一个地方又一个地方，苦虽然苦，却又都觉得十分自由和惬意。

1926年8月之后，整整两年的时间里，马戏团继续南下，边走边演，经杭州、上饶、鹰潭、南昌、萍乡、长沙、衡阳，进入广东韶关和广州。

孙福有带团到香港演出时，已经是1928年夏天了。

一次演出结束后，孙福有结识了在香港做生意的吴桥老乡孙玉峰。两个人十分亲热地问到了彼此的境况，又拉了好一会子家常，孙

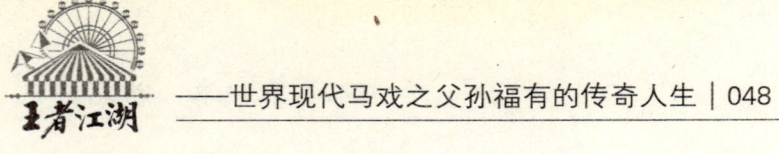

玉峰就提到了一个人——梁燊南。

孙玉峰介绍说："我这个朋友梁燊南也是个商人，买卖做得很不错。现在兼着中国香港精武体育会的会长。因为我和他的关系，又都喜欢武术，他便把我也拉到了精武会。这不，前些天，我们还在为精武会的活动资金问题发愁呢，见了你，又看了你们的演出，我突然有个主意，你看可行不可行，就是能不能让马戏团和精武会搞个合作，叫梁会长先出点钱把咱们马戏团好好装备一下，等日后赢利了，给精武会分点成……"

孙福有听了很高兴，觉得这是一件好事，当下拜托孙玉峰转告梁会长，愿意择日与他一叙。

孙玉峰把这件事儿放在了心上，很快和梁燊南会长进行了沟通，两个人第二天就来到了孙福有的马戏团。

孙玉峰也没想到，孙福有和梁燊南两个人第一次见面，竟聊得那么投机，谈笑之间，大有相见恨晚之意。

接着，梁燊南看了几个孙福有和他的马戏班演员表演的节目，又里里外外看了看演出大棚，当下认为孙福有的班底很好，但是从一些基本设施上，又稍稍显得薄弱了一些。于是，两个人坐了下来，经过一番研究，很快出笼了一套整治方案：扩大班底，扩建大棚。由梁燊南负责扩建马戏团的一切经济资助，同时派出国术队十余人，外加一个西洋乐队加入到马戏团来参加演出，并由他负责"打地"[①]联系演出和承担前台经理的事务；孙福有则负责管理和安排马戏团里的一切演出事项。演出最终所得的经济收益，按梁四孙六分成。末了又定下些相应的规定，各尽所能，各守其则。

以上种种，十分周全地一一考虑到了，孙福有和梁会长当即便签订了一项合作协议。

---

① 打地：寻找演出场地。

说干就干。之后一个月的时间里，马戏团的人在孙福有的带领下，一鼓作气昼夜奋战，终于制作完成了两套流动式的四根大斜柱的圆体大盖棚。大盖棚有三丈多高，看上去十分壮观。大棚内设四个等级的座位，可容纳四千观众。

万事俱备，只欠东风。1928年7月，一切准备就绪后，想来想去，梁燊南又和孙福有一同商量着，为扩大影响，迎合将去往东南亚诸国演出的需要，把原来"中国直隶吴桥W·L·S华而斯大马戏团"的名字，更名为"中华国术大马戏团"。

接着，梁燊南以香港精武体育会之名，宴请了"中华国术大马戏团"艺员，为孙福有带团出征东南亚诸国壮行，其宴会的隆重和气氛的热烈程度非同一般。

随后，孙福有按照事先拟定的路线，带团从香港出发，沿途经澳门、菲律宾、马尼拉、马来西亚、新加坡、泰国、缅甸、印度等地巡回演出。此时，马戏团投入了大量的人力、物力、财力和精力，在节目质量上又大大提高了一步，同时增加的动物表演节目，也深深吸引并满足了广大观众的好奇心。所到之处，盛况空前。

一大批中国杂技马戏魔术界的精英，以入团与孙福有合作为荣。武桂兰、张立荣、张进发、周连春、赵凤岐、田双亮、陈芝林、姚天华、傅天正等等一些义士名流，一时汇聚于中华国术大马戏团，令孙福有与他的马戏团一夜之间于海内外名声大振。

无论从哪个角度讲，这都应该是孙福有和他的马戏团最为繁荣与鼎盛的一个时期。马戏团不仅有六个国家（中、俄、英、德、印、日）的计二百余演职员的庞大阵容，有两套流动式的四根大斜柱的圆体大盖棚，三十余副棚（道具棚若干，化装棚、候场休息棚、男女宿舍棚、生活棚、动物展览棚若干，表演马棚、卫生棚、发电机棚、卡车棚等若干），还附带有动物大棚（大象、狮、虎、豹、熊、马、蛇、猴、羊、狗、蟒等六十头只）、汽车运输队（二十台美国道奇运

输卡车，两台美国福特小轿车，四台美国大炮牌摩托车），以及为宣传游街所用的一百辆英国三枪牌自行车，三台65KVA发电机配120匹柴油机组等辎重设备。加之茶社和饭店等设施，整个大马戏团安营扎寨后的使用面积已超过六万平方英尺（两万平方米），其规模之大，之气派，之宏伟，不禁令人咋舌，大可与当时世界公认一流的"德国海津帮大马戏团"相媲美。马戏团转点出动时，如浩浩荡荡的大军，需要四五十节火车甚至一个专列才能运输。出征东南亚诸国整整五年的时间里，马戏团所到之处人山人海，场场爆满，其团内的经济收入自是十分可观。

山一程水一程，孙福有带着他的马戏团，就这样不停地演出，转场，再演出，再转场，荣辱相伴，甘苦自知。

1929年秋，在泰国①的演出结束之后，按照转场计划，中华国术大马戏团来到了缅甸。可是刚一落脚，老天爷就给了一个下马威。此时缅甸正逢雨季，绵延不断的秋雨一连下了好几天，仍没有一点儿停下来的意思。自从独闯江湖以来，孙福有还从来没有遇到过这种阵势，心里一下就慌了。没完没了的秋雨，很大程度上影响了演出的上座率，也极大地影响了孙福有和演员们的心情。马戏团也要靠天吃饭，孙福有从没有过这样的准备。可是如果再这样观望下去，马戏团势必会导致人财两空，后果自然是不堪设想。事不宜迟，面对这种恶劣的天气，孙福有与几位主要成员一商量，当即决定折返泰国。

再回泰国，中华国术大马戏团同样受到了热情的礼遇。更令孙福有感到意外和惊喜的是，马戏团回泰国演出的事情，竟然惊动了泰国国王和王后。几日后，孙福有便得到了国王和王后诚邀他们去皇宫演出的消息。孙福有欣然应邀，经过一番精心准备，亲自带队前往。

---

① 泰国：当时叫暹罗国。

第四章 前路茫茫

那一天，孙福有带上了孙占凤。

孙占凤是个苦孩子，从小没爹没妈，是吃百家饭长大的。六岁那年，孙占凤就像个野孩子一样，有事没事总喜欢爬树。孙福有觉得她有些可怜，就把她收下做了养女，从此跟着他天南海北四处闯荡。后来，在孙福有的一手培养下，这孩子学会了很多马戏上的活儿，六年过去，到这时，孙占凤也渐渐成了马戏团的台柱子。

在一番隆重的欢迎和接待仪式之后，表演开始了……

孙福有和孙占凤一起表演的节目是《飞刀绝技》。

节目报毕，只见孙福有身着燕尾服，一手牵着孙占凤，款款走到了舞台中央。亮相施礼后，台下的掌声响了起来。这时，孙福有顺手取过了几把亮闪闪的飞刀，此刻，孙占凤也已伸展双臂背靠在十步开外的飞刀板上。

显然，这个节目是不适于西洋乐队伴奏的，耳边上，却只听得一阵急风暴雨般的鼓点敲将起来，那鼓点，由慢到快，由快渐急，只听得人一颗心哆哆嗦嗦地悬在了嗓子眼里。恰这时，随着一声惊心的吊镲声响过，孙福有手腕一抖，眨眼之间，两把快刀带着风声，已立在孙占凤左右两肩上。

一旁观看的国王，不觉皱了一下眉头，继而缓缓吁出一口气来，而身旁坐着的王后，则一手掩着嘴巴，惊恐不安地睁大了双眼。

孙占凤却仍是一动不动地站在那里，看上去，她的脸上一直洋溢着微笑，就好像眼前所发生的一切，都与她毫不相关一般。

骤然间，二通鼓再次响起，仍还是由慢到快，由快渐急，到了最后，竟如同卷风挟雨的马蹄，一声连着一声直踩在一颗颗怦怦乱跳的心脏上。

又是一声镲起镲落，只见孙福有手腕一转，两把快刀再次从手里飞出，不偏不倚，正死死插在孙占凤的两腋之下。

只听得台下一片唏嘘之声传来，观看着的每个人，都不禁为台上

的孙占凤捏了一把冷汗。

可是，还没待人们回过神来，三通鼓已经敲到了密集处，随着一声镲起镲落，又两把快刀同时被孙福有抛出，一一准确无误地飞落在孙占凤左右两腰处。

台下陪看的家眷与官员们，到了这时，有一些不敢直视的，猛地举着双手遮挡住了双眼，但转念之间，还是没能抵挡住这种高超绝技的诱惑，那十指的指缝旋即也便慢慢张开了。

孙占凤面不改色，一动不动地站在那里，还是那样一如既往地微笑着，目光平静地凝望着台下不远处的国王和王后。

节目表演到这里并没有结束，但全场已是鸦雀无声，一根针掉到地上，也能听得十分清楚。

四通鼓很快响了起来。这通鼓声听上去，与此前的几通相比，显然又紧凑密集了许多，一声追着一声，一声赶着一声，声声连在一起，好像一张密不透风的大网，罩在每个人的头上，让人透不过一口气来。

鼓声渐渐敲到高潮处，孙福有正面带笑意向国王和王后以及家眷与官员们一一示意，猝不及防，突然一个急转身，定身、扬手、出刀，一连串三个动作下来，容不得观众眨眼，一把闪着寒光的飞刀，嗖的一声，已经紧贴着孙占凤的头皮，直直地钉在头顶位置。镲声响落中，全场已是一片惊呼。

雷动的掌声中，在场的观众纷纷从自己的座位上站了起来。

直到这时，每个人才总算把一颗悬着的心，渐渐放回到了原处。

这个节目前后用去了不过六七分钟的时间，但是孙福有和孙占凤的绝技表演，却征服了皇宫内的每一个观众。

《飞刀绝技》表演结束时，国王和王后特意把孙福有和孙占凤召到了身边。看上去，他们对这次的进宫表演非常满意。

王后一边拥抱着孙占凤，一边笑着说："你知道吗，我都为你担心死了。"

接着，王后望着孙占凤，又点点头说道："为了你今天的出色表演，我要给你个嘉奖。"

说着，她便把一红一绿的两颗宝石，双手送给了孙占凤……

演出的最后一个节目是孙福有的魔术。

说起来，孙福有不但对"签子活儿"（杂耍）样样精通，而且对"粒子活儿"（戏法）也造诣颇深。变魔术，自然是他的又一拿手好戏。

此时，孙福有已经换好了一身长袍，走上台来，照例是一番含笑施礼后，不知怎么，挥手之间，便凭空变出一件青花瓷器来，那瓷器晶莹剔透，在灯光里闪着诱人的光泽，好不让人垂涎。这当儿，孙福有并不罢手，略施魔法后，接二连三地又变出一件一件光彩夺目的盘儿碟儿来，直到整整变出了一百单八件儿，满满当当地摆放在台中那张大餐桌上，就如同布设一场皇宫豪宴一般。一阵又一阵掌声，相随着响了起来。孙福有看一看观众，又看一看桌上的那些空盘空碟，忽然灵机一动，随手将一面宽大的丝绒台布蒙盖上去，片刻后，哗啦一声掀开来，再看那些空盘空碟儿，一一地都已盛满了鲜花与水果，直惹得一旁观看的国王与王后，一边窃窃私语，一边连声赞叹。

观众们都以为到了这里也便结束了，然而，出其不意间，最令人难以置信的事情发生了，孙福有一个挥袖撩袍，又变出一口一个人难以搬动的荷花大瓷缸来。在一片惊讶的目光里，人们纷纷起身细瞧，一清二楚地看到，那缸里碧水荡漾，正有几对红金鱼在恣意游动着……

这场演出，无疑让深居皇宫的国王和王后大饱了一次眼福，并由衷地对孙福有连声称赞，当即便为他赠送了一枚闪闪发光的金质勋章。

此后，中华国术大马戏团在泰国相继演出一年有余，这才进入柬埔寨。

第五章　上海·义演初识田汉

那些年，中国发生了太多的事情。

从1926年到1927年的北伐战争，到随后蒋介石和汪精卫先后于南京和武汉发动的"清共"行动；从1930年蒋介石与阎锡山、冯玉祥之间在中原地区进行的争夺权力的中原大战，到1931年蒋介石提出的"攘内必先安内"的计划，以及紧随而来的九一八事变。内忧外患的中国大地，深陷于战争灾难的漩涡。

1931年9月22日，从江西"剿共"前线返回首都的蒋介石发表演说，公开表示采取逆来顺受的态度："我国民此刻必须忍痛含愤，暂取逆来顺受态度，以待国际公理之判决。"一个来自国民政府高层的"不予抵抗"命令，使东北军放弃了东三省，三千万同胞沦为亡国奴……

九一八事变后，一场反对日寇侵略，反对不抵抗政策，举国团结共御外侮的运动在全国迅速展开。远东第一大都市上海，成为抗日救亡的重镇……

不止战争，还有天灾。1931年夏，淮河流域发生特大洪水，水患南起珠江，北至关外，东抵苏北海岸，西达四川盆地，全国受灾区域达16省672县。特大洪灾，使40万人死亡，5000万灾民遭受着煎熬……

第五章　上海·义演初识田汉

1932年的中国，是在迷茫与战火中开始的。

这年元旦，新的国民政府在南京宣告成立。同一天，在锦州，日军发动突然袭击，奉国民政府命令，3万多中国驻军只作了象征性抵抗，便撤入山海关内。元月3日，锦州沦陷。至此，东北国土落入敌手。

1月28日11时50分，日军向上海发动进攻。中国军队在蔡廷锴的指挥下奋起抵抗，并向全国发出要誓死保卫国土的通电。十九路军担负起保卫上海的职责，在绵延数百里的防线上顽强抗击日军。

上海的炮声吓坏了南京的军政大员，国民政府急忙宣布迁都洛阳……

3月9日，在长春，溥仪举行"就职典礼"，宣布就任"满州国"皇帝。"满州国"成立后，日本的侵略矛头随即指向了华北。

1933年1月1日，日本开始猛烈攻击山海关，继而向热河进犯。蒋介石也已察觉到日本的野心，但他并不想干扰正在进行的剿共，仅抽调两个师的中央军支援华北前线。在南方，他却调动三十多个师约16万人，准备向中央根据地发动第五次大规模"围剿"……

5月，日军攻占北平近郊……

内外交困、四分五裂的中国，将走向何方？

也就是这一年，自入汛以来，黄河中游普降大雨，泾、渭、洛、汾各支流并涨。从这年7月开始，发生了民国以来最为罕见的一次洪水。洪水致使黄河泛滥，紧随而来的是黄河下游南北两岸决口五十余处，洪水淹没了河南、山东、河北和江苏四省三十个县，受灾面积达一万多平方公里，受灾人口三百多万，财产损失2亿多元，数不胜数的灾民无家可归。

战争频仍，加之天灾，国内形势十分严峻。基于这种情况，国民政府在灾后成立了黄河水灾救济委员会，采取了一些必要的措施，对灾区进行急赈、工赈和卫生防疫……

就在这个时候，正带团在缅甸演出的孙福有，接到了中国红十字

会和上海战区灾区救济会的急电，恳请他带团回国，为救济黄河水灾难民，进行捐款赈灾义演。

那封电报，着实让孙福有吃了一惊。

孙福有拿着那封电报，下意识地皱了下眉头，接着便打定了主意：他要回国，立刻回去。

电报上的事情，一阵风样地在马戏团传开了。一时之间，七嘴八舌，议论纷纷。

孙福有铁青着一张脸，看了看大伙，说："你们啥都别说了，就一个字，回！"

"这边的演出正赶上好时候，节目也很受欢迎，能缓缓再回吗？"一个演员有些胆怯地建议道。

"英国那边的泰晤士报不是也发来邀请了吗？而且计划都做好了……"一个演员说。

"所有邀请和计划都拒了，以后有的是机会。"孙福有打断了他们的话，说，"家里遭难了，我不能坐视不管。你们也都是家里的人，也都有责任呢！"

孙福有的一句话，就再没人敢吭声了。

"爹死了，娘不在了，家里那么多的兄弟姐妹受苦受难呢，即使我们在外面挣再多的钱，还有啥意思？谁还安心演出，谁能忍心不回？赶紧收拾东西，回！"

孙福有一摆手，众人便都散去了。

一时间，马戏团各司其职，联系船运、张贴布告、装笼、拆棚忙成了一团……

航海途中，由于时间和环境的影响，人与动物都不同程度地出现了不适的反应，马戏团的两头大象，相继死在了船上，无奈之下，他们只能就地将它们实行了海葬。

不日后，孙福有率中华国术大马戏团在香港登陆。

梁燊南设宴接待了孙福有。

孙福有先是把在这期间的演出账目一一向梁燊南进行了一番交代，接着便将应当分给梁燊南的酬劳，一并交给了他。

梁燊南道声辛苦，却把那些钱推了回来。

"梁老板，你是觉得少了？"孙福有犹豫了一下，望着梁燊南，不解地问道。

梁燊南摇摇头，诚恳地说道："孙老板的为人，我深感钦佩。你带着马戏团四处奔波演出，这些年的辛苦，我梁某也记在心里了。"

"这是……"

"当初我的想法很简单，就是想为精武会攒上点儿家底。这些年的收入，我已经感到很满足了。"梁燊南朝他笑笑，说，"所以这些钱，我们就不需要了，你把它收好吧！"

"这哪行？"孙福有说，"通过这些年的接触，梁老板你也知道，我孙福有一向是讲信用的。"

梁燊南点点头，想了想，这才说道："有些话，我还是想对孙老板说一下，你知道，我这边的事情确实也很多，实在分不出更多的精力照顾咱们马戏团，另外，几个在马戏团里的武术界朋友，私下里也对我讲了，他们都觉得在团里太辛苦，想撤回来。兄弟，真是对不住了。"

梁燊南十分歉意地向孙福有抱了下拳。

孙福有愣了一下，望着梁燊南，欲言又止。见梁燊南面有难色，于是也就不再勉强。

梁燊南和香港精武体育会在马戏团里的全部演员，就这样撤出了孙福有的团队。

匆匆告别了梁燊南，孙福有便与马戏团的演员们一起，启程前往上海。

中华国术大马戏团一到上海，立即引起了上海市民的极大兴趣。

如同此前的许多次演出一样，在动手搭棚之前，马戏团又刻意进行了一次化装游行。与此同时，作为中国第一大报的《申报》，及时登载了中华国术大马戏团赈灾义演的消息。

1933年8月3日《申报》上的一则醒目广告这样写道：

中华国术大马戏今晚开幕。

欲知中华国术之真谛，欲拯东方难民于水火，欲唤起中华民族意识，欲欣赏中华精深艺术，不可不看。

日期：今晚九时起演，八月四日起每日两场。

券价：包厢全间五十元（可容六位），单座每座十元，特等每位四元，头等每位二元，二等每位一元，普通每位半元。

门券代售处：南京路谋得利洋行，暨永安、先施、新新各大公司。

本团办事处：四川路119号，电话12216号。

地址：大世界对面广场。

在大世界对面广场上一夜之间搭起的马戏团大棚，如一艘等待起航的巨轮，立时惹起了人们的注意，还没正式开演，便引来了络绎不绝的市民前来观瞻。马戏团其规模之宏伟，设施之健全，声势之浩大，上海人在此之前从没见过，中华国术大马戏团一时之间便轰动了整座城池。于是乎，男女老少争相购票，以一睹为快，大棚内的观众场场爆满。

8月3日当晚，孙福有表演了自己的马戏绝技——《杂拌子》中的"七根火棒子"。

孙福有一出场亮相，就迎来了满棚的掌声。随后，滑稽演员丁林清（小名小友），便送上了三根已被点燃的火棒，孙福有接在手里，旋即双手一翻，一根火棒猛然间腾空而起，连翻了五个跟斗，直朝着棚顶蹿去，尔后又翻着五个跟斗落下来。这时间，相跟着，第二根火棒也打着跟斗翻上去，接着又是第三根也跟了上去。如此这般，反复了三个来回，孙福有收势变成了"背间范儿"①。待循环往复五六个来回后，又变成了正面"过桥范儿"②。又连续五六个来回后，孙福有再次变招，瞬间向一旁的侍者示意，又一根火棒被点燃后，一抛一抓间，他的手里已有了四根熊熊燃烧的火棒，且一手两根，起起落落，上下翻飞着。一片惊呼中，人们以为这表演也便是到了极致，却万万没想到，好戏还没有开始。眨眼之间，第五根火棒也从一旁的侍者那里抛接在了手里，只见孙福有使出了一个"冲天移动"，这五根火棒又以三个跟斗的速度交叉上升翻腾起来。与此同时，孙福有快速向前移动着步子，眼见着快要走到马场圈子边了，他又一步一步退到中央位置。眨眼间，余下的两根火棒也被侍者点燃，还没等观众看清来路，那两根燃烧着的火棒，已经被孙福有旋风般地一个动作抢到了手上。

　　七根火棒就这样全部上手了，目瞪口呆的观众还没完全反应过来，突然间，大棚内的一切照明设备全部熄灭。偌大一个容纳几千人的大棚，猛地便陷进了一片无边无底的幽暗中。突然降临的黑暗，立时引起大棚内几千人的惊慌，惊呼之声此起彼伏。可是人们哪里知道，这却是后台掌管发电机的孙吉堂刻意所为。

　　惊呼之声也仅仅持续了几秒钟的工夫，人们这才回味过来，再看这时的孙福有，似乎使用了隐身之处，一片翻转飞腾的火团中，只一个白色的影子，时隐时现着。那七根火棒的每一根的顶端，都是用棉纱和粗布卷制而成，系紧了铁丝，又浸足了柴油，到此时，一根一根熊熊燃烧着，竟然带动出了呼呼拉拉的风声。远远看去，七根火棒如

---

① 背间范儿：双手向后从人体背后抛出火棒，从正面接住，再从背间抛出。从一个跟斗到二个跟斗是一组背间范儿。

② 过桥范儿：火棒从表演者大腿胯下抛出，正面接住，左右开弓，一个跟斗、二个跟斗、三个跟斗为一组范儿。

流星赶月一般，又似激情飞舞的火凤凰，相互之间在半空里翻飞追逐着，好不热闹，实实地壮观到了极处。

一阵连着一阵地，观众沸腾了，整个大棚的呼哨声、惊叫声响成了一片。

到这时，黑暗之中的火棒早已幻化成了一团又一团的火球。忽左忽右，忽上忽下，忽高忽低地，被孙福有一一把控着，如被赋予了神灵一般。而观众席上的观众，也早已眼花缭乱，被眼前的景象激动得神魂颠倒了。

正当火球继续上下翻滚，而观众尚还沉浸在狂欢的气氛无以自拔时，孙福有却恰到好处地一个收势，将七团火球按序排列在一侧的百令台铁架上。

刹那间，火球熄灭。"唰"的一声，大棚内灯光齐明，恍如白昼，一切又重新回到了原来的样子。如同一场梦醒，几千观众暴风雨一般的掌声响了起来。

孙福有面对观众，连连施礼致意，退下场去……

孙福有不会想到，这天晚上的开幕式演出中，有一个戴深度近视眼镜的年轻人，就坐在离他不远处的观众席上。这个人就是在此之后不久与他结下金兰之交的戏剧作家田汉。

那天晚上，时任"左翼剧联"党团书记、中共上海中央局文化工作委员会委员的田汉，特邀了几个要好的朋友，一起观看了中华国术大马戏团的赈灾首演，整个观看的过程中，他深深被马戏团演出的节目所吸引。这台既惊险刺激又妙趣横生的演出，立时引起了他的极大兴趣。而孙福有所演出的"七根火棒"，又给他留下了特别深刻的印象。也就在这次观看演出的过程中，他突然产生了一个想法，他要以马戏团生活为蓝本，为马戏演员和那些热爱中国马戏的观众创作一部电影剧本。他甚至为这部剧本起好了名字：《龙马精神》。

孙福有见到田汉时，是在第二天的上午。那个时候孙福有刚刚练完了第二遍功，回到休息棚洗了把脸，正要坐下来歇上一会儿，就见司拉鲁匆匆忙忙走了进来："有位叫田汉的先生和一位女士想要见您，我已经安排他们在会客棚等候了。"

"田汉？"那个时候，孙福有还不知道这个大名鼎鼎的戏剧界人物，想来想去，却又不曾想起与他有过什么结识，心里不由嘀咕了一句。

开幕式之前的几天里，孙福有接待过不少来自社会各界的朋友，他们大都是军政界、工商界等等有头有脸的人物。他心里清楚，他们来马戏团亲自拜访他，并不仅仅是因为喜欢马戏，从另一层意义上讲，更多的则是为了自己的面子。

这个叫田汉的人是谁呢？

不管怎么讲，既然这位先生是奔着他来的，他总是应该出面见上一见。如果说到一起，就多说上几句；倘若说不到一起，那就搪塞几句也便是了。

这样想着，孙福有便随司拉鲁来到了会客棚。

一眼看到孙福有走进来，田汉和身边的那位女士，忙从一旁的坐椅里站起身来。田汉一边微笑着迎上前去，一边热情地握着孙福有的手说道："孙老板昨晚的演出我们都看了。"

孙福有忙应酬道："那就请先生多多指教了。"

"不敢不敢，"田汉摆摆手，仍然微笑着说道，"我是来向孙老板学习的。"

"请问先生您是……"

孙福有一边说着，一边打量着面前这两位陌生的客人，只见他们一个风流倜傥，一个娴静沉着，而且这两人的气质很有些不凡。

见孙福有这样问他，田汉突然意识到什么，笑着说道："你看，我竟忘了介绍我自己了，我叫田汉，是一名剧作家。"

接着，他又把身边的那位女士介绍给孙福有："这位是安娥女士。"

自然，孙福有那个时候并不知道田汉和安娥的真实身份。当时，由于叛徒的破坏，安娥的直接领导被捕叛变，作为下线的安娥与党组织失去了联系，经作曲家任光介绍，已经进入上海百代唱片公司歌曲部工作。

"剧作家？"孙福有下意识地问道。

田汉点点头。

安娥望着孙福有，笑着问道："你喜欢戏剧吗？"

孙福有不好意思地朝她摇了摇头，但马上又觉得这样有失礼貌，接着又点了点头，说道："您知道，干我们马戏这行的，除了练功，就是演出，所以，我是很少看戏的。"

两个人都表示理解，田汉这时却转了话题说道："说起来您和安娥女士还是同乡呢！"

"同乡？"孙福有有些惊喜地把目光转向安娥，"请问您老家是……"

"我是获鹿人，"安娥说，"孙先生不是吴桥人吗？"

"是的是的，"孙福有忙说道，"获鹿我是知道的，幸会幸会！"

一问一答中，几个人自然而然地就多了一份亲近。

"请问二位今天来有何见教呢？"孙福有心里仍是放不下，又望着田汉和安娥问道。

田汉诚恳地说道："孙先生过谦了，我是来和您交朋友的。"

孙福有没想到这个叫田汉的人，说起话来竟这样直爽，不由得打心里对他有了好感，忙说道："那好啊，我也是一个喜欢交朋友的人呢！"

田汉下意识地吁了一口气，说："这我就放心了。"

孙福有微笑着望着田汉，问道："田先生，我不过是普普通通一个卖艺的，而您是知识分子，文化人，您为啥要找上门来与我交朋友呢？"

田汉也微笑着望着孙福有，诚恳地说道："先生的技艺如此出神入化，昨晚的演出我们已领略到了。更重要的是，在我的心里，孙老板是一个有大义、有气节、有担当的人，不然，在国难当头的关键时刻，您不会放弃海外优厚的商演报酬，毅然回国参加义演。坦率地讲，您的为人处事和所作所为，令我十分敬重和钦佩。您想，这样的朋友不交，难道不是我人生一大憾事吗？"

孙福有连连摆手，说道："田先生如此抬举我，真是过奖了，我孙某实感惭愧，说到义演，我不过是仅仅做了点儿力所能及的事情罢了。"

说到这里，孙福有突然又笑起来，补充道："不过，田先生很会讲话，我很爱听呢！"

一句话，把田汉和安娥两个人都逗笑了。

客套了一番之后，两个人就问到了各自的来处与去处，待报过了各自的生辰年龄后，田汉屈指说道："这样算来，孙老板要大我十六岁呢，若不见外，我理当称您为大哥了。"

"好，这样叫着就好。"孙福有拱手应道，"如此，我便称您田汉兄弟。"

田汉点头应了一声，说道："当然，您也可以叫我寿昌，这是我小时候的名字，父母为我取下的。"

"寿昌，"孙福有默念着这个名字，说道，"寿昌这名字好，那我以后就叫你寿昌兄弟了。"

"好！"

"说到名字，父母也曾为我取下了一个，小名欢儿。寿昌兄弟也可以这样叫我呢！"

田汉爽快地应道："好，我们不妨就这样私下里叫着好了。"

两个人都没想到，只是第一次接触，竟然能够谈得这么愉快，言语之间，大有相见恨晚之意。

看着时候不早，又担心影响了孙福有马戏团的诸多事务，田汉与安娥不得不起身告辞道："孙老板还有演出上的很多事情，我们就不

多打扰了。"

孙福有点点头，诚恳地邀请道："好吧，我三天两日的也不会离开上海，寿昌兄弟若闲来无事，还望多来寒舍与我聊聊，给我指点指点。"

田汉一边与孙福有握手道别，一边说道："马戏上的事情你是内行，我是谈不上指点什么的，只是在上海有需要我们帮忙的，只要能办到的，您尽管言语也便是了。"

说着，两个人便交换了联系方式。

送走了两位客人，回到休息棚，孙福有还在想着那个叫田汉和安娥的人。

在孙福有看来，那个气质非凡、仪表堂堂又一脸热情与真诚的文化人，全然没有那些酸腐文人的清高与孤傲。似乎在他的身上，时时刻刻总会散发着一种无法排斥和拒绝的亲和力。这种亲和力，又无时无刻不在影响着他身边的每一个人，并为每一个人所倾倒与折服，必要时甚至会不惜一切代价为他两肋插刀。

也许正源于初识田汉的这种良好的印象与好感，由此也便注定了孙福有后半生与他结下的牢不可破的兄弟感情……

1933年8月4日这天的《申报》，再次刊登了一则醒目广告：

爱看魔术、舞蹈、国术、野兽的请来看。

战区灾难救济会特约中华国术大马戏团，应有尽有，样样精彩。为国术争光！为灾民请命！

日期：八月四日起每日（一）下午五时三十分；（二）下午九时 两场。

地址：大世界对面广场。

券价：包厢全间五十元（可容六位），单座每座十元，特等每位四元，头等每位二元，二等每位一元，普通每位半元。

售券处：大世界对面广场。

门券代售处：南京路谋得利洋行，暨永安、先施、新新各大公司、八仙桥金城银行，大世界荣昌烟纸店、老西门蚨和。

本团办事处：四川路119号，电话12216号，战区灾难救济会会所，牯岭路人安里二十九号，电话92016号。注意：凡向各代售处购券，可得券资五成以上供救济战区之用，场内不另募捐。

随后，1933年8月7日的《申报》广告这样写道：

战区灾难救济会特别启事，启者本会特请中华国术大马戏团来沪演艺，开幕以来每场客满，招待未周抱歉良深，该团艺术超群，有口皆碑，兹从今日星期一起更换节目。比较以前格外新奇，比较以前格外精彩。将该团所有空前绝技尽量贡献藉副。各界赞助盛意用为战区无告灾民请命，敬请踊跃惠临，无任感幸。

地址：爱多亚路大世界对面广场。

时间：每日两场（一）下午五时三十分（二）下午九时。

券价：包厢全间五十元可容六座，包厢单座每位十元，优等四元，特等二元，头等一元，普通半元。

售券处：马戏场门首。

代售处：南京路116号谋得利洋行（包厢券定座处），南京路永安公司、先施公司、新新公司；八仙桥金城银行、大世界对面永达兴号；老西门蚨和泰烟纸店、小东门协源烟纸店；北四川路1276号虹口公寓、卡德路口徐新泰烟纸店。

此后的那些日子里，人们几乎天天能够在《申报》上看到有关

中华国术大马戏团的消息，马戏团所演出的节目也日见翻新。

《申报》1933年8月19日的消息称，"战区灾难救济会挽留中华国术大马戏团继续演艺。中华国术大马戏团应本会之请来沪演技，原以十五日为期……"但由于热情的观众呼声甚高，孙福有只得临时决定继续加演。

1933年8月27日《申报》登载的消息，又将这次义演推向了高潮：

中华国术大马戏团今晚起更换新奇节目。本团应战区灾难救济会之请，开演以来，辱蒙各界踊跃惠临，实深铭感，前拟更换新节目，因有名马及表演器械未到，故致延期。兹已规划就绪，由今晚起，更换新马术新手术并增演"十字绳""倒行云梯"，前演"女子飞车"一幕。谬荷观众激赏，今加之"倒行云梯"系以脚尖悬空倒行，"十字绳"则将演员从空中抛掷，较诸女子飞车，险奇百倍，本团对此项惊人节目，本不轻易表演，兹为战区灾民作最后之请命，故尽力贡献，幸早光临。日场五时半，夜场九时开演。地址：大世界对面广场。

消息一旦登出，一时之间，人流如潮。

"十字绳"又称"十字花绳"，为高空节目之一种。其道具为两根约20米长，直径30毫米粗的绳索，在30米左右的高空交叉重叠成并不固定的十字形。大绳以东西向的固定绳索为上绳，南北向的固定绳索为下绳。当演员走到大绳交叉点时，突然身体后仰，整个身体头朝下，脚朝上，这一动作十分惊险，仿佛演员一时失脱从大绳上掉下去一般。但是，也就在这千钧一发之际，表演者的两只脚已经扣挂在十字花绳的交叉点上。一惊一呼一喜间，观众的一颗心也随之忽上忽下到了极处。可正在这时，那表演者其中的一只脚离开了绳索，独独将另一只脚钩挂在那里。这一危险的动作做出来，不禁令台下的观众大惊失色，一个个张大了嘴巴，竟连着将自己的呼吸也停下了。此时此刻，再看那绳上的表演者，正十分自得地摆动着身子向观众致意呢，俨然一只灵巧的猴子垂挂在那里。而这，也正是"十字花绳"之"倒挂金钩"的由来……

如果说这个叫"十字花绳"的节目，还不能满足于众多观众的胃口，达不到惊险刺激的程度，那么，接下来的"倒行云梯"，一定会让人一饱眼福。

"倒行云梯"又是高空节目之一种，是孙福有的创新节目。其"云梯"的道具为一架木制长12米、宽0.8米，中间带有梯档的梯子，远远看去仿佛一副大楼梯悬吊在16米左右的高空里。在没有任何动力设备的辅助条件下，它完全依靠演员自身的平衡摆动来操作。云梯在空中做自行的旋转运动，从慢速启动，到中速运转，最后直达高速旋转。如若有了极好的保护措施也便罢了，可令观者只看上一眼便会感到胆战心惊的是，当云梯上的三个演员在云梯倒行，进行每一个惊险动作时，既未系保险绳，又未受任何保护。要想在高速旋转的云梯之上做到万无一失，只有依仗每一个演员超常的功力，凭借自身的贴附力与高速运转的云梯强大的离心力相抗衡，但凡一步疏忽，便会生发出不可挽回的悲剧。

云梯上的每一个演员，命悬一线。

节目演到高潮时，那架在高空中悬吊着的急速飞转的"云梯"，眨眼之间已变成了一道携带着急遽的风声直直垂落下来的雨帘，而"云梯"之上的每个人，也只看到个红红绿绿上下飘忽着的影儿。那些胆子小些的观众，自禁不住地又替着那"云梯"上的每个人想着，却是愈想愈觉得担心，愈想愈觉得后怕，一颗心一时间怦怦乱跳得没有了章法。一双眼睛想看又不忍去看，不看又觉得不舍。而那些胆子更小些的，到这时，早已是三魂丢掉了两魂。

几千人的马戏大棚里一下变得鸦雀无声,仿佛一脚踏到了世界的尽头一般,时间和呼吸一霎间同时停止和凝固下来……

高高旋转着的"云梯"终于也便由快及慢地停止了转动。好大一会子,人们总算将一颗怦怦乱跳着的心放落到了原处。时间又开始按着它固有的节律,一步一步往前走动起来……

紧随而来的,又是一片如潮如浪的掌声。

中华国术大马戏团的义演,其盛况空前,在整个上海滩前所未有。自然,场场爆满的同时,也获得了实为可观的收入。

照理说,按照战区灾难救济会的约定,中华国术大马戏团早已超出了义演时限,然而,到这时为止,上海广大民众对马戏团来沪仍然热情不减,且盛赞不衰,各界人士借此机会也纷纷站出来力劝续演。拳拳盛意之下,孙福有没顾得上细想,便欣然接受了这份盛情,慷慨决定再次续演。但因演出地点租赁等原因,却不得不另辟新址。

1933年9月2日,《申报》及时发布了中国华术大马戏团迁地表演的消息:

> 中华国术大马戏迁地表演。本团此次归国除沪上表演外,尚预应福建、广东、广西各省之约,须依期分另赶到江浙各大埠,亦须克期前往,时间匆促,颇难支配,本拟即日离沪,惟迭接各方来函挽留,多称避暑各处,未及来观,或称溽暑困人,秋凉当至,拳拳盛意,未敢拂逆,故决定即晚停演迁至静安寺路大华饭店旧址空地续演一星期,将精彩节目在一星期内尽量表演,定于九月五号(星期二晚)在新迁地址继续开演,逢星期三,星期六,星期日加演,日场三时半起开演,夜场仍照九时。

就这样,自1933年8月2日始,至9月13日,孙福有率领中华国术大马戏团，在上海大世界对面广场的演出告一段落，其间共演出72场，且场场爆满，观众总计高达288000人次，其马戏团赈灾义演捐款22万大洋。

那天上午，当孙福有命人把这22万块大洋点验装箱之后，又亲自带队将它送到了赈灾委员会指定的银行。赈灾委员会特意为此举行了一场隆重的交接仪式，孙福有因此受到了国民政府的嘉奖。当他把那块上书"为民效力"的烫金大匾接在手里的时候，激动得差一点儿掉下泪来。

自然，孙福有这一爱国救民、高风亮节之举，得到了上海市民和社会各界的一致好评和赞扬，各报各台对这一盛事也及时进行了宣传报道。

第六章　结仇黄金荣

那些日子，上海滩的青帮头子黄金荣一直坐卧不安。

中华国术大马戏团来上海赈灾义演的消息，他早就从报纸上知道了。可是，马戏团一到上海，就目空一切地把大棚扎在了他大世界对面咫尺之遥的广场上（上海跑马场），连个招呼都不和他打一声，也太没把他这个大世界游乐场的老板放在眼里了。这样的排场和布局，不是明明在和他唱对台戏吗？到马戏团看马戏的人，每一天都蜂拥一般地出出进进，如此说来，他们的生意这样红火，每天的收入自然也是少不了的。想到这样的好处都让他马戏团的人占去了，黄金荣的心里很不舒服，但是，中华国术大马戏团毕竟又是受了国民政府的邀请而来，上海民众对他们的呼声和赞赏声也十分高涨，这节骨眼上，他黄金荣是万万不能贸然行事的。就这样忍了一天又一天，聪明狡猾的黄金荣终于忍出了一些歪主意。

尽管在中华国术大马戏团没有开演之前，孙福有也曾派人打听过上海滩的几个重点人物的情况，其间也了解了一些黄金荣的强大势力背景，知道了这个外号叫"麻皮金荣"的人，祖籍在浙江余姚，幼年时一度生活在漕河泾，年轻那会儿在城隍庙的一家裱画店里做生意，后来考进了前法租界巡捕房做包打听。靠着投机钻营，一步一步成为一名高级巡捕，官升至探长、督察长，直到六十岁那一年退休。

黄金荣擅长与地痞流氓交往，别看他长得五大三粗，但脑子活络。从做包打听那会儿，他就用"黑吃黑""一码克一码"的手法，网罗了一批"三光码子"，即惯偷、惯盗、惯骗分子给他提供各类情报，由此破了一些案子，在一定范围里提高了自己的威信。也就是从那时起，黄金荣不但走私鸦片、开设赌台，而且还涉足于上海滩的娱乐圈子，开设共舞台、大观园浴室、荣记大舞台、大世界和黄金大戏院等，并与杜月笙、张啸林等人攻入金融、工商界，从中获得了不少财富。

黄金荣的势力范围越来越大，名声自然也随之鹊起，据说拜在他膝下的门徒就有三千之众，除了收纳上海三教九流的流氓地痞成为自己的门生之外，他还收纳了军阀内一些位高权重的显赫人物，其中尤以后来的北伐军总司令蒋介石最为著名。

如此说来，黄金荣这个人确实是不可小觑的。

但是，孙福有当时并没把他当作一回事儿。在孙福有看来，中华国术大马戏团回国赈灾义演，是受了政府之邀的正义之举，完全用不着四处"拜码头"找靠山，更何况他孙福有历来扶弱济贫、不畏强暴。

于是，也就惹出了一场又一场的麻烦。而那些麻烦，自然是由"麻皮金荣"绞尽脑汁一手策划的。

中华国术大马戏团的义演结束了，黄金荣终于也就等到了机会。

孙福有无论如何都不会想到，在上海迁地演出的第一场就引出了变故。

那天的演出进行到一半的时候，大棚里突然闯进来十几个无事生非的小流氓，他们一会儿在观众席过道里毫无来由地大喊大叫，一会儿往表演台上扔砖头，最后胆子越来越大，竟一起跳到台上，和正在表演的几个女演员推搡起来，把好端端一场演出搅闹得再也无法继续下去。

这一起突来的事端，一下把台下的观众惹恼了，他们纷纷从坐席上站起来对这种行为严词指责，但是那些小流氓根本就不听这一套，该怎么搅闹还怎么搅闹。

眼瞅着好好的一场演出就要泡汤了，就在这个节骨眼上，只见一个红脸膛的汉子，猛然间大吼了一声，从观众席里跑到台上，伸手一把死死地捉住了一个小流氓的脖领，又向一旁的那几个小流氓扫了一眼，大声呵斥道："你们到底想干什么，给脸不要脸是不是？不愿意看节目就立马滚蛋，再搅场子胡闹，别怪老子不客气！"那几个小流氓见上来一个催命鬼，斜着眼睛冷冷地盯了他一眼。一个家伙鼻子里跟着哼了一声，把一双大手握攥得啪啪直响，轻蔑地说道："嗑瓜子嗑出只臭虫来，还真有他妈的不怕死的！"话音未落，冷不防一拳打过来。那红脸汉子手疾眼快，侧身躲过来拳，紧接着就势一肘狠狠击打在那人的侧肋上，只听得那小流氓不由得大声"哎哟"了一声，旋即便向一旁踉跄了几步，重重地摔倒在了地上。

就像看一台精彩的节目一样，台下的观众一下兴奋地为那个红脸汉子鼓起掌来。

可是，一旁的那一伙小流氓哪里肯咽得下这口窝囊气，见自己的一个同伙倒下了，相互间飞快地递了个眼色，一边大喊着，一边恶狼般向那个红脸汉子扑了过去。

说起来，那红脸汉子的身手也着实不凡，只见他趁机稳了稳阵脚，说时迟，那时快，转眼之间手脚并用，还没待台下的观众看得仔细，他已经接二连三地把其中几个打翻在地了。

剩下的那几个小流氓一下吓傻了，知道今天碰到了硬茬子，感觉到如果再继续恋战下去，必然是要吃大亏，不知是谁喊了声快跑，那一帮小流氓连滚带爬地逃出了大棚。

这一场骚乱，就这样平息了。

红脸汉子的义举，赢得了台下观众的一片赞赏，孙福有也自是无比感激，于是一边十分抱歉地向观众宣布演出继续进行，一边又把这位汉子请到了候场棚。

两个人当即进行了一番交谈。孙福有这才知道，这红脸汉子大名林祝山，许多年前，本也是做过杂耍、打过把式卖过艺的。因为有了那些年的历练，也便掌握了些拳脚上的功夫。后来，为了有个落脚之处，便在上海的一家武馆做起了一名武教头。自然，在上海这个码头生活得时间长了，因此也交下了一些同行朋友。

孙福有觉得面前这位兄弟是同道中人，便如同遇到了故知一般。

"上海这地方说简单也简单，说复杂也复杂，我所知道的帮会团伙，就不下几十个。这些人心狠手辣，什么缺德事儿都能干出来。"林祝山看了孙福有一眼，接着又说道，"我看你孙老板也是个实诚人，兄弟我也便对你说句实话，但凡初来乍到的，又想正经做点事儿的，如果没个靠山还真的不行呢！你看，刚才不就出了这档子斜岔子事了？"

孙福有想了想，便拱手说道："那就烦劳祝山兄多多关照了。"

林祝山说道："孙老板放心，只要我力所能及的，一定全力以赴。"

"依祝山兄的意思，接下来我该怎么办呢？"孙福有接着问道。

"我看这样吧，"林祝山略思片刻，望着孙福有说道，"通过刚才咱哥俩的谈话，我也真心想交孙老板这样的朋友，如果你信得过我，一周之内，马戏团演出的场地就由我来安排吧，大棚里的秩序和演员们的安全问题由我来负责，你只管安心演出也便是了。"

孙福有听了林祝山的话十分感动，抱拳说道："那就一切拜托祝山兄了！"

接下来几天的演出中，林祝山忙前忙后，左右应酬着，果然就像他所说的那样，再没有发生搅场子闹事的事情。表面看上去，马戏团一切都太平无事。

一周的时间过去了，为了酬谢这位热心相助的兄弟，孙福有拿出

了500块大洋表达了自己的心情。

这时，林祝山突然吞吞吐吐地对孙福有说道："孙老板，兄弟我有件事儿，不知当讲不当讲。"

孙福有爽快地说道："我们是好朋友，有什么话不好讲的，只要我孙福有办得到的，您就尽管说吧！"

于是，林祝山便说道："我有一个师父，久闻孙老板大名，也早就想来拜会一下您，不知您是否肯赏这个光？"

孙福有听了，一下笑起来，说："祝山兄真是见外了，我又不是什么政府要员，有什么不能赏光见上一见的？"

"那我就放心了，"林祝山忙说道，"明天我就把他请过来。"

孙福有下意识地问道："请问祝山兄，您这位师父尊姓大名？"

林祝山又吞吞吐吐起来，望着孙福有说道："说起来他也是上海滩一个很有头脸的人物，见了面您就知道了。"

既然林祝山不肯说出来，孙福有也便没好再追问下去。

说着说着，就到了第二天的上午，马戏大棚前终于开过来两辆车。头辆的小汽车里坐着几个人，林祝山先从车里跳出来，接着又跳下两个保镖样的彪形大汉。待林祝山把后面的车门拉开后，一个年逾花甲的肥胖男人，便从车里钻了出来。恭候多时的孙福有马上意识到，这就是林祝山所说的那位很有些头脸的师父了。于是，赶紧迎上前去。

林祝山十分自然地向孙福有和他的那位师父做了相互介绍。当孙福有终于知道，站在他面前的这位肥胖男人，就是上海滩大名鼎鼎的青帮头子黄金荣时，不觉在心里惊愕了一下。

这时间，黄金荣已经堆了一脸的笑，十分热情地把手伸过来了："久闻孙老板大名，能在上海滩一见，真是幸会了！"

孙福有一边和黄金荣握着手，一边连忙说道："孙某实在不知黄老板大驾光临，在下多有得罪，多有得罪了。"

黄金荣笑呵呵地望着孙福有说道:"孙老板不必客气,我对先生也是思慕已久的,你可是中外马戏界的大名人呢!"

孙福有忙又赔笑道:"黄老板过奖了,孙某我不过是个卖艺的,日后还望您劳心费力多多关照呢!"

黄金荣又呵呵笑着,说道:"好了,就不说这些客套话了。今天匆忙前来拜访孙老板,我也没给你带什么能拿得出手的宝贝,车上的那头狮子,就算作兄弟的一件见面礼吧!"

说着,黄金荣顺手指了指后面的那辆大车。孙福有这才注意到,那辆大车的铁笼里,原来是装着"礼物"的。

孙福有万没料到黄金荣会送头狮子过来,忙又拱手谢道:"礼重了,黄老板礼重了!"

孙福有赶紧命人把笼子里的狮子卸下来,接着便陪着黄金荣在马戏大棚里走了走,一边走着,还一边给他做了些介绍。末了,黄金荣觉得余言未尽,便十分诚恳地邀请孙福有随他一同去自己的新住宅"黄家花园"说话儿。孙福有实在不好拒绝,也便只好随着他去了。

位于文山路的黄家花园,看上去十分气派。门前是白石阶,阶前是用虎皮石砌成的一片平地。园门之上有一块龙飞凤舞的匾额,上面写着"黄家花园"四个手书大字。进入正门,迎面一排有三间房子,中间一座大厅名为"四教厅",这间大厅是仿照大雄宝殿建造的,宽敞高耸,平面达250平方米。大厅的门、窗、梁、柱、椽、隔扇等雕刻有二十四孝图和古代戏文等,是所谓"文、行、忠、信"的故事,刀法高超,图景精美。除了整套的红木家具外,大厅正中供着福、禄、寿三星。厅内四壁上挂满了黎元洪、徐世昌、曹锟等人的匾额。厅外四周环以两米多宽的走廊,且花园之内遍栽花草,尤以桂花出名,有金桂、银桂、丹桂等600株之多,整个建筑雄伟华丽,其结构造型实为江南罕见。

为了彰显自己的势力和地位，黄金荣常常把此处当成居家会客的佳处。凡有重要的客人拜访，或者邀请重要的客人做客，黄金荣总会刻意把他们安排在"四教厅"来。

能够看出来，那一天黄金荣的精神很好，也显得十分健谈。

让座上茶之后，两个人东拉西扯了好大一会儿，黄金荣趁机把话题转到了中华国术大马戏团上，并连连赞赏起孙福有的治团为人来。直把个孙福有夸赞得云里雾里，坐也不是站也不是。

就在这时，黄金荣突然话锋一转，两眼注视着孙福有说道："到上海这些日子里，孙老板也许有所耳闻了，毫不虚瞒地讲，靠手下的一帮兄弟们抬举着，我在上海滩的人窝子里说起话来，还算有些分量的。兄弟我一向喜交朋友，愿意和朋友一起共点事情，现在我有个想法，就是想和你联联手，帮你把局面弄得再大一些，让马戏团朝大处再发展发展。不知孙老板愿意不愿意？"

自从送那头狮子开始，孙福有似乎就预感到了什么，觉得这个黄金荣是个很有心计的人物，不然他怎么会成为青帮的头子，且有那么多的门徒拜倒在他的膝下呢？但是，他却无论如何也不会想到，黄金荣把他拉到黄家花园来，会提出这样一个问题。

听了黄金荣的话，孙福有心里不觉一怔，由于没有一点儿思想准备，一时不知如何回答。

黄金荣在等着他的回答。

这时间，孙福有又担心着黄金荣会察觉到自己的犹豫与不快，慑于他在上海滩无人不知无人不晓的青帮势力，只得佯装镇定地朝他微笑道："当然是好，既然黄老板这么看重于我，就照你说的办好了。再说了，我也正缺少个打外的，那就仰仗您费心了。"

黄金荣笑了起来。

孙福有哪里知道，黄金荣为了达到自己的目的，此时此刻已经为他织好了一张大网，而林祝山和那十几个闹场的小流氓正是黄金荣自编自导为他放出去的一把诱饵。

正如黄金荣所愿，他与孙福有的生意合作，就这么顺利地开始了。两个人当下定下，黄金荣为马戏团的前台老板，演出场地从现在起挪到他所管辖在"大世界"之内。其演出所得的收入按黄三孙七分成。

黄金荣的心里不禁有些暗暗得意。

一个月的演出很快就结束了，按照约定三七分成的份额，黄金荣轻而易举地得到了8000块大洋的酬劳。白花花的这么多大洋落进了他个人的腰包里，黄金荣自是万分高兴，但是他的胃口却远远不止这些。

即便大上海的观众再多，也架不住日久天长一场连着一场地观看，而且马戏团所演出的节目很难再花样出新。由此，当在大世界的演出进行到第二个月的时候，就连黄金荣都没有想到，上座率渐渐滑落下来。等到月底一结账，黄金荣所分到的酬劳还不足3000块大洋。望着这3000块大洋，黄金荣禁不住又羞又恼，像一只热锅上的蚂蚁一样，在屋子里转了好几个圈子。想来想去，终于又想出了一个挣大钱的好主意……

这天下午两点多钟，孙福有正在会客棚里接待田汉和其他两位艺术界的朋友，突然听到从马戏团演出场地那里传来了一片喧哗声。孙福有和田汉几个人正欲起身前去看个究竟，就在这时，只见孙占凤气喘吁吁地跑进了会客棚，说道："大爷①，黄老板带了不少人来，正在马场上叫大家化装穿演出服，说要给我们拍电影呢！"

"拍电影？"孙福有皱了下眉头。

"走，我们看看再说，"田汉担心会有意外发生，一边和孙福有往会客棚外走，一边交代道，"无论发生什么，你要理智些，千万不要惹出麻烦。"

---

① 大爷：马戏团演员对团长孙福有的统称。

孙福有和田汉几个人来到马场时，黄金荣已经指手画脚地安排了人架好了摄影机。

听说要拍电影，演员们都感到十分新奇，摄影机跟前一下围了很多人。

只听黄金荣抬高嗓门说道："我已经和电影厂的这位赵导演商量好了，从今天开始，把咱们的马戏节目都拍成电影，然后在全国放映，这样的话，中华国术大马戏团的名声就更响亮了，你们每个演员就都能成为明星了。"

听黄金荣这么一说，演员们立时七嘴八舌地议论开了。

拍电影到底好不好？演员们懵懵懂懂的，一时弄不明白。

黄金荣一边挥着手，一边催促道："都不要说了，都抓紧去化装，准备登台表演。"

演员们听了，正要转身离去，抬头看到孙福有从马场外跑了进来。

"等一等，"孙福有喊了一声，走上前来，看了黄金荣一眼，又看了一眼一旁架好的摄影机，不解地问道："黄老板，你这是什么意思？"

"这不正准备拍电影吗？"黄金荣笑了一声，望着孙福有说道，"这点小事就不用你操心了，我来安排就行了。"

孙福有努力平静着自己的情绪，尽量把语气放得平缓了，说道："黄老板，这件事万万使不得，马戏团走到今天这一步不容易，万一拍了电影，全国各地到处去演，你想过这件事情的后果吗？咱可是全靠演马戏吃饭的呀！"

"孙老板，你这话什么意思，难道我还害了马戏团不成？"黄金荣一下变了脸色，说道，"你拿我黄某人当啥了？"

孙福有见一时难以对黄金荣说清楚，转头对演员们说道："你们都回去吧，这件事等我和黄老板合计合计再说。"

演员们听了孙福有的话，一下子明白了什么，便一边议论着，一边纷纷散去了。

这些年里，莫说是在他的大世界，就是在整个上海滩甚至江南诸地，黄金荣还从来没遇到过敢在他面前嚣张耍横的人，凡与他交过手的那些人，无论是哪个行当的，只要他黄金荣鼻子里哼一声，他们大气都不敢喘上一声。可是，今天孙福有吃了熊心豹子胆，竟然当着这么多人的面给他难堪，让他下不来台，一时之间，顿觉失了面子，不由得恼羞成怒：“孙福有，你别不识抬举，要知道你现在是站在谁的地盘上说话，这么好的事情让你坏掉了，你还想不想在江湖上混了？"

孙福有历来吃软不吃硬，见黄金荣说出这样的话来，终于还是没有忍住心中的怨气，说道："那好，黄老板，既然我们尿不到一个壶里，我看咱们还是大路朝天，各走一边吧！"

"怎么，孙老板，我黄某人不受你待见了是不是？你也不睁开眼睛看看这是在谁的地盘上。"黄金荣眼睛一瞪，立时七窍生烟，气咻咻地指着孙福有的鼻子吼道，"姓孙的，事已至此，我也不得不和你摊牌明说了，从今往后，马戏团演出的收入三七分必须改成四六分，话放在这里，你自己掂量吧！"

说完，黄金荣扭头带人走了。

孙福有望着黄金荣的背影，狠狠地啐了一口。

刚才的这一幕，身边的田汉都一五一十看在了眼里，但苦于为孙福有想不出一个万全之策，只得安慰道："大哥，黄金荣在上海的势力你是知道的，对这种人你万万不可硬来，以柔克刚只能智取，往后要走的每一步，你都要当心点啊！"

孙福有不觉叹了一口气，说道："寿昌兄弟放心，大不了我带着马戏团离开上海，当今世道虎狼当道，但我就不相信天底下没有一条卖艺人的活路。"

接下来的几天里，马戏团按照演出计划又表演了几场，可是每一场都进行得十分艰难。演着演着，不定什么时候就会闯进一些不三不四的人来，上蹿下跳，起哄吵闹，把马戏团上上下下折腾得惶惶不可终日。

孙福有知道这一定是黄金荣在背后变着法子使坏,心里头感到又气又恨,可是却一点儿办法都没有。

看来,上海这地方很难再待下去了,被逼无奈之下,孙福有决定要尽快离开这个是非之地。

经过一番考虑,不日后,孙福有带领中华国术大马戏团转场来到了杭州……

孙福有有所不知,此时间,被世人称之为人间天堂的杭州,完全出乎于他的预料,黄金荣早又为他布好了另一张大网。那张大网,差点儿把他收进人间地狱。

开始的几天,无论孙福有带团在哪里演出,哪里就会出现一伙不明来路的地痞恶棍,他们无事生非聚众闹事,每每就把好端端的一场演出搅黄了。孙福有这才明白,在黄金荣无所不在的钳制之下,他和他的马戏团再也不得一天的安生了。

尽管孙福有心里有所防备,但是,防不胜防的灾难还是降临了。

这天上午,中华国术大马戏团正要准备演出,大棚入口处就来了一群歪眉邪眼的小混子。这群小混子连声招呼都不打,横着膀子就要往里闯,却一下被验票的伙计把打头的一个揪住了。这一下可不得了,只见那个小混子挣了挣身子,挥起一拳就朝伙计打了过去,那一拳正打在了鼻梁骨上,当即就有满口满鼻的血冒了出来。那小混子这还不算完,只见他朝那群同伙使了个眼色,接着又喊了一声:"干他!"那群小混子便一起拥了上来,你一拳我一脚,直把那伙计打翻在地,抱着脑袋直叫唤。

有人很快把信传到了大棚里。听说马戏团的人被打了,眨眼之间,就从大棚里冲出六七个年轻的演员来。这些演员都是练过功夫的,一个个又是不受窝囊气的主儿,哪里肯把眼前这些小混子放在眼里。不知是谁喊了声:"上!"众演员不问三七二十一,三下五除二就把他们一个一个打趴在地上了。

这一下却惹出了麻烦,警察局的人闻声就到了。不问青红皂白,也不管是打人的还是被打的,一个不剩全被带进警察局去了。

那几个参事的演员给扣押了,一连好几天放不出来。自然,马戏团的节目也无法上演了。

被警察局扣押的那几个演员,总要想个法子保出来。说理是解决不了问题的,那就只好四处打听能"递进去话儿"的人,好不容易打听到了几个,给了人家不少的好处费,可是耐着性子等了几天,终于还是泡汤了。后来,孙福有总算又问到了一个知情人,使上了重礼,送到了市长的老丈人那里,这才把问题解决了。

到了这步田地,孙福有突然感到有些筋疲力尽了。想一想,杭州城也不是一个久留之地,担心再继续演出,不定又会生出什么事端来,走投无路的孙福有和马戏团的几个人一商量,再次决定改换码头。

到南京去!

跑马卖解戏法猴,漂泊江湖闯码头,南京收了南京去,北京留来北京游……《锣歌》里不就是这样唱的吗?

然而,孙福有却万没料到,事情并没有就此结束,不依不饶的黄金荣仍然不肯善罢甘休……

江湖水深,世间路险。

一路匆忙奔走,孙福有带着马戏团到了南京,找个地方落了脚,开始搭棚演出。头天演下来,平安无事,二天演下来,也是平安无事,孙福有的一颗心慢慢放了下来。三天演出结束后,一个自称名叫卢兴斋的中年人来到了马戏团。

卢兴斋一见到孙福有,就紧紧握住他的手,十分热情地说道:"孙老板,这几天我一直观看您的演出,越看越觉得好看,过瘾,对您已经佩服得五体投地了。心里想着,说什么也要见您一面,当面向您领教领教。"

卢兴斋的话说得很真诚，孙福有对他的第一印象很好，于是便把他让进了客棚。通过进一步交谈，孙福有了解到，卢兴斋是一个十分爱好马戏的人，而且也有一些手脚上的功夫，目前还自办了一个小小的杂技班子，说起来，在当地也称得上是一名绅士了。

"为了表达自己的仰慕之情，我想请顿便饭，孙老板您一定要赏我这个光哟！"卢兴斋一边笑着，一边又把孙福有的手握住了，说道，"等您再有了空闲时，我还要请您到我那个小杂技班看看，给指点指点呢！"

"卢老板的心意我领了，等我得了空，一定到贵府拜访，顺便看看您的杂技班，饭就免了吧！"孙福有心里想着，多一事不如少一事，还是说个囫囵话算了。

"不行不行，好歹我也算是一个东道主，您是远道而来的客人，就当我给您接风洗尘了。"卢兴斋说得很诚恳。孙福有一向善交朋友，觉得人家随便请吃一顿饭，完全是出于一片好心，不好拂了朋友的面子，于是只好答应了。

第二天午饭时，卢兴斋亲自把孙福有接到了附近一家较有排场的饭馆里，点了当地的名吃，又要了一壶酒。两个人边喝边聊，边聊边喝，三杯两盏下肚，围绕着马戏和杂技，竟觉得越说越有说不完的话儿。说着说着，就又说到了孙福有这些年来的经历，说到了江湖上的那些事儿，而当孙福有试探性地提到黄金荣这个名字时，只见卢兴斋一时怒起，好像与这个麻皮金荣有着深仇大恨一般，毫不客气地大骂了一顿。末了，卢兴斋拍着自己的胸脯说道："孙老板您放心，南京城有我卢兴斋在，您尽管演出就是了，一切问题都包在我身上！"

孙福有听了，一时之间大受感动："我孙某人不是不懂事理的，我看卢老板也是一个大义之人，南京这边有您帮衬着，我自然是放心的，但也请您放心，到时候我绝不会亏待您的。"

"孙老板客气了！"卢兴斋朝孙福有拱了拱手，接着又思忖了片刻，终于抬头说道，"常言讲，无功不受禄。孙老板，如果您觉得有必要添加个人手又信得过我的话，这两天我就安顿安顿家里的事情，到马戏团来帮您打打下手跑跑外，至于其他的什么，一切都好说的。"

这自是孙福有求之不得的，于是一时激动，也朝卢兴斋拱了拱手，当即说道："就这样说定了，那就拜托卢老板了。"想了想，孙福有又补充道，"亲兄弟，明算账，到时咱哥俩二八分成，您看这样行吗？"

卢兴斋毫不在乎地回道："这事好说，这事好说呢！"

卢兴斋果然到了马戏团。

接下来的时间里，卢兴斋跑前跑后，又是忙着联系演出场地，又是忙着动用当地媒体，为中华国术大马戏团做宣传，造声势，一时之间，马戏团观众云集，营业收入眼见着一日一日在向上攀升。

孙福有不由间一阵大喜，由此也便放松了警惕。殊不知，他正一步一步地钻进了一只看不见的套子里。

卢兴斋的狐狸尾巴很快就露出来了。

转眼间已是月底，按照惯例，到了孙福有给演员发"份子"的日子。演员们把各自分到的那一份拿走了，卢兴斋掂了掂自己的那一份，突然沉下脸来，问道："孙老板，不对吧？"

孙福有眨巴了一下眼睛："卢老板，怎么不对了？"

卢兴斋一下把钱扔到桌上："这是三七分吗？"

孙福有懵住了："是二八，咱没讲过三七呀！"

卢兴斋顿了顿，脖子一拧，问道："孙老板你是不是觉得我吃不上饭，跑到你这里来混饭吃了？"

"卢老板这是说哪里话？我怎么会有那个意思？"孙福有说道。

"不是那个意思，又是什么意思？"卢兴斋不依不饶地追问道。

"卢老板不要难为我，这是咱们起初就说好了的，说好了的事情怎么能随便改呢……"

卢兴斋与孙福有争执不下，突然一拍桌子吼道："既然你不肯改，那就等着瞧吧！"

卢兴斋和孙福有翻了脸，怒气冲冲地走了。

孙福有很快便吃了官司，与此同时，马戏团也被迫停演了。

后来经过打问，孙福有这才知道，原来这个卢兴斋是当地有名的地痞，实为黄金荣手下的学生。

知道了卢兴斋的底子，孙福有不觉冒出一身冷汗，禁不住懊悔不已。

到这时，他不得不把最后一线希望寄托在法庭之上。在他看来，他和卢兴斋的争执与纠纷，道理是在自己一方的，他甚至相信这件看似非常简单的事情，最后一定会有一个公论的。

可是，日子一天天地过去了，当地的法庭却迟迟没有做出裁决。孙福有心急火燎地去了法庭几次，催问这件事情的结果，但法庭却以种种理由敷衍推托着。

孙福有无论如何也料想不到，这场官司一拖就是半年。

这一天，孙福有终于等到了法庭传来的消息。被宣到庭后，一个法官总算宣判了法院最后的裁决："根据法庭调查，现判卢兴斋、孙福有双方维持原协议，至于双方损失，概不再追究计较……"裁决结束，法官们不容双方当事人申辩，即刻退庭而去了。

孙福有一下傻眼了。

封箱停演半年，马戏团损失惨重，可这又能找谁补偿？

行走江湖，真的就这么难吗？

第七章　杭州·婚事

多年以后,孙福有每每想起重返杭州搭棚演出的事儿,仍还在为自己紧捏着一把汗。

刚刚遭遇了一连串风波,举团再返杭州,无异于铤而走险。

但是,孙福有自有他的想法。上一次落脚杭州,一场马戏没演成,倒惹出了很大的麻烦,可是等到把事情终于摆平了,却又匆匆忙忙迁地南京了。想来想去,不能在杭州继续演上一些日子,无论如何也是一种遗憾。再者,这个节骨眼上重返杭州,远在上海的黄金荣是万万都不会想到的。最危险的地方,也许就是最安全的地方。思来想去,孙福有断然决定,出其不意杀他一个回马枪。

不过,在迅速撤出南京城,将要到达杭州时,为了防止再次发生类似的事情,孙福有一再叮嘱马戏团的演员们,一定要事事谨慎,处处小心,千万不能再惹出任何麻烦和乱子来。

说话间这已是1934年的初春时节了。春风和煦,万物复苏,一步一景的杭州城风光旖旎,湖光山色美不胜收。

孙福有自然无心去浏览这一派西湖美景的,马戏团这天上午刚一落脚,他便自备了一份厚礼,登门拜见了曾为他取义解围的市长岳父。

老爷子鹤发童颜,精神矍铄,一副仙风道骨的样子。一眼见了孙福有，感到十分高兴，热情地让了座，望着孙福有说道："孙老板，你上次匆忙一别，我一直也是牵挂着。满以为你再不回来了，今日还能与你见上一面，我这心里也便踏实了。"说到这里，老爷子叹了一口气，又有些愧疚地言道，"上一次谁成想就出了那么一档子事儿，说起来，杭州百姓对不住你啊！"

孙福有听了，连连摆手说道："老先生您快别这么说，在我孙福有的心里，老百姓就是我的衣食父母，杭州百姓没有丁点儿不是，错就错在我处事不周，得罪了小人，才惹下了麻烦。福有本是打把式卖艺的一个小人物，还劳您老牵挂，真是实感惭愧！"

"好了，不提那些了，"老爷子笑了笑，望着孙福有诚恳地说道，"既然你们回来了，这一次就在这里多演些日子吧，我相信杭州市民也都会欢迎你们呢！"

孙福有拱手谢过老爷子，说道："那就仰仗老人家了！"

"你们出门在外的人都不容易，什么样的苦处难处都得吃都要忍，孙老板放心，我虽然是一把老骨头了，但只要你有用得着我的地方，请尽管说，我一定尽其所能，不遗余力。"老爷子是个深明大义之人，他的这番话入情入理，又掷地有声，让一旁的孙福有深受感动。

"有您老这句话，我就可以安心演出了，也一定会把最精彩的节目奉献出来。"说到这里，不知怎么，孙福有突然想到这大半年来连连遭受的委屈和陷害，声音一下变得沙哑起来，眼圈儿也跟着红了。

接着，孙福有抱拳说道："您老的恩情，孙福有没齿不忘！"

老爷子突然又想到了什么，便如此这般地对孙福有讲了，孙福有竟心悦诚服地连连点头应是。

又客套了几句话儿，孙福有也便告辞了。

回马戏团的路上，孙福有一直在想，有这样一位敢于仗义执言又善于出谋划策的老人家，他和他的马戏团还担忧什么、害怕什么呢？！

杭州的演出终于开始了。

这一天，马戏大棚内座无虚席，孙福有不但邀请来了当地的几个政府要员，而且还照老爷子的吩咐，花钱打通了警察局的关系，并由警察局派出了一些人手，亲临演出现场坐镇维持秩序。整个演出过程中，台下观众们的热情始终很高，对所演出的精彩节目，给予了一阵又一阵的掌声，掌声愈是热烈，台上演员们的情绪也愈是高涨。

很久没有这么痛痛快快地演出了，孙福有自然而然受到了气氛的感染，一下也来了兴致，并一连表演了好几个节目。而他和孙占凤两人联袂表演的保留节目"驯马与马术"，不言而喻成为了首场演出的一大亮点，把这场演出又推向了一个高潮。

报幕员报完幕，在一片优美的音乐声中，孙福有头戴骑士帽，上穿白绸衣，外罩黑马夹，脖扎小领结，下着黑马裤，足蹬黄马靴，腰里系一条板带，手里拿一根马鞭，俨然一副骑士打扮，他潇洒自如，走上场来，亮相施礼后，全场顿时掀起了经久不息的掌声。

这工夫，台侧站着的副手，又送上一根长鞭来，孙福有接了，右手轻轻一挥，叭叭两声清脆的鞭响，只见一匹枣红马，风驰电掣般地冲出后幕，嗒嗒响着马蹄，直朝着马场奔来，待围着马场圆形跑道奔跑了一圈后，孙福有扬手又是一声鞭响，那红马骤然间一声嘶鸣，立时停住了步子。台下的观众见了，笑声和着掌声立时响了起来。顷刻间，又一声鞭响传来，那红马如得了号令一般，开始迈动着舞者一般的步子，围场慢跑起来，两圈下来，孙福有改换了长鞭，再举手一挥，鞭鞘儿恰恰抛在了它的额前，刹那间，它似乎明白了什么，猛地一个回头，朝着反方向跑动起来。当鞭鞘再次拂到了它的额前时，又是一个回首慢跑，仿佛那长长的鞭鞘儿是一道神符似的。但是，当孙福有将长鞭的鞭鞘儿不断拂扫到它的额前时，那红马竟十分顺从地在原地打起了转转，看上去极是有趣。人与马配合得如此默契，又如此诙谐，无不令人捧腹。

接着，孙福有挥一挥鞭子，又在半空里连抽出两记鞭花儿，那红马也如同得到了另一番指令一般，站定了身子，随即迈开舒缓的步子走上场来。与孙福有面对面摩摩蹭蹭地亲昵了一番后，孙福有用短鞭轻轻敲了敲马臀，那红马突然得到暗示，猛地一声嘶鸣，前蹄腾空，稳稳地站在那里，又紧随在孙福有身后走动了几步。就这样，孙福有如是反复，用马鞭拍拍敲敲，那红马也相跟着站立跪卧，实实地令人开怀不禁。

最后，孙福有站在那里，极其响亮地将那根长鞭连甩出几声炸响，眨眼间，只见那红马一个鲤鱼打挺，"腾"地从地上蹿起，孙福有一个纵身跃上了马背，左手握缰，右手执鞭，绕着马场一连飞奔了三圈，而后回转到了场中，双腿一夹马肚，红马又一声长嘶，前蹄随即悬空恰如蛟龙出海。待孙福有面向观众脱帽施礼之后，那红马便如得胜返朝一般驮着它的主人"嘚儿嘚儿"地奔回后场去了。

那匹枣红马刚刚消失在观众的视野，观众席上潮涌一般的掌声还没平息下来，孙占凤又骑着一匹高头白马出场了。

如同那匹枣红马一样，这匹大白马也是一路呼啸着风驰电掣而来。有所不同的是，此时，大白马被它的主人配上了一副华丽的马鞍，马鞍上的那位巾帼骑士，头戴一顶赛马长舌帽，上身一袭红衣衫，下着一条黑马裤，脚蹬一双黑马靴，手执一根短马鞭，远远看去，活脱脱一个赛马少年。

骏马急驰，孙占凤驭马绕场一周，突然一个起身，双脚立在了马背上。一片讶然的目光中，众人正担心着她会从狂奔的马背上跌下来，谁成想，她竟又连着一个倒立，又一个仰卧，变幻莫测又悠然自得，如履平地一般。

马背上的一个个招式做过了，忽儿间，她又一个"镫里藏身"，从这边的马肚下穿过去，从那边的马肚下钻出来，仿佛灵蛇盘树似的，直直地看呆了众人的眼睛。

而就在这时，孙占凤一个单腿钩鞍，整个身体倒悬在了马肚旁，双手也几乎触到了地上，好像就要一头栽下去一样。正当人们禁不住一阵惊呼之时，又见她随之一个收腹挺胸，单腿一跨，人已倒骑在马背上了。这一着，惊险刺激，着实让人喘不过气来。

那匹马还在发了疯似的跑着。急促的马蹄声和着激越的乐队音乐与雷动的掌声，在整个马戏大棚里回响着，让人仿佛置身于战鼓齐鸣、硝烟四起的古战场。

这当口，候场人员又在马场的圈道上放置了红红绿绿的四块手帕，孙占凤一个快马加鞭，此时此刻的大白马已经疾驰得如电似闪。眨眼间，孙占凤一个俯身探手，四块手帕已牢牢地拾握在手里。挥手示意中，她将那马鞭和手帕顺势抛向了一侧的候场人员，顷刻间，手扶马鞍，一个健步从马背跃下，脚尖触地用力一弹，整个身体平飞而起，从白马的这侧跃到了那侧，再由那侧跃到了这侧，忽左忽右反复几个来回，就像暴风雨中穿行着的一只飞燕，直把台下的那些观众一个个拨弄得眼花缭乱，惊呼不止。

就在人们再次发出骇浪一般的掌声时，孙占凤突然从奔跑着的马背上站起来，脚尖儿在马臀上轻轻一点，一个腾空后滚翻，稳稳地收势立在地上。再看那匹大白马，已经头也不回地跑向了后场。

孙占凤站在场中央，这才摘下那顶长舌赛马帽，露出一头秀美的长发来，含笑施礼中，满场的观众终识其真正面目，禁不住大为震惊，不由得纷纷起身为她鼓起掌来……

如同拨云见日，孙福有终于有了个好心情。

第二天的中午，孙福有突然心血来潮，一个人想到外面走一走，于是便把团里的事情交代给了司拉鲁和孙吉堂，独自驾车在一些风景名胜闲逛。

后来，孙福有竟鬼使神差地来到西湖栖霞岭南麓的岳王庙旁。下得车来，抽了一根烟，他开始漫无目的地散起了步子。这样十分闲散地走了一会儿，突然看到了道旁的一个理发店，不觉从心里笑了笑，想着自己已经有好些日子没有理过一次发、刮过一次脸了，一副胡子拉碴的样子实在有伤大雅，于是便顺手推门走了进去。

理发师是个小青年，见来了客人，一边十分热情地打着招呼，一边忙着起身迎接。或许是已近正午的原因，理发店里没有别的客人，两个人便一边理发，一边有一句无一句地攀谈起来。搭过了几句话后，孙福有也便知道了，这个理发师名叫余小龙，是土生土长的杭州人。对话中，孙福有的一口北方话，同时也引起了余小龙的兴趣，于是便问了他一些从何处来往何处去在哪里发财的话，孙福有都一五一十回答了。而当孙福有报上了自己的名字又说到中华国术大马戏团时，余小龙禁不住又惊又喜，说道："真是想不到，原来你就是马戏团的孙老板。"

余小龙说："我很喜欢马戏，也早就听说过孙老板的大名，正想着去看一场你们的演出呢！"

孙福有见这小青年十分活络，说起话来也很中听，便向他客气了几句。

正说话的工夫，店门被人推开了，孙福有从面前的镜子里看到，打门外走进来一个十七八岁的女孩儿。

"哥，吃饭了。"那女孩儿进门说道。

原来她是来给理发师送午饭的。

这个时候，孙福有已经理完了发。那女孩儿见状，忙又笑着说道："我帮你给客人先洗头，你快趁热吃饭。"

她的声音十分甜美。理发师应了一声，便把手里的活儿交给了妹妹。紧接着，那女孩儿将孙福有带到洗手池边，仔仔细细地给他洗起头来。

头很快洗好了，孙福有重新坐回到理发椅上，那女孩儿又将一条热毛巾给他敷在了脸上。

整个过程里,她直把孙福有当作了一般的客人,却自始至终没有和他说一句话儿。

理发师余小龙已经吃好了饭,准备执刀为他刮胡子的节骨眼上,孙福有趁此从镜子里认真朝那女孩儿打量了一眼。

就是这一眼,几乎让孙福有有些神魂颠倒了。都说是苏杭出美女,今天他终于见识到了。看上去,那女孩儿的个头与美貌,如同下凡的仙女一般。孙福有不觉心中一怔,暗自惊叹道:"好一位驯虎女郎!"

或许是那女孩儿发现了孙福有正在暗暗地观察着她,一张俊秀的脸上立时浮起了一朵红云,忙收好了碗筷,对余小龙说道:"没别的事,我就回去吃饭了,家里在等着我呢。"

不等余小龙回话,她已一溜烟地走出门了。

孙福有半晌才从那面镜子里收回目光。这下,他不但长了精神,话匣子也随之打开了。从理发生意,到店主家景,再到家庭成员,孙福有向理发师余小龙问了个明明白白。

原来,刚才来为哥哥送饭的这个女孩儿叫余慧萍。

兄妹俩出身于岳王庙旁的一户书香门第。父亲余文泉祖上均为朝廷命官,是清朝八旗军正黄旗后裔。余文泉是清末举人,一生从医,民国五年(1916)在岳王庙大街上开了一间二开门的中医店铺,既配药治病又出诊行医,深得一方民众称佳。其时,这间中医店铺,距余小龙的理发店,也仅有百十米的距离。

余文泉与妻子张玉珍,一生育有一子二女,长子余小龙,长女余慧萍,次女余静萍。一家人妻荣子孝,日子过得还算殷实。

余慧萍生于1915年,毕业于杭州第三女子中学,自小天赋极佳,琴棋书画略能驾驭,又随父亲学了一些医道和书法,正可谓才貌双全。到这年春天,刚满十九岁的她,已出落成亭亭玉立、人见人爱的一位大姑娘了。

余慧萍高中毕业后，除了帮父亲照料中医店铺的一些事情，也经常到哥哥余小龙的理发店里来帮忙，送送饭，打扫一下卫生。因为她懂事识礼有主见，做起事来又干脆利落，所以深得一家人的喜欢。

当下，孙福有又把自己的情况详细介绍给了余小龙，并邀请他一定抽出时间来西湖边的广场上看一回他的马戏，又把自己的一张名片送给了他，并答应第二天亲自给他送票过来，余小龙自是十分高兴……

余小龙果然看了马戏团的表演，特别是对孙福有赞不绝口，一回到家，便将这件事儿说给了家人。

余小龙的话就像是一把火，立时把全家人的兴致点燃了。

当得知前两天那位去理发店理发的客人就是马戏团的老板时，余慧萍一下来了兴趣，自小就像个男孩子爱动爱笑的她又偏偏喜欢骑马，立时便缠着哥哥余小龙带她一起去看马戏。

一旁的余文泉见状，忍不住埋怨了她几句，可是心里边却又想着，一家人难得有这种心情，倒不如一同去马戏团看看热闹。

消息很快传给了孙福有，孙福有竟是十分高兴，当下吩咐了司拉鲁等几个人做好了接待贵宾的准备。

一切安排妥当后，这一天，孙福有与余小龙约好，亲自将余文泉夫妇、余小龙夫妻、余慧萍、余静萍以及余家的一个叫傅炳三的远房亲戚等人接到了马戏团。

一家人看的是马戏团的夜场演出。演出中，孙福有很是下了些力气，表演了许多个拿手节目，自然又博得了观众们的一连串掌声。余慧萍坐在包厢里，一直看得十分入神，不由得对孙福有的表演连连拍手赞叹。

夜场的演出结束后，孙福有又亲自带着他们到后台参观了一阵子，余慧萍样样东西看得新鲜，不住地向孙福有问这问那，孙福有都一一耐心地给她进行了介绍。接着，孙福有令人安排的几大桌家宴也准备好了，宴席上，他又特意把马戏团的几个主要成员茄莉、孙玉香、孙吉堂、孙占风，孙吉成、司拉鲁等介绍给了余文泉一家人，彼此间少不得又客套寒暄了一番。

那天晚上，孙福有抑制不住内心的激动，不由得多喝了几杯，乘着酒兴，又十分慷慨地向余文泉订购了一批专治跌打损伤以及头痛脑热的药丸子。

这一场刻意为余家人准备的家宴，一直热热闹闹地进行到后半夜才算结束，接着，孙福有又十分周到地派了孙吉堂和司拉鲁开车将他们送回家去……

孙福有如此兴师动众大摆家宴，还是回国义演之后的第一次。而孙福有在这场家宴上过分兴奋与热情的表现，众人都已看在了眼里。但凡这世上的事情，是万万不可做过了头的，一旦过了头，就会露出破绽来。

余文泉看过了孙福有的出色表演，又受到了孙福有的隆重接待，自然对孙福有的热情好客产生了一种好感。但与此同时，他也有了一种警觉。

茹莉是个聪明人，她敏感地发现，自从孙福有返回杭州首演过后，又独自一人开车理发回来，突然就像变了个人似的，心情立马就和从前不一样了。一张瘦削的脸上，再也没有了往日的愁苦与沮丧，取而代之的则是满面的春风荡漾。眼睛里的那股子神采，竟像是精力过盛的年轻人一般。而在今天这一场隆重的家宴上，孙福有又是接又是送地特意将此前并不熟悉的余文泉一家人请过来，饭桌上又是夹菜又是让酒，体贴周到得无以复加，而一双眼神儿却又时不时地扫向那个叫余慧萍的女孩儿，这一切到底是为什么？

孙福有的言行，不能不引起茹莉的怀疑。但是既然孙福有没有向她明说，她自然也便不好过问。

她想看看孙福有怎样把这出戏演下去。

她要等到水落石出的那一天。

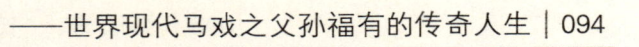

不能不说，在孙福有一手自导自演的这台大戏里，只有余小龙与他是灵犀相通的。

不管怎么说，事到如今，孙福有已经在通向爱情与婚姻的道路上，成功地跨出了第一步。

接下来的事情，自然已在人们的想象之中，孙福有名正言顺地打开了余家的大门，一夜之间成为了余家的一名常客。

余慧萍让哥哥余小龙带她一起到马戏团里来骑马，已经是几天之后的事情了。

那是一个阳光温暖的正午时分，马戏团的演员们正在休息，孙福有终于等盼到了余慧萍的到来，一时间喜上眉梢，特意将那匹表演所用的大白马牵到了她的跟前。

"不用怕，它很听话，上去吧！"孙福有手持着马绳，微笑着望着余慧萍说道，接着便把她扶上了马鞍。

马鞍上的余慧萍笑成了一朵花儿。

起初还是孙福有牵缰搭辔地一步一步跟着往前走，后来他就把那根马缰递到了余慧萍的手里。余慧萍突然就大起了胆子，牵着马缰，攥住马鬃，两腿一夹马肚，竟在偌大一个空场子上奔跑起来。这一跑，却让余慧萍觉到了惬意，一趟下来嫌不过瘾，又紧夹了两下马肚，那匹白马就十分听话地加快了速度，马不停蹄地驮带着余慧萍一阵风般地向前冲去了，直把个余慧萍高兴得一阵又一阵笑声响亮，如同银铃似的。

再后来，不知怎么，两个人就骑在了同一匹马上。

孙福有十分自如地紧紧搂住了余慧萍的腰肢。当他把一双手扣在余慧萍的腹前时，竟不由自主地变得呼吸急促起来。

此时的余慧萍，一改往昔的泼辣与大方，即便与孙福有不得不说上一句话儿，也不敢认真看他一眼，脸上却又无法掩饰内心的喜悦与羞怯。

事后回想起来，两个人那天的话都很少，更多的时候，他们都是在用眼神与呼吸交流着。从各自的眼神与呼吸里，他们似乎都已经读懂了一切。

孙福有的个人魅力与马戏团的生活，一时间吸引了余慧萍。在她看来，马戏团的生活充满了自由与浪漫的色彩，这样的环境与这样的人生，又何尝不是她所追求和向往的呢？

就是从这次骑马开始，孙福有和余慧萍这个杭州女孩儿，日渐增加了碰头约会的机会，马戏团、理发店、西湖边上，不论何时何地，两个人总有那么多说不完的话儿。随着时间的一天天推移，两人的感情也迅速升温了。

杭州女孩儿余慧萍的介入，让茄莉明显地感觉到了她与孙福有之间的感情冲击，这天晚上，见孙福有很晚才从外面回来，她终于忍不住了："你到底要干什么？"茄莉沉下一张脸问道。

这个时候，茄莉已是一个四十六岁的女人了，随着年龄的增长，她的身体也跟着发福长胖，无法上演爬高了，只能在团里主持些内务事项，而女儿孙玉香也已经有了两个孩子。撂下茄莉不说，日常生活里，孙福有愈来愈发现，孙玉香那两个孩子与自己并不亲近，好像没有一点儿血缘关系似的。有一次，孙福有和孙玉香演出结束，同时回到后棚休息，孙玉香的那两个孩子连忙给她端了一杯水过来，却把他硬挺挺地冷落在了一旁。这一个细微的动作，让孙福有立时觉得有什么地方不对劲了，心里边突然就冒出一股子寒意来，一幕一幕的往事随之涌上了心头……

尽管孙玉香对孙福有感情淡漠，但她对茄莉的感情仍然不减当年。对于这一点孙福有也深深理解，可是，茄莉毕竟年龄大了，与她相依相伴这么多年，她却一直也没有给自己生下个一男半女，对于孙福有来说，这毕竟是人生的一大缺憾。

重要的是，他孙福有眼看着就是一个奔向半百的人了，他再也不能这样等靠下去了。

孙福有看了茄莉一眼，一下明白了她话里的意思。

直到抽完了一支烟，孙福有这才说道："事到如今，我也不瞒你了，我想和余慧萍结婚。"

虽然茄莉早就有这个思想准备，现在听孙福有这么一说，还是不由得吃了一惊。

"不孝有三，无后为大。"孙福有是个讲究现实的人，他说，"我也没别的意思，就是想让她给我生个儿子继承家业。"

茄莉努力平静了一下自己的心情，想了想，望着孙福有说："既然你有这个想法，为什么还要把范连瑞招进来，让他随了你的姓。如果你真的和那个余慧萍结了婚，又有了孩子，以后你让他们怎么办？"

孙福有说道："当初我是给他们写了契约的，那契约上的家产我也写得明白，亏不了他们。"

"那我呢？"茄莉反问道。

孙福有思忖了半晌，把手里的烟蒂扔掉了，说道："孙龙庄那边的房子快要盖好了，你可以回那里去养老。"

茄莉的眼圈一下就红了："你就这样把我打发走了？"

"我不是那个意思，"孙福有忙解释道，"我是说，如果你觉得我和她真的结了婚，你们又拧不到一起的话，也只有这样了。"

茄莉想了想，赌气地说："我不去，农村我住不惯。"

孙福有没了主意，半天问道："那你想怎么办？"

茄莉沉默了好大一会儿，仰起头说道："上海吧，我想去上海。"

孙福有头疼样地捂着脑袋，直到这时，他才觉出了这件事的麻烦，但他到底还是没有拗过茄莉，咬牙说道："好吧，我答应你。"

茄莉觉得自己受了委屈，心里边感到一阵难过，眼里的泪水不由自主就流了下来。看来，话说到了这个份上，孙福有已经铁了心了。

茄莉自知，一旦孙福有打定了主意，认准了一条道儿，哪怕是天王老子也难以让他回心转意的，无奈之下，便也只好听之任之了。

事实上，在孙龙庄老家造房养老，最初还是茄莉的主意。那个时候，孙福有带团从海外回来义演，不久后就受到了黄金荣的连连欺诈，你争我斗了很长一段时间，孙福有明显地感觉到有些力不从心，于是便产生了退居江湖的想法，孙福有有意无意地把这想法说给了茄莉，茄莉却当真记在了心上，当下就让孙福有派人回到了老家，谋划起修建"孙家楼"的事情。可是，现在"孙家楼"就要修缮完工了，茄莉却又打起了退堂鼓，另有了自己的想法。事到如今，孙福有也只好依她……

茄莉把孙福有想让她回老家养老的事情随后说给了孙玉香，孙玉香一听就憋不住气了，说道："我的年龄比那个姓余的都大，他要是把那个女的娶回来，我是任怎么也开不了那个口喊她娘的，他这个当爹的我也不能认了。看来这马戏团我们娘俩真是待不下去了，你到哪里，我就跟着你到哪里，前前后后地侍候你，再不想和这个马戏团有半点瓜葛了。"

正在热恋之中的孙福有，绝不会想到，他与余慧萍的婚姻波折才刚刚开始。

问题的关键在余文泉老爷子那里。

如果余老爷子同意这门婚事也便罢了，如果死活不同意，孙福有即使有再大的本事，也是无济于事，到最后落得个竹篮打水，岂不是一场空。

但是话又说回来，如果余慧萍不改初衷，横竖认定了这辈子哪怕吃苦受累也要跟着他孙福有，这件婚姻大事最终还会成为现实的。

为了一探虚实，想来想去，这一天，孙福有再一次来到了理发店，把预先准备好的一枚戒指交给了余小龙，并让他尽快转给余慧萍。

余小龙按孙福有的交代，回家照办了。

不料，这件事情很快让余老爷子发觉了。当弄清楚事实真相后，余文泉禁不住勃然大怒。

"这个孙福有比我年龄都大，他怎么能和我的女儿成婚，"余文泉越说越气愤，指着余慧萍的鼻子骂道，"我看你是鬼迷心窍了，难道杭州城的男人都死光了吗，你偏偏看上了一个卖艺的。今天我把话放在这里，任是谁说破了天，这门亲事也不成，我死也不会同意。"

余慧萍有口莫辩，一个劲地掉眼泪。

事情一下就闹僵了。

消息传到了孙福有这里，孙福有心里慌乱得不像个样子，一时之间却想不出任何办法。

自从知道了余慧萍和孙福有的事情之后，余文泉很快就命家人把余慧萍和余小龙严加看管起来，同时隔断了他们与外界的一切联系。心里盘算着，如果照这样下去，时候一长，等不到余慧萍的消息又见不到她的面儿，那个孙福有自然而然也就死心了，马戏团一旦转点离开杭州，一切也就结束了。

那几天里，孙福有如同一只热锅上的蚂蚁，既找不到余小龙，又见不到余慧萍，本想着壮着胆子去见一见余老爷子，却又找不到一个适当的借口，便只好这样一天又一天心急火燎地等待着。

就在这时候，傅炳三来了。

孙福有一眼见到余家的这个远方亲戚，立时便预感到了什么。

傅炳三给孙福有带来了余慧萍亲手写下的一张便条，便条上这样写道："速请大媒人提亲。"

说起来，这还是傅炳三的点子。

孙福有看完便条，不禁心中大喜，重礼请到了杭州城的三位大人物，一位是警察局的周局长，另两位是文化局长和交通局长。三位局长听孙福有把话说完，当即表示乐意帮忙，尽心尽力玉成其事。

第二天上午，三部高级轿车并排停在了余文泉的中医店门口。

余文泉刚给一位患者抓完药，正要坐下来喝口茶，突然听到了店外的车响，正疑惑间，就见一位官员打扮的人走进店来，见了余文泉，二话不说递上了三张名片。余文泉一一看了，一下变得紧张起来，忙说道："在下不知几位局长大人光临，快快请进，快快请进！"一边这样说着，一边慌慌地迎了出去。

三位局长约好了似的一起到他的小店来，让余文泉确实有些受宠若惊了。

周局长大大咧咧地进了店，还没待余文泉倒茶让座，竟先自发话了："余老先生，恭喜恭喜啊！"

余文泉丈二和尚摸不着头脑，小心地问道："敢问局长大人，喜从何来啊？"

周局长哈哈笑道："我们为中华国术大马戏团的老板孙福有提亲做媒来了！你意下如何啊？"

余文泉听了，一下不知如何作答，站在那里哭也不是笑也不是。

此时此刻，三位局长随身带来的几个警卫，已经把持在了店门的两侧。过往的行人见了这阵势，不知道发生了什么事情，一打听才明白，原来是几个父母官提亲来了。这消息一下就像一阵风似的传开了。

三位局长和余文泉刚说了几句话儿，从远处开来的另一辆高级小轿车，一个刹车又停在了店门前。

车上下来的不是别人，正是孙福有。

此时的孙福有一身西装革履，双手捧着一个大礼盒，进得门来，二话不说，"扑通"一声跪在了余文泉的膝前。

余文泉从未经历过这种场面，看着垂首跪在那里的孙福有，一下显得有些手足无措。

店门口很快就涌过来了一些看热闹的人，他们一边朝店里张望

着，一边还指指点点地窃窃私语着。

余文泉看看门外，又看看一旁坐着的三位局长，再看看面前跪着的孙福有，突然感觉到有些招架不住，犹豫了片刻，最终还是弯下身子，抬手将孙福有从地上扶了起来。

警察局周局长不容余文泉有一刻回旋，趁机说道："好好好，余老先生已经表态了，我看这门亲事就这样定了吧！"一边这样说着，一边又十分开心地哈哈大笑起来。

余文泉如同自己被绑架了一样，心里虽然感到有些别扭，但是守着杭州城这么几个名声显赫的大人物，又不能道出自己的苦衷，只得强颜欢笑地坐在那里，嘴里却又连声应道："好好好。"

周局长扭头望着余文泉，乘兴提议道："我看今天余老先生就为孙老板和令爱选个黄道吉日吧！"

一旁的另两位局长一同附和道："是啊，是啊，余老先生就选一个好日子，把他俩的事办了吧！"

余文泉一下不知说什么才好："你看……"

话没说完，周局长便又接了话头，说道："我看就选在5月5日好不好？"

不容余文泉再说什么，接着便对一旁的副手交代道："一会儿你去'天香楼'，给饭店老板言一声，就说在那一天孙老板包席办喜事，就不要接待别的散客了。"

那副手连忙应道："好，我这就去办。"

到这份上，余文泉落得个哑巴吃黄连，就再也说不出什么来了。

孙福有与余慧萍的婚事就这样定了下来。

眨眼间就到了5月5日这一天上午，"天香楼"里宾朋满座，笑语喧哗。那些人里，不但有余家的亲戚朋友和马戏团的一些至亲知己，还有新闻媒体以及慕名前来贺喜的黑白两道的人物。来的都是客，这样的吉日良辰，图的就是个热闹。

担心这么热闹的场合会发生意外，周局长上下左右早就安排好了十几个带"盒子炮"的警员来来回回巡视着。

介绍人余小龙，主媒人傅炳三，证婚人周局长等一一到场后，新婚仪式也就开始了。

周局长毛遂自荐做起了婚礼司仪。

喜庆的婚礼曲中，被打扮得一尘不染的新郎官和新娘子是少不得三拜的，拜完了天地拜高堂，夫妻对拜入洞房。那仪式很是隆重，气氛也煞是热烈。

待这仪式结束，落座敬酒的工夫，周局长一边笑着，一边半开玩笑半认真地向身边的孙福有问道："孙老板你说句实话，你比你的岳父还大两岁呢，你给他跪拜时到底是怎么想的，是不是只是装装样子走走形式也就罢了？"

孙福有笑了笑，接着便端了杯里的酒，望着余老爷子，郑重其事地说道："今天我娶了余老爷子的女儿，从今往后我就是他的女婿了。我们河北人不讲年龄大小，只讲辈分高低。今天我理所应当向长辈行大礼的，不但今天这样，我还保证从今往后，每逢大年初一，我都会向二老跪拜请安。百善孝为先，向老人家尽孝，这是做人的根本。我孙福有说到做到，请二老和各位放心也便是了。"

孙福有发自肺腑的一席话，让满桌的人都鼓起掌来。

余文泉听了，不住地点头，一张干瘦的脸上，终于露出了笑容……

孙福有与余慧萍在"天香楼"拜堂成亲这一天，茄莉和孙玉香没有参加，更没有看到。那个时候，他们为了躲开这场婚礼，毅然决然地离开了马戏团，正在上海虹口区唐山路地段的一处租住民宅里，无限寂寞地等待着新居落成的那一天。

第八章　南昌·神乎其技

　　没结婚之前，余慧萍每次来马戏团，都是以客人的身份出现的。既然是客人，一言一行上，断不了就会矜持许多，含蓄许多，就不能像在自家时那样的无所顾忌。但是一夜之间，她就成了孙福有的新太太，成了与孙福有平起平坐的主人，这种身份的突然转换，马戏团的人还真有些不太适应。

　　既然成了主人，做派和气势自然就有所不同了。于是，一登堂入室，余慧萍就与孙福有商量，并经过他的同意，撤走了做事不力的前台经理高小寿，主动承接起了外交经理一职。

　　余慧萍的这一举措，当下在马戏团引起了很大震动，演员们一时间议论纷纷。孙福有把个三太太招进来，让这个还不到二十岁的小女人一下掌管起马戏团的财政和外交大权来，这不是胡闹吗？照这样折腾下去，不定以后要出什么事儿呢！继而联想到马戏团这几年惊心动荡的生活，于是便有一些人产生了准备离团的念头。

　　这些人里，思想波动最大的还数孙吉成。孙吉成平时话不多，一副老实巴交的样子，可是他的心里却比谁都明白。

　　自从孙玉香带着两个孩子跟茄莉走了之后，孙吉成也不想干了。在这样的环境里生活，他觉得自己的身边总是有一种危险潜伏着，于是每一天都过得很不开心。

但是，孙玉香和茹莉却把他留了下来。

孙玉香说："你不要走，你要留下来，看看他们到底折腾成什么样子。"

茹莉说："你不走，还有希望；你一走，就什么都没了。"

孙吉成心领神会，也就真的留了下来……

过了一些日子，人们才渐渐发现，新上任的这个前台经理，是和此前的几位不一样的。余慧萍性格直爽，从不摆老板娘的架子，有什么话儿，也从不藏着掖着，加之她对人坦诚，又谦虚热忱，到马戏团仅仅一个月的工夫，就和上上下下演员们的关系处理得十分融洽了。大伙儿开始把她当成自家人，打心里对她十分尊重，特别是马戏团的那些和她年龄相仿的姑娘们，每当闲下来的时候，总愿意有说有笑地围在她身边，把心里话儿说给她听。

但是，要想成为一名称职的"前台"，仅仅靠自己在团里树立起来的威望还是不行的。首要的必须具备不同寻常的外交能力，具体到马戏团，就是攻关"打地""转场"洽谈的能力。

前台打得好，让团体发财；前台打不好，让团体垮台。这是孙福有常挂在嘴边的一句话，前台的重要性由此亦可见一斑。

孙福有对余慧萍自告奋勇当前台经理，并没有过多的担心，甚至没有产生任何疑虑，在他看来，她虽然年轻，但年轻有年轻的优势，热情，有活力，而且反应机敏，加之她有学识，懂礼仪，他有充分的理由相信她，前台一职非她莫属。

事实也正是这样。

一段时间后，中华国术大马戏团离开了杭州。

余慧萍果然不负众望，第一站就在江西大禹轻而易举拿下了演出场地，而且场地又在中心位置。因此，这一站的演出非常成功。余慧萍一下成了马戏团的"财神爷"，不但使得一片困顿中的马戏团效益

大增，而且令风雨飘摇中的演员们人心大振。

有了这一次，孙福有终于放心了，从此不再操心任何烦琐的外交事务，一门心思地扎在马戏团的节目创新和接班人才的历练培养上。

但是，不论怎么讲，茄莉和孙玉香的离去，毕竟还是马戏团无法弥补的一大损失，加之又有几个意见上产生分歧的演员陆续离开，充实马戏队伍，也便成了一件不得不考虑的事情。

当马戏团在江西大禹旗开得胜并迅速有了起色之后，孙福有趁热打铁，把心里的一个想法对余慧萍说了。

孙福有说："我想动员一下老爷子，把全家人都带过来。"

余慧萍起初没反应过来。

孙福有耐心地说："马戏团的局面你已经看到了，现在正是凝聚人心的时候，我想，如果老爷子把一家人都带过来，情况会大不一样。"

余慧萍望着孙福有，想了好大会儿，笑了："你想得太简单了。让他们离开杭州，舍了家业，跟着你天南海北地演出，你觉得可能吗？"

孙福有望着余慧萍，十分自信地说道："老爷子是个开明的人，只要把道理讲给他，他不为我考虑，难道还不为他的女儿考虑吗？"

余慧萍笑了笑，点点头，却又问道："即使他能想明白这件事，把一大家子人都带过来，可是他们能干什么呢？"

"马戏团这么大摊子家业，需要人手的地方多的是，"孙福有说，"人吃五谷杂粮没有不生病的，老爷子本身是中医，往后马戏团不管是谁，有个头痛脑热、伤筋动骨的，只要能看得好，也就不需要往医院跑了。"

余慧萍听了，又笑了起来："孙老板，好事都让你占全了，你可一点儿也不做赔本的买卖。"

孙福有也跟着笑起来："小龙和静萍他们几个年轻人，如果有兴趣，可以跟着学学马戏，说起来，这马戏靠的就是硬功夫，只要他们肯吃苦，一准能行。他们觉得好，就留在马戏团，若觉得不好了，随时可以回杭州。"

说到这里，孙福有不觉又叹了一口气，认真地望着余慧萍说道："你要相信我，哪怕天底下的苦都让我一个人吃了，天底下的罪都让我一个人受了，我决不会让你们跟着我受一点委屈的。"

余慧萍听了，一下就受了感动，使劲点了点头，眼睛湿润着说道："我信你！"

这话说过不久，孙福有和余慧萍便双双回到了杭州，十分顺利地做通了余文泉的工作，并于这年的9月9日，将余氏家族一行六人接到了马戏团。

1934年10月初，马戏团转场到了南昌城。

南昌是一座名副其实的美丽水城，由于赣江之水穿城而过，这座城市也便因水而发，缘水而兴，有了"七门九州十八坡，三湖九津通赣鄱"的说法。

正值"双十节"前夕，披红挂绿的南昌城，所到之处皆都沉浸在一片喜庆的气氛里。

自1912年中华民国成立以来，虽然历经军阀混战和政权更迭，但作为民国国庆日的"双十节"一直被广为纪念与宣传。

这一日，各界都有盛大的纪念活动，各官署、机关、军队都循例放假一天。家家户户也都悬挂国旗，张灯结彩。更有那些集会的市民们，唱国歌，奏国乐，鞠躬行礼，高呼万岁，异常热闹。

这一天，南昌行营，蒋介石府宅，也显得分外忙碌和热闹。身为南京政府主席、军事委员会委员长的蒋介石，照例要向军政各界要人训话。

蒋介石站在讲台前，看着台下人头攒动的各界要人，心里涌动着即将成功的喜悦。他的开场白虽然老调重弹，但仍博得了台下的一阵阵掌声。

中华国术大马戏团这天晚上的演出，是在"百花洲戏院"进行的。南昌的观众十分热情，加之又赶上"双十节"，很多人难得有这样闲暇观赏的机会，于是便相扶相携着，如同涨潮的海水一般朝这里涌来了。

观众越多，台上的演员就越有精神。为了增加喜庆气氛，马戏团在这天晚上，倾全团之力，向南昌观众呈现了一台最为精彩的马戏节目。

令人意外的是，蒋介石也在当晚观看了这场演出。

看上去，蒋介石这天的心情很不错，当他得知马戏团在"百花洲戏院"演出的消息后，立时来了兴致，马上决定要亲临现场观看一番，借此领略中华国术之精深。当下，便又部署了便衣警卫，不露声色地把守了戏院的每一个必要的关口。

事先进行的这一切，孙福有当时并不知道。演出前，余慧萍只对他轻描淡写地提说了一句，说是今天会有几位重要的客人来观看演出，但孙福有并没在意。多少年以来，孙福有每到一处演出，总会有地方上的一些有头有脸的人物来观看，对他来讲，已习以为常了。而现在他所要考虑的，是怎样才能把这台节目做得更精彩一些。

当然，他对自己的表演还是很有把握的。但是，与平时不同，今天晚上他将要表演的是自己的一门绝技"燕子投井"。

关于"燕子投井"，到今天为止，孙福有不记得自己已经练习过多少遍了。在他的心里，这其中的一招一式，也已不知烂熟到了怎样的程度了。甚至于每到了那一刻来临，他总会自觉与不自觉间，以为自己真的幻化成了一只充满了灵性的小燕子，忽而箭一般地飞起，又忽而箭一般地落下。自由而惬意，如同天空与大地间的精灵一般。

然而，就是这么一个成竹在胸的节目，孙福有却从来没敢放松和大意过。他比谁都更了解也更清楚这门绝技的危险性，一脚天堂，一脚地狱，只不过是一念之差的事情。由此，大多时候，孙福有对这个节目，自然也便练得多，演得少了。

更加担心的自然还是余慧萍。每到孙福有上台表演这个节目时，她总是一副魂不守舍的样子，一颗心高高地吊在嗓子眼里，手心里握着的全是冷汗。

演出照样进行……

孙福有的表演开始了。

耀眼的灯光下，每个人都屏住了呼吸，瞪大了眼睛，不约而同地将目光聚集在了半空中。此刻，莫司板上正站着一个黑影儿，那便是孙福有。

鼓声响了起来。起初只是轻轻地，隐隐地，似乎从十分遥远的地方传过来的，渐渐地，它就一阵风样地，由轻至重，由缓转急，直到后来骤雨般地连成了一片。

这鼓点儿，仿佛一声一声敲在了心上。

突然，急促的鼓声戛然而止，就在这当儿，人们举目看到那个黑影儿，一个纵身飞离了莫司板，俨然一只凌空的燕子，直飞到大棚顶端。一个来回过后，相跟着一个大浪，吊子棍又载着孙福有向着前方冲去，而当他被高高托起时，只见他顺势一个用力，整个身体便脚朝上头朝下地悬在了空中。这也不过是瞬间的工夫，紧接着，他便从二十几米高的空中，一个腰部发力带动着两臂的收放，竟如同一只黑色的陀螺飞快旋转起来。随后，他就那样保持着笔直的姿势，箭一样地扎向了大网。

一片惊呼声与尖叫声，就在这时从观众席上传了过来。

此刻，就连包厢里的蒋介石见了，也不觉惊出了一身的冷汗。

一秒、两秒，不过是七秒间的事情，眼看着直直扎下来的孙福有，脑袋将要接近大网时，猛然间听到"嚓"的一声镲响，几乎所有的观众都忍不住惊叫了一声。

再看孙福有，这时间，已安然无恙站在大网上，正一脸微笑向观众致意呢。

蒋介石直看得心惊肉跳,却又不得不暗暗佩服,连声道好。

孙福有从容跳下大网,带着众男女演员,频频向台下观众行礼致意,一边招手,一边缓缓退出场去。

刚才还是一片风平浪静的戏院,刹那间,爆发出了惊涛骇浪般的喧嚣,那掌声,竟是经久不息。

幕后一直紧紧盯着的余慧萍,终于长长地吁出了一口气。

这场演出的最后一个节目是"大武术"。这也是孙福有的刻意安排,全是为了图个喜庆和热闹。

从某些程度讲,演出"大武术",也是对马戏团整体力量的一次检阅。

这个节目的一大看点是,演员阵容大,表演门类多,十八般武艺争相登台,很能让人精神振奋。

毫无疑问,"大武术"的领头人便是孙吉堂,其他如孙吉成、孙吉星、孙吉利、孙占凤、边玉明、孙秀蓉、丁林清、李成良、郭文跃、田双亮、陈芝林、张金发、郭亚苏、张星、司拉鲁等人,也都在这个节目中有出色表现。所演出的"范儿"众多,如"五人戳""七人戳""十三人的大牌楼""三节顶""五人三节扯旗""九人蹬十石担"等,其中的五大"绝范儿",很能吸引观众:一、"三人对头顶";二、"三人三反身";三、"二人对手单手顶";四、"六人跟斗上二节""三节跟斗落底座";五、"十五人双石担倒立(蹬石担)"。

"大武术"中的很多动作和技艺,也都是危险的活儿。为防意外发生,最主要的保护措施,就是除尖子小演员外,其他演员都要在穿着的服装上戴一副帆布料子的厚垫肩,自然,这一保护措施,最初还是由孙福有提出来的,一是针对绸缎服装而言,起到了防滑的作用;二是能够保护颈椎,特别是对表演难度较大的大跳板节目,更显示出了它的重要性。

因为在此之前,由于保护不当,曾出现过演员的颈椎骨被砸断继而造成下肢瘫痪的例子，所以孙福有对这个节目也是极为重视并倍加了许多小心的。

"大武术"节目中，演员们每表演一组特技造型，热忱的观众都会报之以热烈的掌声。

孙吉堂（底座）、孙吉成（二节）、孙秀蓉（尖子）三个人表演的"三人反身""三掐脖倒立""三直立"，直到"三人倒"，都是在"底座子"的肩上表演完成的，其间，三个人要像叠罗汉一样完成一整套技术动作。立起时，像一根笔直的竹竿，倒下时，也依然笔挺笔直，当倒向地面约一公尺时，三个人突然会来一个前滚翻，紧跟着一个跟斗起来向观众示礼致意。这套技术动作，看似轻巧，实则充满了危险性，重要的是，当三人倒下时，尖子演员所承受的惯性和冲击力最大，特别是在倒离地面仅有一公尺时，二节和三节上的演员都要求有非常敏捷和正确的判断力，如果二人不能同时跳出、翻滚，不可避免地就会导致失脱，发生绊脚摔伤的事故。所以，那些能够稍稍看出点儿门道的观众，在观看他们三人进行表演时，不禁都会竖起拇指大为赞叹。

三人表演结束，紧随着，又是一个"绝范儿"——孙吉堂、孙吉星的"双人对手单手顶"：孙吉星蹲在地上，面朝观众，背后的孙吉堂右手扣住孙吉星的手腕，这时间，只听得孙吉堂大吼一声"起"，眨眼间，如有神助一般，140斤重的孙吉星不可思议地被孙吉堂一举而起。这个漂亮的单手顶，也实在让人叫绝，只见到，此刻的孙吉堂，站稳了脚跟，单手举着孙吉星，身不摇，手不晃，纹丝不动像座铁塔似的，而单手高顶着的孙吉星，此时正如一根树桩倒立在那里，整个身子同样显不出半分的犹豫与迟疑。

一阵雷鸣般的掌声顷刻间响了起来……

演出结束后，孙福有正要卸装，抬头见到余慧萍带着几个人向后幕走过来。余慧萍一边和身边的人说着话儿，一边有些兴奋地向孙福

有打招呼："孙老板，委员长看望大家来了。"

孙福有这才看清那个身穿中山装、头戴礼帽、披一件黑色斗篷的人，心里立时一惊，忙迎上前去说道："不知委员长驾到，有失远迎，敬望恕罪！"

蒋介石一直微笑着，望着孙福有说道："你的演出我看了，那个'燕子投井'很让我喜欢呢！"

孙福有这才恍然大悟，原来他是看了演出的，便朝他笑着说道："委员长抬爱，令孙某实在是受宠若惊了。"

当下，孙福有又认识了冯玉祥将军，同余慧萍一起向他们简单介绍了中华国术大马戏团的情况，蒋介石和冯玉祥两个人听了，给予了充分的肯定，并大加赞赏了一番。

看来，蒋介石对马戏团的演出十分满意，心里头一高兴，自然也就有了一些想法，于是，三日之后，竟派了卫队长，送来一块银盾，上写着"神乎其技"四个大字，正是蒋介石的亲笔手迹。

孙福有把那块银盾左看看，右看看，看到最后，竟忍不住笑了。

一旁的余慧萍问他："你傻笑个啥？"

孙福有十分暧昧地望着余慧萍，说道："你不觉得这是件镇团之宝吗？"

余慧萍一时还没弄明白。

孙福有又笑了笑，环顾着空荡荡的马戏大棚，突然说道："倒是很好的一块招牌呢，明儿起咱就把它高高地挂起来，来人一进大棚，抬头就能看见……"

余慧萍一下心领神会了，立时随着孙福有无所顾忌地笑了起来。

中华国术大马戏团在南昌演出一个月后，再次转场，踏上漫漫求生之路。

从一个地方到另一个地方，一路不停地演出，转场，再演出，再转场，每个人都像无根的浮萍，在命运的风雨中飘摇着。直到这时，余慧萍才真正懂得了漂泊的意味。但这种漂泊，对孙福有和马戏艺人们来讲，并不是一种苦难，而是一种与命运毫不妥协的决绝抗争，从某种程度上，这种抗争又使得本是艰难的人生变得充实与丰满起来，使得每一个日子都充满了积极向上的乐趣。

1934年11月初，孙福有率领中华国术大马戏团离开南昌之后，又来到了长沙，在"民众俱乐部"进行演出。这个俱乐部后期经过孙福有募捐与当地政府重新合建，更名为"长沙民众马戏俱乐部"。这年的春节，马戏团就是在长沙度过的……

第二年开春之后，按照孙福有的计划和安排，他们又打算沿途转至苏北、安徽、河南、山东、河北等地演出。但是，这年7月，当马戏团正在河南漯河演出时，突然就发生了本书开始的一幕，身在老家孙龙庄的孙玉香，不幸惨死于劫匪枪口……

1935年8月5日（农历七月初七），在漯河马戏大棚里，余慧萍生下了长女孙倩琳（小名桂香）。

不久前在孙龙庄突然发生的那桩惨案，使得孙福有的心情很久都没有平复下来，由此，对于这个女儿的降生，孙福有并没有表示出应有的喜悦，自然，也更无心举行任何隆重的庆祝仪式……

第九章　将军们

1935年10月，中华国术大马戏团转点来到汉口体育场搭棚演出。

这天上午，余慧萍骑着一匹枣红马，在体育场外围遛马回来，刚走到马戏大棚前门口，忽然看到三辆黑色的小轿车正从远处开过来。那三辆轿车一直开到马戏团的大门口，这才稳稳地停了下来。

余慧萍好生纳闷，驻马打量的工夫，看到一辆车里，躬身走出一个身穿长袍、头戴礼帽的人。紧随着，一位气质不凡的女士和另外的几个全副武装的卫士，也从车里陆续走了出来。

余慧萍突然看清了，先头从车里走出来的，正是独揽国民党军事大权的蒋委员长和他的夫人宋美龄女士。余慧萍心中一愣，没顾得上细想，忙从马背上跳下来，三步两步迎上前去，恭恭敬敬地朝两个人鞠了一躬，热情招呼道："蒋先生好，宋夫人好！"

蒋介石和宋美龄自然也认出了余慧萍，跟着朝她寒暄了几句。随后，便与余慧萍一起走进了马戏大棚。

马戏团的演员们，此刻正在大棚里练功，见到蒋委员长和夫人一行来了，一下不知如何是好，一个一个竟愣在了那里。

随演员一同练功的孙福有，突然觉察到了异常，扭头看到余慧萍正陪着蒋委员长和宋夫人走过来，一时之间，也不禁有些手足无措。

虽然说在此之前蒋委员长到马戏团来，也已不是三次两次了，但是往常他都是带着其他的国民党要员来看演出的，而与夫人同行而来，这还是头一次。

孙福有忙迎上前来，抱拳问候道："孙某不知委员长驾到，有失远迎了！"

蒋介石笑呵呵地看了孙福有一眼，又扫视了一遍一直站在那里的演员们，说道："孙老板不必客气，告诉演员们，接着练吧！"

演员们这才突然醒悟过来，又继续操练起来。

本来，蒋介石这次来马戏团，也没有什么要事，不过是散散心的，于是，便饶有兴趣地看了一会儿演员们的练功，接着又在孙福有和余慧萍的引领下，绕到了马戏团的动物棚，看了会儿大象、狮子、老虎、狗熊、斑马、蒙古大马等一些动物。末了，孙福有便把蒋介石与宋美龄等请进了后台的会客厅里。

坐下之后，蒋介石看了一眼孙福有，这才说道："我这次来汉口，特地抽了点时间，和夫人一起来这里看望一下大家。等明天晚上，我再和夫人一起来看马戏。看马戏，自然我是为了看孙老板的绝技的，飞刀、火棒和燕子投井，孙老板精湛的技艺，我是百看不厌呢！所以，今天特地来给孙老板打个招呼。"

说到这里，蒋介石先自笑了起来。

孙福有听了，一时感到有些受宠若惊，忙恭维道："蒋先生系为贵人，日理万机，今日能抽时间来看望我们，实为马戏团最大的荣幸。委员长大驾亲临，我马戏团真是蓬荜生辉了。"

两个人正这样说着，余慧萍用银盘托上来两杯上品的杭州龙井，笑吟吟地端起一杯，先敬了蒋介石，又敬了宋美龄，接着便坐在了宋美龄对面，十分自然地说道："我很早就认识您了！"

宋美龄听了，不禁有些茫然，便有些不解地望着她，问道："你怎么会很早就认识我呢？"

余慧萍如实说道："说起来，那是八年前的事了。1927年末。那个时候我才十二岁，还是一个不懂事的小姑娘。如果我没记错的话，应该是在杭州的西湖边上认识您的。"

宋美龄在努力回想着，却一下想不起当时的情况。

余慧萍接着又说道："我是杭州人，我二舅张小虎就是在西湖边的划船人，那天也真是凑巧，我正好在二舅的船上玩儿，而蒋先生陪同您也正好租下了我二舅的那条小船，就这样，我第一次认识了夫人。那个时候，我只知道夫人是一位十分高贵的人，您非同寻常的气质，已经深深印在了我的心里。说句实话，您早就是我心目中的偶像，也早就是我心中的崇拜者了。今日见到夫人，我突然又想起这件事儿来，心里真有说不出的高兴呢！"

余慧萍的一席话，亲切而又自然，这让宋美龄大感意外，又深感兴奋。宋美龄有些激动地起身把余慧萍拉到了自己身边，一边握着她的手，一边热切地望着她，一时不知该说点什么。

余慧萍短短的一席话，也让蒋介石一下陷入到了并不遥远的回忆里。

"哦，我想起来了，我想起来了！"蒋介石突然望着宋美龄说道，"1927年8月，我第一次下野之后，先是到了日本，后来在上海的大华饭店举行了婚礼，接着我们就去了浙江的莫干山。"

说到这里，蒋介石转头望着余慧萍，又补充道，"你八年前在杭州西湖见到我们的时间，推算起来正好是1927年年末，一点不错。孙夫人真是好记性，好眼力啊！"

宋美龄立时也恍然大悟，记起了那一段美妙的蜜月之行。此刻，兴奋之余，让她感到有些惊讶的是，八年前她就已经被杭州西湖边上的一个十二岁的小姑娘作为心中的偶像记在了心里。

宋美龄望着余慧萍，似乎仍在记忆中打捞着西湖边上的那个小姑娘的影子。

忽然之间,她感觉到了余慧萍的聪慧与真诚,与她的感情随之也便拉近了许多。

宋美龄紧拉着余慧萍的手,诚恳地说道:"马戏团如果在演出方面有什么难处,尽可以来找我们,我们一定会帮助你们解决的。"说到这里,她又转头望着蒋介石,笑着问道,"是不是,达令?"蒋介石点了点头。

这时,宋美龄从颈上取下了那串108颗子母绿的宝石项链,双手递给余慧萍,说道:"来之前也没有什么准备,这串项链就算是我送给你的见面礼吧!"说罢,她便将它系在了余慧萍的脖子上。

余慧萍连声道谢,不由说道:"我会把它作为最珍贵的礼物,与我终身相伴的。"

一片笑声中,余慧萍和孙福有送走了蒋介石和宋美龄……

许多年以后的1971年,宋美龄在台北再次见到了余慧萍,一眼看到了她脖子里戴着的那一串"子母绿",心里竟有说不出来的高兴。人一高兴,话自然也就多了,于是,宋美龄也便终于把这串项链的来历说了出来,原来这一串"子母绿"项链,本是清末时期慈禧太后戴在项上的一串"朝珠",而这御用之宝,还是当年的东陵大盗孙殿英送给她的……

一年就要过去了。大寒那天,孙福有和余慧萍又迎来了一位尊贵的客人。

那天上午,孙福有照样和演员们一起在大棚里练功,十点多钟的时候,团里售票的老王突然跑到了大棚,向孙福有和余慧萍报告道:"有位姓冯的客人点着名要见你们,不知您方不方便……"

老王一句话还没说完,却见那位客人已经风风火火从门口走进来了。

孙福有抬头看到那客人身材魁梧,穿了一身缎子面长袍,头戴着一顶礼帽，上唇留着浓黑的胡子，一眼便认出了他，原来是大名鼎鼎的中国国民革命军西北军总司令冯玉祥将军。

孙福有和余慧萍两个人忙迎上前去。

孙福有一边笑着，一边抱拳说道："冯将军驾到，真是贵客临门，是我马戏团大幸大喜之事，快请进，屋里坐！"

由于彼此间曾经见过了几面，到这时已经算得上十分熟稔了，所以冯将军并不客气，他一边大步迈进马场圈，一边笑呵呵地握着孙福有的手问道："孙老板近来身体可好？生意兴旺啊！"

"托将军的福，一切都好！"孙福有边走边搭讪道。

几个人一起来到了后台的会客室，双双落座后，话也就说得没有拘束了。

冯将军说道："我这次来汉口公干，借此机会来看看你们，很想和你们说说话呢！"说到这里，又转头望着余慧萍问道，"马戏团遇没遇到什么困难，有难处就提出来，我一定尽力帮忙。"

孙福有和余慧萍两个人听了冯将军的话，内心里十分感激，自然又是客套了一番。

余慧萍想了想，却向冯玉祥提出了一个请求："我听说将军不但能征善战，而且也是很有文采的，不知将军能否赏脸，为马戏团赠一幅墨宝呢？"

冯玉祥听了，哈哈大笑起来，说道："我的字，粗而且俗，是难登大雅之堂的。"

余慧萍以为冯将军一定是在借故推托，一下觉得有些难堪。

可谁知，冯玉祥这时已经绾起了袖子，一边笑着，一边风趣地望着余慧萍说道："看来夫人今天真要考考我这一介武夫的文笔了，行啊，恭敬不如从命，那我就当场献丑了！"

冯玉祥这么一说，余慧萍立时为之一振，忙备上了文房四宝，又在一张大桌上铺好了宣纸。将军提起笔来，饱蘸浓墨，只见他略思片刻，便在那张宣纸上悬腕写下了四个刚柔相济的大字——"尚武精神"。上款题为"中华国术大马戏团"，落款是冯玉祥，时间为"中华民国二十四年乙亥，大寒，汉口"。

一旁的孙福有和余慧萍，一边欣赏着冯将军的墨宝，一边不由得连连称赞。

冯玉祥朝那几个大字又端详了一番，放下笔，自谦道："献丑了，献丑了！"

"冯将军太谦虚了，好着呢，好着呢！"余慧萍在一旁由衷地说道。

冯玉祥这时突然间又来了兴致，转头望着孙福有，恳求道："不过，我心里一直有个念想，不知兄台能不能答应我呢！"

冯玉祥一下把孙福有改称为兄台，这让孙福有实在有些受宠若惊，当下一愣，连忙问道："将军有什么需要我效力的，请明示便是。"

冯玉祥便说道："兄台能不能也教我一手杂技绝活？"

孙福有和余慧萍听了，双双大笑起来。

孙福有接口打趣道："将军乃军中帅才，统兵三十万众，又乃社稷栋梁，天北一方擎天柱，何需学咱们这要饭之卑技呢？"

冯玉祥竟认真起来，回道："非也，三百六十行，行行出状元，多学一技，有益无害。再说，你的马戏堪称中国第一，世界一流，何言卑技呢？"

听将军如此之言，孙福有实为感慨，当即拍板道："好，我就应了将军。"

"那你想教我哪一手呢？"冯玉祥追问道。

孙福有便想了想，说道："那我就先教你个即学即会，即会即演的，当然还能保你不会丢丑的。"

冯玉祥听了，立时高兴得像个孩子似的，抱拳说道："好，说学就学。从现在起你就是我的师父了，请受徒弟一拜，在下给师父躬身施礼了！"

"这可使不得，这可使不得！"孙福有一边大笑着，一边拉起冯玉祥，"走，咱们到马场子里去。"

当下，又吩咐了孙占凤和边玉明两个人，把十字马螂全部拿来。

不一会儿，一个蓝白相间的布口袋拿来了，孙福有从中倒出六七个十字马螂，顺手拿起一只，对冯玉祥说道："今天我就教你这一手绝活。"

孙福有站在马场中央，一边这样说着，一边顺势举起那只马螂，用力向正前方抛出，只见那只十字马螂旋转飞舞着向前方飞行，又向左方转了个弯儿，在马场上划了一道圆弧，飞了整整一圈，最后竟乖乖地又回到了主人的手里。冯玉祥看到此景，既感到新鲜又觉得惊奇。在此之前，他从来没有在孙福有这里欣赏过这个节目，于是便有些急不可耐地脱下棉袍，摘下礼帽，兴趣盎然地说道："让我来试试！"

冯玉祥摆好了架势，照着孙福有的样子，也尝试了一番，结果，那只十字马螂头也不回地向前飞去，直到最后垂头丧气地掉落到地上。冯玉祥不甘休，又连试了两次，却仍是如此，便有些纳闷地向孙福有问道："兄台，这是什么缘故？"

孙福有笑道："因为我还没有把技术要领教给你啊！等会儿你掌握了要领也就不难了。"

紧接着，孙福有便一五一十地将那绝技的动作要领教给了他。一边教着，一边又示范给他看。冯玉祥琢磨来琢磨去，终于也就悟到了什么，又连试过几次，竟一次比一次见好，约摸半个小时的工夫，就已经基本掌握了表演马螂的要领。

冯玉祥为此十分高兴，开心地说道："兄台是名师，我可以算是高徒了吧！"

孙福有不由得频频点头，由衷地说道："将军天赋高，悟性好，真乃学马戏的一块好材料啊！"

接着，孙福有又取过三种不同的马螂，向冯玉祥介绍道："这马螂道具分三种，飞半圈，飞一圈，飞两圈，将军刚才学的就是这一种飞一圈的，今天将军学会了，这道具也就赠送给将军了，您空闲下来的时候可以玩玩，作消遣解闷之器。"

说到这里，突然想到什么，便对一旁的余慧萍说道："玉贞①，请你代劳一下，在马镲上题上一句，给冯将军留个纪念。"

余慧萍接了那只马镲，回到会客室，提起毛笔，于是便端端正正地写上了这样几行小字：冯玉祥将军惠存，中华国术大马戏团孙福有敬赠，中华民国二十六年冬，汉口体育场。

冯玉祥接过马镲，仔细端详着上面的几行小楷，不由得大为惊叹："想不到夫人的书法竟是这样秀美绝伦呢！"

余慧萍一边谦虚地连声说道将军谬赞，一边又取过一只精致的小木盒，把道具放好，双手交给冯玉祥。冯玉祥随手将它递给了一旁的卫兵，从怀里掏出一只金挂表，打开一看，已是中午11点了，便对孙福有和余慧萍说道："今天我来马戏团有四大高兴事，一是高兴地见到了各位老朋友；二是高兴地为马戏团题词；三是高兴地学到了一门马戏绝活；四是为了我和孙老板的友情，将这只金挂表送给兄台留作纪念。金表有价，技艺无价啊，请兄台笑纳！"

不容孙福有推让，冯玉祥已把那只金挂表放在了桌上，说了声再见，便又风风火火地带着随从大步流星地走出门去。

几天后，外交经理刘公仪，把那幅冯玉祥将军的题词，从装裱匠那里取了回来。这是一幅长2米、宽0.5米的大红缎料配金色字体的大横匾。孙福有和余慧萍见了，立时高兴得吩咐人将它张挂了起来……

这年的除夕，孙福有和他的马戏团是在汉口度过的。

每年的这个时候，无论走到哪个城市，哪个乡村，空气里总是弥漫着一种熟悉而又陌生的气息。鞭炮声中的烟花气味，总是能够勾引

---

① 玉贞：余慧萍小名。

出挥之不去的浓浓乡愁。

按照惯例，马戏团在年头岁尾总要放两天假。除夕与初一，也只有这两天，孙福有和演员们才能稍稍放松一下。

除夕之夜，一家人自然是少不得坐在一起"守岁"的。作为一项亘古传承的民间风俗，孙福有一直把它看得很重要。所以每一年的这个时候，他总要亲自过问一下"守岁"的安排，吩咐司拉鲁他们做一些好吃食，并在大桌上摆满烟酒糖茶，营造一种其乐融融的气氛，而这所有的一切，讨的就是个喜庆和热闹。

安排就绪之后，天色渐渐暗了下来。

正是晚饭前的这段时间，一阵此起彼伏的鞭炮声又从大棚外传了过来。不知怎么，听着这鞭炮声，孙福有突然感到了一种莫可名状的孤独，于是便一个人来到了马戏大棚。大棚里空空荡荡，没有一个人影，显得十分冷清。孙福有坐了下来，环顾左右，不禁回想着自己大半生的漂泊，一时间不由得百感交集。

孙福有很快意识到了自己情绪的变化，为了让自己的心情尽快平静下来，他顺手掏出了一根烟。可是，那根烟刚刚点着，就听到了一阵脚步声。

孙福有下意识地朝大棚口看去，只见一男一女两个陌生人正迎面向他走过来。

走近了，那个身材窈窕、一张鹅蛋脸的女子做了一番自我介绍，孙福有这才知道，来人是鄂豫皖剿共代总司令张学良和赵四小姐，心里虽然感到有些蹊跷，但还是十分热情地握手迎接道："在下孙福有，欢迎张将军光临敝团！"

孙福有把张学良和赵四小姐忙引到客棚品茶说话。

张学良望着孙福有，操着一口浓重的东北口音，先是问到了中华国术大马戏团的人员组成情况，又问到了他们所表演的节目和日常的生活，孙福有都一一作了回答。

问完了这些，张学良的话题最后转到了日本人的身上，并向孙福有愤愤地描述了一番日本人的侵华行径与日本兵的暴行。鼓励孙福有一定要和演员们一起，看清当前的国内形势，积极投身到抗日的洪流中来。

孙福有专注地听着，却插不上话，只能不住地点头称是。

对于张学良，孙福有早有耳闻。九一八事变后，由于东北沦陷，热河失守，张学良被国人斥责为"不抵抗将军"，并一度交出兵权，黯然出国考察。之后，他先后游历了英国、意大利和德国。这期间，从一战失败中迅速恢复元气的德意志所焕发出的民族精神，使他深受感染，由此他决心拥戴蒋介石为中国惟一的领袖。1934年3月，张学良接受了蒋介石的命令，就任豫鄂皖三省"剿匪"副总司令代总司令，开始率军清剿红军。1935年2月，蒋介石在庐山召见张学良时，限他三个月内剿灭红军，并且在这年的4月，把他晋升为国民党陆军一级上将。

张学良和手下的将领们一开始对"剿共"颇为自信。然而没有想到的是，东北军很快遭到了红军的重创，一次又一次的失败，令士气一落千丈。

奉令剿共的这些日子，也是张学良极端苦闷彷徨的时期，多次的惨败教训让他深受震动，他开始意识到继续内战是不会有出路的，思想上也产生了根本性的变化。经过审时度势，他毅然决定与中共握手言和……

张学良和赵四小姐的突然到访，大大出乎孙福有的预料。既然来了，孙福有也只能以礼相待了。出于礼貌，张学良起身告辞时，孙福有还是热情地邀请了他，欢迎他届时前来，观看马戏团大年初二的开厢演出。

张学良答应了。

大年初二那天，看了孙福有的表演，张学良不禁大为震惊，第二天也派人给送来了一块金匾，上面写着"艺光烛天"几个大字。

第十章 镇江·喜得贵子

一年又一年，时间过得很快。

在那些匆匆飞逝的日子里，孙福有带领中华国术大马戏团，四处奔波，又四海为家，一场接着一场转地搭棚、练功、演出，到这时为止，他似乎已经完全把那个俄国女人茹莉忘在了脑后。虽然自从杭州一别后，茹莉一直蛰居在上海的那栋看上去十分豪华的小洋楼里，但是，茹莉内心的苦闷与旷日持久难耐的寂寞，却是任何一个人包括孙福有在内都难以体会的。尽管这些年里，孙福有也曾在自己苦心购建的上海小洋楼里见过茹莉几次，并且与茹莉一起小住过几天，但是，两个人愈来愈感觉到，他们之间要说的话，却是越来越少了。坐在一起的时候，他们大多又以沉默相对，甚至于彼此之间突然有了一种陌生的感觉。这样的情景，自然让两个人同时感到有些尴尬和不自在。

好在孙福有是一个能够拿得起放得下的人，回到了马戏团的他，很快又沉迷在了自己的世界里。自然，这个世界里是少不得余慧萍的。

孙福有把传宗接代的重任，押宝一样地都寄托在了余慧萍的身上。传宗接代，延续香火，孙福有把这个"任务"，看得比自己的生命都重要。

在这种日复一日焦灼不安的煎熬与期盼中，孙福有终于如愿以偿。1936年10月23日（农历九月初九），中华国术大马戏团在江苏镇江演出时，余慧萍顺利产下一子。

当孙福有一眼看到襁褓中的那个孩子时，眼泪一下就下来了。他就这样一边流着眼泪，一边将那个孩子小心地抱在了怀里。

"儿子，"他对着怀里的那个孩子喃喃自语道，"我孙福有终于有儿子了。"

这一年，孙福有五十二岁，从某种意义上讲，已经属于老来得子了。

"这是老天爷恩赐给我孙家的一块宝石呢，"孙福有抹了一把泪水，想了想，说道，"我是老来得宝，所以今天给他起个名字，就叫孙宝石吧。"

孙福有一边笑着，一边又征求余慧萍的意见。

余慧萍望着欣喜若狂的孙福有，轻轻点了一下头，说道："依着你，就叫宝石好了。"

当天晚上，孙福有就在镇江体育场的马戏团里大办了一场宴席，举杯共饮时，孙福有发令全团三天同乐，以示庆贺。又当即决定，待儿子满月之时，一起回吴桥老家，在孙龙庄好好办几场满月酒，最主要的，还是为了给家中的老母亲一个惊喜。

那天晚上，兴奋异常的孙福有，破例多喝了两杯，直到有些醉意朦胧。

一切都在按孙福有的计划进行。

儿子出生第二十天的时候，孙福有就有些迫不及待了。于是便派下了司拉鲁、孙吉堂、丁林清三个人，一同回到老家，一来是向家中的老母亲报喜，二来也是为了做好防范，在"孙家楼"提前安排好保卫，以防意外发生。

不日后，孙福有便与余慧萍，以及余慧萍的母亲、孙桂香、王桃英、孙吉成等人一起回到了孙龙庄。

当八十几岁高龄的老母亲，从余慧萍的怀里接过孙子时，一时间高兴得老泪纵横。

"孙家有后了呢！"老太太除了反反复复这句话，就激动得再也说不出别的什么来了。

孙福有回来的消息，很快便一阵风似的传开了。又得知他是回来为儿子办满月酒的，"孙家楼"立时就变得热闹起来，一时之间，前来祝贺的乡邻接二连三，络绎不绝。

为了办好这个满月酒，孙福有事先经过了一番筹划部署。采购、保卫、迎来送往等等一应大小事宜，一一具体到了司拉鲁、孙吉堂等几个人的头上。即便这期间所用的52箱鞭炮和焰火，也是经过了孙福有的刻意安排的，这其中的寓意，自是不言自明。

满月宴席上，孙福有邀请到了山东省政府主席韩复榘。韩复榘的驾临，无形之中给孙福有陡增了面子，同时也提升了这一场十分隆重的满月宴席的规格与排场。两个人推杯换盏中，孙福有自是少不得向韩复榘好一番道谢，而此时的韩复榘，也全然放下了省政府主席的架子，一面连连向他祝贺，一面与他开怀畅饮，谈笑风生好不痛快。

满月酒一开就是一个月。

这一个月的时间里，从天明到天黑，每天要开三十几桌的酒席。这些酒席摆在"孙家楼"二十几间的房子和院子里，凡是认识或不认识的乡里乡亲，无论男女老幼，只要是进门贺喜者，皆作为上宾接待，满桌开席，流水般地一波来了一波又去，把个小小的孙龙庄，弄得比过年过节还要喜庆和热闹。

粗略算下来，这一个月的时间里，"孙家楼"一共开设了一千多桌的酒宴，在当地的历史上绝无仅有。孙福有如此高调而隆重地为儿子操办这样一场满月酒，其良苦用心，可见一斑。

天下没有不散的筵席。

当孙福有和余慧萍带着满月的儿子孙宝石结束了孙龙庄之行后，并没有马上回到演出地镇江，而是由吴桥直接来到了上海。

一行人在孙福有的带领下，志得意满地来到上海面见茄莉，到底是出于一种宣告，还是一种炫耀，就连孙福有自己也说不清楚。

在上海虹口区东体育会路模范村31号的那座小洋楼里，茄莉对于孙福有一行的到来，始终保持着主人一般的热情。而当她主动地从余慧萍那里把襁褓中的新生儿抱进自己怀里的时候，内心里却涌动着一道无形的波澜。

为了表达自己兴奋的心情，茄莉亲自操办了一桌丰盛的家宴。随后，这位一直虔诚地信奉基督教的俄国太太，又立即和孙福有、余慧萍一起，抱着满月的儿子，来到坐落在徐家汇的一所基督教堂，请神父为他施了洗礼。与此同时，茄莉又为孙福有和余慧萍的两个孩子各取了一个俄国名字，女儿孙倩琳为玛鲁莎，儿子孙宝石为宝啦。

但是，孙福有带着余慧萍几个人在上海只住了一个星期，便急急忙忙告别了茄莉，回到了正在镇江演出的马戏团。

第十一章　日　常

自从有了儿子孙宝石，孙福有悬在心上的一块石头终于落了下来。就像是看到了自己辛苦耕种的土地上，在经历了多年颗粒无收难持难熬的灾荒之后，终于又长出了一片充满生机的秧苗一样，他的心里有一种难以描述的自在与轻松。

他的心情一下子就变得好了起来。心情好了，看什么也都是好的，身上自然也就有了使不完的劲儿。

这正是他要的生活，也正是生活本来应该具有的样子。

一旦心情变得好起来，劲头足了，孙福有的想法也就多了。

自然，对马戏艺人来讲，每日雷打不动的练功，是永远都不可荒废的。但是，一个梦想有朝一日冲向世界马戏巅峰的团体，如果仅仅继承并固守着恒久不变的一些保留节目，而没有一点大胆创新的意识，即便你将那些节目表演到了登峰造极、炉火纯青的地步，最终也只能路越走越窄，在渐渐丧失掉马戏观众审美需求的同时，也于无形之中将自己的技艺引向了死路。如此说来，要想发展壮大自己的队伍，让其立足于世界马戏不败之地，只有不断创新，才是唯一的活路。

正是基于这些想法，孙福有在很短的时间内，根据马戏团的现状以及演员结构等，又潜心琢磨和创造了许多马戏绝技，这些马戏绝技，无疑为日后的演出增添了新节目，令无数观众大饱眼福。

这些创新绝技中，值得一提的当属马术节目中大鞍子马上的绝范儿。

所谓大鞍子马，就是在马身上套上大鞍子，将马肚带勒紧，一个或两个女演员在马背上进行表演，或站立，或倒立，或腾空，或落地，单腿钩挂、左右跳蹿、马肚里藏身等。与此同时，孙福有又在"光臀子马"上，设计了站立、倒立、原地小翻、跟斗、后滚翻360度下地等动作，而这一切，都是在马场狂奔的马匹上完成的。其中一个难度更大，更为惊险刺激的绝技是，在前后两匹经过驯服的奔马上，一个演员要在前匹马上作腾空向后360度跟斗，稳稳地落在后一匹马的马背上。更为不可思议的是，前马背上站立成二节的两个演员，二节上的演员要在恰当的时间里，做一个后腾空720度的两个跟斗，之后稳稳地落在后面紧跟的马背上。孙福有把这个节目取名为"马上二节二周跟斗换坐骑"。

孙福有在挑战马戏极限。

自然，在这些绝技没有练成之前，每一次练功，为防意外事故，孙福有都要亲自为演员系上环形保险绳。一次，两次，三次，无数次地练功，无数次地动作重复，直到每一个演员都能够得心应手地彻底掌握了技巧、时间、力度、平衡点以及距离等等毫厘不差的细节之后，直到表演成功，孙福有这才把保险绳从演员身上解下来。

孙福有把最惊险的"马上二节二周跟斗换坐骑"这个节目亲授给了堂侄孙吉堂。

毫无疑问，孙福有对孙吉堂的信任，超过了马戏团的任何一个演员。这个从五六岁起就跟着自己出国学艺的孩子，有着天生的马戏才能。在自己多年以来的精心培养下，他的基本功已经练就得无可挑剔。把最尖端的节目交给他，孙福有是放心的。

如果说孙吉堂在这个节目中充分展示了一名出色的马戏演员的表演才能的话，那么孙福有理所当然就是这个节目的操控者。

孙福有出场的时候，他的手里是拿着一长一短两根鞭子的。左手

握着的短鞭，指挥马匹奔跑的方向和速度；右手握着的长鞭，则是以鞭响为号，调控马匹的速度和调转。当站在前马二节上的孙吉堂，准备向后翻720度两周跟斗时，孙福有必须把后一匹马调整到距前匹马适当的距离上，这一距离自然又是两个跟斗的落点位置。随之，孙福有朝着孙吉堂喊一声"好！"站在前马二节上的孙吉堂，就会毫不犹豫地闻声起跳，快速向后作720度抱腿两周跟斗，而后稳稳站在后马背上，紧接着一个"亮相"，也便完成了坐骑的转换。这其间的用时不过一两秒钟，马上做出的动作却既干净利落，又紧张刺激，不由观众惊呼叫绝。

诸如此种，到这时为止，孙福有经过长期摸索，凭着自己的丰富想象与大胆尝试，已经创造出七八十个精彩绝伦的节目。

说起来，孙福有最为看重的还是马戏团的高空节目。只要是进得团来的演员，不论男女，他都要求他们学会"空中大飞人""空中十字花绳""空中大翻云梯""大型跳板"等高空大型节目。

"万一有人头疼脑涨不能演出，其他人都能顶上去。"孙福有说。

余慧萍自然也不例外。

自从嫁给孙福有之后，这个酷爱骑马的杭州女孩，在孙福有的严厉督促之下，不但学会了跳舞和一般性的马术，也还能在"空中大飞人"节目上展现一番。为了练好"空中大飞人"，她不知吃过了孙福有多少鞭子。孙福有下手很重，鞭鞘子抽在大腿上，火辣辣地痛，就像刀割一样，一道血印子眨眼就起来了。余慧萍心里知道他是为自己好，可是痛的滋味却是实实在在的。有时忍不住了，使劲咬着嘴唇，几滴泪就会从眼睛里迸出来，可是等着那阵痛过去了，再想想孙福有支撑起这个大家业的不易，也就从内心里理解了他。

有了儿子，孙福有对马戏团的前景也更加有了信心。

但是，时局说变就变了。

第十二章　战火蔓延

1937年7月7日，日军以寻找演习时失踪的士兵为理由，突然向宛平县城的中国守军发动进攻，日本帝国主义蓄谋已久的全面侵华战争开始了。

卢沟桥事变震惊了全国，中共中央从新闻电讯中得知这一消息后，于7月8日迅速向全国发出通电，指出必须实行全民抗战。同一天，正在庐山的蒋介石指示中国驻军固守宛平城，同时密电增援部队向石家庄、保定开进。

7月17日，蒋介石发表讲话："如果临到最后关头，便只有拼全民族的生命，以求国家生存。"

在广西，李宗仁呼吁全国实行总动员。

山西的阎锡山表示愿意率部开赴前线。

原西北军首领冯玉祥声明支持二十九军抗战。

何应钦、白崇禧、程潜等一批国民党将领纷纷表态，要求坚决抵抗日军的侵略，参加对日战争。

旅居海外的叶挺、蔡廷锴、郭沫若等人士自发回国，直接投身于抗日战争。

在延安，红军将领朱德、彭德怀发出通电："全体红军愿意参加国民革命军，并请授名为抗日前锋，与日寇血战到底。"

卢沟桥的炮声震撼着整个中华民族，朝野上下、海内外同胞迸发出同舟共济、同仇敌忾的激情。国共两党捐弃前嫌共御外侮，中华儿女在危急关头紧紧地团结在了一起。

卢沟桥事变使日本军国主义者欣喜若狂，他们根据九一八事变以来的所谓经验，认为中国根本不具备抵抗的决心和能力，只要战事一开，一个月之内中国就会屈服。根据中国政府获得的情报，除关东军以外，日本陆续开往华北的增援部队已达10万人。

7月28日，日军向二十九军发起总攻。北平、天津相继失陷。

8月8日，日军在北平举行了大规模的"入城式"，五千余名荷枪实弹、耀武扬威的侵略者从永定门开进城区。

北平的陷落使侵华日军大受鼓舞，8月13日，日军向中国驻上海守军发动进攻，淞沪会战由此拉开序幕。

淞沪大战使得中国军民付出了重大的牺牲，只是精锐部队的伤亡就达18万多人。

日军占领上海后，又立即分兵两路直逼南京……

有关于战争的消息不断从各地传来，使得正在武汉演出的孙福有，一时之间坐卧不宁。

那些日子里，孙福有一直十分苦闷。就像一只在茫茫荒原上寻不到猎物的孤狼一样，既感到迷茫，又感到无奈，而更多的时候，又会于蓦然之间生发出一种莫可名状的焦灼与冲动。

自觉与不自觉之间，他开始想念起一直独守在吴桥老家的年迈的母亲来，自然，还有那个蛰居在上海小洋楼里的孤苦无依的俄国女人茄莉。他觉得，他对她们的想念，从来没有像现在这样强烈。大敌当前，炮声四起，生死安危自是难测，现在她们到底怎么样了？

那个有些隐秘而又冒险的念头，就是在这个时候突然从心里冒了出来。

忍了好几天，他终于还是没能忍住，就把它说了。

他说："玉贞，给你商量件事儿。"

余慧萍朝他笑笑，说："你说。"

孙福有认真看了她一眼，说："我想去前线。"

余慧萍不觉吃了一惊："什么？"

她十分疑惑地望着他。

孙福有说："我是不怕死的……"

余慧萍笑了起来。看上去，那笑十分苦涩。

余慧萍这一笑，倒让他一时不知如何是好了。

孙福有点起一支烟，使劲抽了几口，说："你看，小日本把中国祸害成啥了！"

余慧萍看到孙福有的表情就像是被人捅了一刀似的。

余慧萍坐在那里，怔怔地望着孙福有，好大一会儿没有说话。

孙福有把烟蒂摁灭了，说："玉贞，你说句话，我听你的。"

余慧萍突然又笑了起来，那笑，看上去还是那样苦涩。

"你今年多大了？"半天，余慧萍平静地问道。

"五十三了。"孙福有眨巴着眼睛说。

余慧萍又不说话了。

孙福有心里着急，问道："怎么了？"

余慧萍叹息一声，说："你的心情我理解，但我还要问你一句，你这个年龄的人，到了前线，是想去做将军，还是想去当士兵呢？"

一句话，把孙福有问住了。

余慧萍接着说道："如果去当将军，那些带兵打仗的经验你有吗？当战士，有你这个年龄的战士吗？"

孙福有又掏出一支烟来，点了，使劲抽。

好大会儿，余慧萍又说道："你天生就是干马戏的命，是为马戏生的，你有你的马戏梦想……"

"可我总觉得心里不踏实。"孙福有说，"国难当头，咱干马戏的，不能去扛枪打仗，但总该为这个国家做点什么。"

余慧萍想了想，到底也没有想出一个好办法，便望着孙福有安慰道："别着急，会有机会的，等等看吧！"

孙福有急得直挠头，只得无奈地说道："看样子，这仗打起来，一时半会儿也消停不了，这要等到猴年马月呢！"

年过半百的孙福有实在想不出一个万全之策，深感到报国无门，又念及马戏团上上下下老老少少的安危，只能就这样一边在武汉搭棚演出，一边坐等观望。

一段时间后，孙福有突然得到了一个消息：因为战争造成的商业萧条，前线急需相当一部分军费作为补充。据说当时国民政府财政赤字已高达15亿元，而为了解决政府眼前的困难，支援抗日救国，国民政府财政部决定于这年的9月1日起发行救国公债。

孙福有很快把这个消息告诉了余慧萍，说："算下来，咱们马戏团在武汉演出也有半年的时间了，账面上也应该有一部分收入了。我已经想好了，咱这就把它拿出来，都用在救国公债上吧！"

孙福有的口气，没有一点儿回旋的余地。

余慧萍望着他，片刻说道："你说咋办咱就咋办，我都听你的。"

余慧萍很清楚，孙福有已经打定了主意。

她只有听他的。

孙福有长长地叹了一口气。

接着，孙福有就让司拉鲁把马戏团的几个骨干招集到了客厅里。马戏团的收入是大家伙儿拼着命挣来的，现在遇到这么大的事儿，他必须要给他们通通气商量商量。

人很快到齐了，孙福有把要买救国公债的事情说完了，下意识地看了大伙儿一眼，说："你们有什么意见，都说说看。"

孙福有的话，立时引起了一阵小小的骚动。

片刻，孙吉成小心地看了孙福有一眼，小声说道："照我看，上边又没有什么指令必须要马戏团买多少多少，咱们拿出点钱来意思意思，表示一下态度就行了，如果把半年的演出收入都拿出来，是不是太不划算了？"

底下的几个人听了，都觉得孙吉成说得在理，也都附和着说道："把钱都拿出来，咱还怎么生活呢，总不能饿着肚子演出吧！"

孙福有只顾着抽烟，并不接话儿。

孙吉堂却坐不住了，看看大伙，又看看孙福有，起身说道："公说公有理，婆说婆有理，这件事还得是孙老板拿主意，我听孙老板的，孙老板说咋就咋！"

说到这里，孙吉堂又扭头问一旁的司拉鲁："司拉鲁，你的意见呢？"

司拉鲁也起身说道："我没意见，一切都听孙老板的！"

孙福有狠抽了两口烟，把烟扔掉，这才看了一遍大伙儿，问道："国家眼前的形势大伙儿都清楚吧？"

几个人面面相觑："眼前不就是到处在打仗吗？"

"现在这仗和以往的仗不一样，"孙福有说，"现在我们是和日本人打仗，日本人的野心大得很呢，今天攻占这个城市，明天攻占那个城市，一心想把咱们这个国家整个儿吞并了，让咱们当亡国奴呢！你们想想，亡国奴的日子还能叫日子吗？我们能就这么甘心去当亡国奴吗？不甘心，那就打，所以，那么多的军队都到前线去了。你们也都知道，子弹不长眼，打仗就要死人的。天天打仗，天天就要死人，那么多的战士为了不让我们当亡国奴，连自己的性命都不顾了，将心比心，我们还能顾忌什么呢？因为打仗，国家遇到了难处，前线的军费已经出现了严重不足，所以现在政府决定发行救国公债，希望我们伸一把手，为支援抗日救国献一份力，这种情况下，我们怎么能忍心坐视不管呢？我们又怎么能忍心只是表示表示自己的态度呢？"

客厅里一下安静下来。

孙福有的这些话,他们还从来没有听他这样说起过。

想了想,孙福有又说道:"如果我们真的成了亡国奴,国也就没了;国没了,家也就跟着没了;家没了,我们活着还有什么意义,马戏团的演出还有什么意义呢?"

孙福有很懂得"皮之不存,毛将焉附"的道理。

孙福有在说这些话的时候是动了感情的。

大伙儿把孙福有的话琢磨来琢磨去,一下也便理解了什么,心里边立时也就豁然开朗了。

一个说:"你说怎么买就怎么买,我们都听你的。"

一个说:"跟着你孙老板,我们不担心活路,再难的事儿,勒勒裤腰带也能过去,救国公债的事你做主就是了!"

孙福有这才吁了一口气。

第二天,孙福有按照最初的想法,让余慧萍和司拉鲁、刘公仪几个人,将在武汉演出六个月的营业款全部取出来,并兑换成了救国公债券。孙福有在私下里也打听过了,据知情者向他透露,这些兑换的公债券金额足以购进120架军用飞机,借此用在军事装备上[①]。孙福有终于释然了。

孙福有以为他忠心不二的爱国行动,能够一呼百应地唤醒更多人,以为只要更多的中国人都行动起来,这场战争也就离结束不远了,日本鬼子滚回老家去也就指日可待了。

但是不管如何去想,演出还是要进行的。

戏比天大,也许就是这个道理。

也不管这个世界发生了什么,还是将要发生什么,该来的还是如期来到了。

---

① 1998年11月孙宝石母亲余慧萍台北电告。

第十二章 战火蔓延

1938年春，马戏团从武汉转点来到绍兴。

可是，马戏团在绍兴选好场地，刚演了几场，战火就像一只甩不掉的尾巴一样也跟着来了。

日本人的轰炸机天天在天上飞，天天往下面扔炸弹。炸弹扔下来，瞬间便是房倒屋塌，一片火海，来不及逃脱的民众死伤无数。

马戏团是一个聚众场所，搭棚演出目标较大，很有可能会成为轰炸的对象，为防不测，地方当局不得不严令孙福有立即停止一切演出活动。

战争带来的不仅仅是无数无辜生命的毁灭，同时也给许多人带来了无法消除的巨大的心理恐慌。每天都在飞机的轰鸣与轰炸声中生活，马戏团里的很多演员惶惶不可终日。

马戏不能演，惴惴不安地干耗着也不是办法，无奈之中，孙福有不得不临时召开了一次全员会议，狠了狠心，心情沉重地说道："眼前马戏团的处境大家都看到了，照这样下去，看来咱马戏团一时半会儿是演不了了，演不了马戏，可还有这么多张口都等着饭吃。现在我实在想不出更好的办法了。常言说，天下没有不散的筵席，今天我孙福有对不起大家了！会开完了，我就给各位兄弟爷们分发一下盘缠，大家都各寻活路去吧！"

孙福有红着眼圈说完这话，已经沮丧到了极点。

跟着孙福有风里来雨里去这么多年，那么多的大灾大难都闯过来了，可是为啥到了今天，就闯不过这道坎儿呢？

大伙儿越想越觉得委屈，当下就是一片哭声。

"我是不怕死的，日本人的飞机炸弹不长眼，哪一天扔下来炸到了我，死了也就死了，可是，我不能也让你们跟着我一起死。"孙福有咬着牙说，"我是让你们跟着我一起闯天下，混好日子的，你们要是跟着我一起死了，我就实在对不起你们，更对不起你们的家人了。"

除了一片哭声，没有一个人说话。

孙福有看了大伙儿一眼，一颗心一下又变得冷硬起来，挥挥手说："散了吧，都散了吧！"

思量再三，大部分演员领到了盘缠，选择了离开马戏团另寻生路。

这些演员离开之后，中华国术大马戏团包括余文泉一家，还剩下了四十几个人。

在绍兴的最后一夜，孙福有躺在床上，久久不能入睡。

孙福有睡不着，余慧萍也睡不着。

两个人就躺在那里有一句没一句地说话儿。

余慧萍不无担心地说："你是一家之主，一团之主，你一定要挺住！"

孙福有哑着嗓子说："你放心，我不会垮的。为了你，为了孩子，我也不会垮的！"

余慧萍说："下一步，你想怎么办？"

孙福有说："此处不留爷，自有留爷处，走！"

余慧萍说："到处都在打仗，往哪走？"

孙福有说："这么大个国家，总有不打仗的地方，咱就往不打仗的地方走。"

余慧萍说："你到哪，我就跟你到哪！"

孙福有说："人挪活，树挪死，活人不能叫尿憋死，实在不行，我就带着你们到国外。"

余慧萍叹了一口气，没有说话，却把孙福有的手紧紧攥住了。

两个人就一起沉默下来了。

此时此刻，绍兴的夜晚一片死寂。

只要活着，生活就得继续下去。

第二天，天刚蒙蒙亮，孙福有就像往常一样起来了。

往常的这个时候，正是马戏团的练功时间。百八十口子人一起练功，那种气势，是孙福有喜欢的。每到这个时候，只要一拉开架势，孙福有就会觉得浑身有使不完的力气，而身上一旦有了力气，心里就会觉得生活也是充实而美好的。

可是此刻，马戏团已是一片狼藉。

稀稀落落的演员们，一个一个看上去很是落魄。

他们都在等候着他的指令。

孙福有抬头看了看天空，又看了看演员们，大声说道："都给我打起精神来！"

演员们下意识地挺了挺腰杆。

孙福有苦笑了一声，他想给他们来一个"战前动员"。

"留下来的，与我生死与共的，都是我孙福有的兄弟。我会永生感激，并牢记在心。以后不管遇到什么，我都会与你们有福同享、有难同当。"孙福有说，"现在，虽然我们遇到了战争，但我相信，我们马戏团还没有走到绝路那一步。仗总有打完的那一天，只要我们有信心，不死心，马戏团还会东山再起。"

孙福有的话，很有些悲壮的意味。

他是在给众人鼓劲，也是在给自己鼓劲。

接着，孙福有便把自己考虑了一夜的行走计划说给了大伙儿，为避战乱，决定由绍兴出发，经宁波取海路到香港，伺机再赴东南亚。

这个计划，立时得到了一致的响应。

一声令下，大伙儿立即行动，紧忙将马戏团的一应家当朝运河对面搬运。可是，天有不测风云，忙活了整整一天，总算把家当搬运完了，天黑时候突然又听到了一个确切的消息，说日本人已经打到宁波了，孙福有没有犹豫，又连忙雇请了帮手，把全部家当撤运回来。

打算去香港的计划彻底落空了。

左右两难之中，孙福有不得不另做打算，择路向西沿铁路线撤退。

马戏团的人一路跋山涉水，随着逃难的人群胆战心惊往前走，不定哪会儿就会遇到日本人的飞机轰炸，由于来不及躲藏而被炸死炸伤的难民随处可见，马戏团的道具、交通工具、部分动物和辎重设备等

也因此损失惨重……

快到夏天时,马戏团逃到江西上饶,并在城区的一家客栈住了下来。

为了生存,马戏团仍在筹划演出事宜,但是为了防止日机轰炸,不能明目张胆地在广场搭大棚演出,只能联系当地剧场进行表演,又由于受到剧场舞台的限制,一些大型节目无法展示,便只好以舞台节目为主。至于精彩绝伦的高空节目,也仅仅上演一个"双人吊子(又称口咬飞人)"。

值得庆幸的是,经过这样一段的演出,总算解决了马戏团的生计问题,并在收入方面稍有结余。孙福有终于松了一口气。

一个月后,马戏团又转点到江西萍乡的一个小镇剧场。这期间,马戏团的家属和女演员都住在了乡镇客栈;为了省下一部分住宿开销,男演员们则一概住进近郊的马戏团小棚里,同时看守马戏团的大型道具和部分动物。

在这难得的片刻安宁里,不料想竟发生了一件事儿,这件事一时让孙福有心急如焚,没了主意。

事儿出在两岁的儿子小宝石身上。

一天,欢蹦乱跳的小宝石一下就像霜打的茄子一样,整个人蔫头蔫脑没了一点精神,余慧萍感觉到了什么,下意识地摸了摸他的额头,又摸了摸他的身子,竟吓得倒抽了一口凉气。此时此刻,正发着高烧的小宝石浑身烫得就像一颗火炭一样。

余慧萍忙告诉了孙福有。孙福有听了,也摸了摸他的额头和身子,一下就慌了,立刻把懂些医术的孙吉堂喊来。孙吉堂看了半天,给他用了退烧药,想着他身上的烧退了,很快也就好起来了。可是,整整一天过去了,小宝石并没见好转。孙福有忙又差人四处去找医院和医生,可是找遍了整个小镇,却硬是找不见一个。

望着昏迷不醒的小宝石,孙福有急得在屋里跺着脚打转转,却想不出一个好办法。

就这样熬到了第三天晚上，再一摸，小宝石的烧竟然退下来了。孙福有不觉有些惊喜，一遍一遍趴在床上，对着他的耳朵轻轻喊他，可是，小宝石闭着眼睛，却是任何回应都没有。

孙福有好是疑惑，再去摸他的额头和身子时，手和脚竟又变成了一坨冰一样，试了他的鼻息，也游丝儿一样微弱，就连一张小嘴唇也有些发紫了。看上去，就像死去了一样。

孙福有一下子紧张了。

"完了完了，"孙福有不禁心痛地喃喃自语，"看来这小家伙不行了，没救了……"

余慧萍更是没有主意，坐在床头，一会望望小宝石，一会又望望孙福有，眼泪一个劲儿地往下掉。

"老天要灭我呢！"孙福有绝望了。

好半天，孙福有终于狠下一条心，对余慧萍说道："算了，我看这孩子救不活了，就让他早早上路，入土为安吧！"

听了孙福有的话，余慧萍止不住放声大哭起来。

见孙吉堂和司拉鲁几个人来了，孙福有犹豫了好大会儿，终于还是吩咐道："你们几个去找几块木板，钉个小箱子，带上铲和镐，找个地方挖个坑，把这孩子装进箱里埋了吧！"

这样说着，孙福有声泪俱下。

孙吉堂和司拉鲁几个人只得按照孙福有的吩咐去做，等着把小棺材做好了，几个人再次来到客栈，正准备抱着小宝石出去时，余文泉突然闯了进来。

"让我来看看！"余文泉说。

平日里，余文泉喜欢一个人睡在马戏团的大棚里，和男演员们住在一起。多年来，他一直保持着早起早睡的习惯，每天天刚蒙蒙亮，他一个人就早早起身，洗漱过后，早饭也不吃，就一个人到旷野或山涧去采集中草药。这也难怪，他本是杭州灵隐寺有名的外科老郎中。

孙福有只知道余文泉是外科行家，估计他对内科和小儿科之类的病症就有些琢磨不透了，所以当小宝石病倒之后，并没有把这件事告诉他。也是由于一时紧张，大伙儿压根儿就没有想起他来。

余文泉听说之后，立即赶了过来。

这时候，屋子里已经站满了闻讯而来的马戏团的人。屋子里的空气似乎也如凝固了一般。

只见余文泉抱起小宝石，用手摸了摸他的手脚，接着又把一张脸贴在他的面额上试了试体温，仔细观察了十几分钟，突然回头对孙福有说道："这孩子还有气，只是一时休克，还是有救的……"

当下，余文泉又立刻吩咐身边的孙吉利和丁林清两个人，马上回大棚把他的医疗箱背过来，并把晒干的一捆"艾蓬束草"也一起拿过来。

大约一支烟的工夫，两个人一路飞奔着把余文泉吩咐的东西取了回来。

余文泉接着便让老夫人张玉珍把小宝石的上衣脱掉，把他平放在铺着厚毛毯的桌子上，又令人将小宝石的左手臂抬起来。众人看到，此时此刻，余文泉在一束艾蓬草上涂了一些药粉，又与其他的一些中草药合成一股，然后把艾蓬点燃了，正当艾蓬燃烧噼啪作响时，他突然将它举起，触在小宝石的手臂上。顿时间，整个屋子里弥漫起一股难闻的焦臭味道。如此这般几次过后，再看小宝石的手臂已经血肉模糊了。而这时的小宝石，却仍无声无息如同死去了一般。

孙福有和余慧萍见了，心疼得刀剜一样，眼睛里布满了泪水。一旁的众人见了，不忍直视，忙把头别向了一处。

可说来也怪，就在这当口，小宝石突然抖动着身子哭出声来。随即，一双紧闭着的眼睛也睁开了。

余文泉长吁了一口气，转头对孙福有说道："好了，好了！小宝石有救了！"

余文泉在说这话时，一双眼睛里也突然涌出了泪水。

孙福有听着小宝石的哭声，望着余文泉，一时感激得不知说什么才好。

好大一会儿，孙福有问到这其中的缘由，余文泉这才说道："孩子是得了'天然痘'，就是我们常说的天花，由于高热不退，造成了周身脉络阻塞，我在他的手臂穴位上烧艾蓬，主要是打通他的脉络，这也只能是不得已而为之的抢救办法了。"

孙福有听了，不禁从心里对岳父余文泉佩服得五体投地。

小宝石终于起死回生逃过了一劫，孙福有对这个寄托着他全部希望的儿子也更加疼爱了……

这年初夏，作为前台经理的余慧萍，终于先行打下了桂林三个台口：银宫大戏院、金城大戏院和桂林体育场。

作为天甲一方的桂林，对于中华国术大马戏团的到来，表现出了极大的热情。这个时候，战争的魔爪尚未触伸到此，生活在这里的人们，俨然如沉浸于世外桃源一般，所到之处，皆能感受到一派难得的祥和与安宁。正因为此，来自全国各地的千余名文化名人，如同约好了一般，千里迢迢集结在这里，他们组成了一支强大的队伍，积极开展抗战文化运动，抗日气氛十分热烈。据后来统计，当时在这里的进步文化团体多达三四十个，其规模与影响，达到史无前例的程度。实际上，此时的桂林已经成为中国共产党所领导的国统区抗战文化最主要，最活跃，也最有成效的中心阵地。

得到孙福有来桂林演出的消息，田汉喜出望外，很快就带着安娥和他们的女儿田野赶了过来。

久别重逢，两个人不由得激动地抱在了一起。

说到马戏团的现状，孙福有眼圈又红了。

"寿昌兄弟，我有一个想法，你看不知可行不可行？"孙福有泪光闪烁地望着田汉说道。

见孙福有这样，田汉的眼角也有了泪光，点头说道："请大哥直言，只要我能办到的，我一定不遗余力。"

孙福有叹了口气，认真地说道："一家人不说两家话，眼下马戏团的情况你也清楚了。这兵荒马乱的年月，以后该怎么个走法，我这心里真还没个底。你看，你、安娥和孩子，能不能在咱马戏团里住下来？"

田汉望着孙福有，等着他说下去。

孙福有递给田汉一支烟，自己也抽出一支，划火点了，紧抽了两口，接着说道："你是见过大世面的文化人，一来遇到难题你随时可以给我支支招，二来你在创作闲暇时，可以抽出点空来，教教演员们识字学学文化，咱这些演员里，能识文断字的实在没有几个，没有文化，看问题的方式方法也是简单短浅的，更别说觉悟了。安娥歌唱得好，也让她给大家教教歌儿，活跃活跃气氛，你看行是不行？"

田汉点点头，真诚地问道："本来你们就够辛苦的，你就不怕我们给你添累赘吗？"

孙福有摆摆手接了刚才的话，又说道："当然，我是在征求你的意见，你放心，我也不会让你和安娥白白受累，一点报酬我总还能拿出来的。"

田汉听了，忙说道："大哥你说这话就见外了。那好，现在我就答应你。正好，那个马戏的电影剧本正准备动笔呢，写作中如果遇到问题，我也可以随时向你请教了。"①

孙福有笑了起来，说："不知怎么，你不在身边的日子，我是很想念你的；有你在身边，我这心里突然就不感到孤单了。"

---

① 抗战胜利后，1947年田汉先生住在孙福有的上海小洋楼即模范村31号3楼，继续创作《龙马精神》电影剧本。1951年，田汉在北京文化部任部长时，还曾与余慧萍有书信往来。

田汉也跟着笑了起来。

也就是从这时起，在孙福有的真诚邀请下，田汉一家三口住进了马戏团，此后一年多的时间里，他与孙福有及马戏团的演员们朝夕相处，彼此间建立了牢不可破的生死感情。

马戏团在桂林一连演出四个多月，然而由于演员和大棚、道具等锐减的缘故，马戏团阵容明显薄弱了许多，尽管有了一些收入，总算又积攒起了一点儿家底，却自是大不如前。孙福有心里清楚，马戏团若想东山再起，重现往日辉煌，还有很长的一段路可走。

第十三章　田汉的歌

在桂林，马戏团除了正常的演出之外，孙福有还带着自己的团队，经常性地加演或义演一些马戏节目，以此进行抗日募捐。

对于孙福有的抗日募捐行为，田汉表示了极大的支持与称赞。自从田汉受到了孙福有的热忱相邀，住进了马戏团之后，为了更深入地了解马戏艺人的生活，除了日常的写作之外，他更多的时间都是与演员们一起度过的。

日子长了，演员们对于田汉已不再陌生，自然而然地把他当成了自家人。每当他问起什么来的时候，他们也总愿意把自己心里最真实的想法告诉他。看上去，他们之间的交流，既轻松随意，又亲切自然。

演员们大多认不得多少汉字，甚至于有些演员连自己的名字都认不出来，每当来到演员们中间时，田汉总忘不了叮嘱他们，一定要多认些字，力求能看懂报纸，这样就能多知道一些天下大事了。

起初，有些演员对于识字，总觉得在这个大文豪面前不好意思，但是当他们看到田汉一脸的和蔼，又一笔一画手把着手地耐心对他们一一传授时，慢慢地也就消除了顾虑。时间长了，他们竟从识字中得到了乐趣，并见缝插针地在自觉与不自觉间养成了识字学习的好习惯。

对于演员们的变化，田汉感到十分高兴。

不久后，根据与杂技演员们在一起时收集的素材，并结合当时的抗战形势，田汉专门为马戏团创作了一个剧本。这个剧本的剧情是：灾荒之年，一对农户人家的父与子，由于农田绝收难以度日，便以乞讨为生到处流浪。饥寒交迫之中，他们学会了杂技，由"撂地"起家，不断进取，终于创办了自己的马戏班。就在这时，国内的全面抗战开始了，这对父子毅然回到了故乡，积极投身于抗日救亡的洪流中，利用自身的高超技艺，创编出许多宣传爱国抗日的新节目，所到之处，无不受到广大民众的欢迎。剧本的尾声部分有一些动作表演，儿子在一个马术节目里，飞身跃上马背，马上马下挥动着似火的红绸；父亲在表演空中飞人时，把形似红旗的大红绸，悬挂在大棚的最高处。其中寓意不言自明。

　　田汉把这个剧本的情节，有声有色地说给孙福有和马戏团的演员们听，并征求他们的意见，以便于进行加工修改。孙福有不懂得剧本，琢磨来琢磨去，却说不出个啥来，但从心里又觉得这个故事讲得好，很贴近自己的感情，嘴上少不得说几句恭维的话儿。田汉默默地听他说完，认真地望着他，一边点着头，一边却笑而不答。

　　这天，田汉带着安娥和田野去观看孙福有的节目，当看到女演员王桃英表演的"高低钢丝绝技"时，不禁大为震惊。

　　高低钢丝长为28米~30米，斜角约20度~25度，演员要从底端稳步走上顶端，然后从顶端位置倒滑向低端，而在将滑行至距地面尚有三分之一位置时，突然一个急刹车，再次前行蹦跳至顶端位置，而后继续倒滑至下，于二分之一的距离停下来，做出一系列睡、躺、劈叉、叼花等动作。节目到了尾声时，竟又做出一个更为惊险的绝技动作，演员由高至低快速正面下滑，一道闪电般地，在接近终点时，一个漂亮的前滚翻立地而起……

　　王桃英在表演这个节目时，观众们包括田汉在内都为她紧紧捏着一把汗，而她却自始至终面带微笑。

无疑，作为马戏团的一名主要演员，王桃英的功夫扎实娴熟，舞台形象也十分俏丽，每每演出，都给观众留下极深的印象。

同样，王桃英和她所表演的这个节目，也深深吸引了田汉。为了更好地为马戏团做宣传，田汉便以王桃英为典型，出神入化地撰写了一篇带有广告性质的文章，刊登在当地的《桂林日报》上，一时之间家喻户晓，并在桂林成为美谈。

跟随田汉在马戏团生活的那些日子里，美丽活泼的安娥也给演员们留下了很深的印象。安娥喜欢唱歌，有事没事总喜欢和马戏团的那些女孩子们待在一起，并把自己喜欢的歌儿教给她们。马戏团里有了歌声，多年以来封闭而又沉闷的气氛立时就被打破了，那些马戏团的女孩子们难得有这样的好心情，只要有安娥在场，每个人的心里就像绽开了一朵花儿一样，自然而然地便把素日里难耐的孤独与寂寞忘在了脑后。

许多年以后，马戏团的演员们仍然记得安娥一字一句教他们学唱《义勇军进行曲》和《渔光曲》时的情景。

起来！不愿做奴隶的人们！把我们的血肉，筑成我们新的长城！中华民族到了最危险的时候，每个人被迫着发出最后的吼声。起来！起来！起来！我们万众一心，冒着敌人的炮火前进！冒着敌人的炮火前进！前进！前进！进！

这首歌的旋律雄壮激昂，歌词里充满了为救国救民冒死赴行的悲壮色彩。似乎每一个音符，都彰显着毅然决然的力量。

而那首节奏舒缓的《渔光曲》，则又弥漫着一种难以排遣的忧伤，就好像那歌里的每一个字儿词儿，都是在泪水里泡出来的似的：云儿飘在海空，鱼儿藏在水中。早晨太阳里晒渔网，迎面吹过来大海风。潮水升，浪花涌，渔船儿飘飘各西东。轻撒网，紧拉绳，烟雾里辛苦等鱼踪。鱼儿难捕船租重，捕鱼人儿世世穷。爷爷留下的破渔网，小心再靠它过一冬。东方现出微明，星儿藏在天空。早晨渔船儿返回程，迎面吹过来送潮风。天已明，力已尽，眼望着渔村路万重。腰已酸，手也肿，捕得了鱼儿腹内空。鱼儿捕得不满筐，又是东方太阳红。爷爷留下的破渔网，小心还靠它过一冬。

不管是激越悲愤的《义勇军进行曲》，还是舒缓忧伤的《渔光曲》，当演员们跟着安娥的歌声一字一句唱起来的时候，总会禁不住浮想联翩并心生波澜。从内心里总是觉得，那歌里唱着的就是自己，仿佛这歌儿就是为自己写的。

安娥教唱的这些歌儿，先是让马戏团的女孩子们喜欢起来，接着那些男孩子们也喜欢起来了。每当闲来无事或者在演出与练功之余，他们一边做着手里的活儿，一边忍不住就会哼唱起来。先是一个，两个，后来就自发地唱成了一片。

音乐的魅力，自然而然也感染了孙福有。对于音乐，他似乎有着天生的敏感。三遍两遍地和演员们一起学下来，他很快也就掌握了要领，而且可以十分完整又声情并茂地将它唱出来。

他本来就是一个乐观的人，这些歌儿，总会让他感到畅快。

很久以后，孙宝石还记得七岁那年跟着父亲学唱歌儿的情景："那个时候，马戏团由于逃难无法开业，除了雷打不动的练功，空闲时他就会教我们几个孩子一起唱歌。当时，他唱《渔光曲》，也唱《灶王爷上西天》等。一次，他一边补着一条渔网，一边唱道'爷爷留下的破渔网，小心再靠它过一冬……'。他唱一句，两个孩子就跟着学一句，很快也就学会了。大概这歌里所唱的，与他的身世产生了共鸣，打内心里喜欢。当时我们爱听爱唱的还有'我们都是神枪手，每一个子弹消灭一个敌人……''大刀向鬼子们的头上砍去'等，这些歌都是田汉叔叔和安娥婶婶教的……"

第十四章　湘　难

马戏团告别桂林后，开始向湖南方向转移。至1940年春，刘公仪终于打下衡阳一站。说来凑巧，当时衡阳已有一年多的时间没有进驻过大型剧团，当他们听说了中华国术大马戏团要来此地演出时，有关部门十分爽快地就为他们提供了"衡阳大剧场"和"体育场"两个演出场地。

尽管马戏团终于在衡阳落住了脚，但是，到这年4月，整个马戏团的演出动物，也只剩下了一只老虎、一匹马、一头狮子和一头大象，而至于演出所需的大棚，因受到日机的一次次轰炸，也早已被毁坏得有棚无盖了。

为防止马戏大棚再次成为敌机轰炸的目标，孙福有把马戏团的营业演出一般放在夜里进行，白天里则进行一些"募捐"演出和"慰劳抗日壮士义演"。

虽然到此时为止，演员与演出动物已所剩无几，马戏团因此失去了往日的辉煌，但他们还是凭着众所周知的名声和精湛绝伦的技艺，征服了前来观看的每一位观众，一经上演便轰动了整个衡阳城，并在当地掀起了一股小小的浪潮，为衡阳城的人们带来了一缕春意。

加之当地报纸与宣传机构的有效介入，孙福有和他的马戏团一时间好评不断,马戏团也在短时间内取得了明显的经济效益。

终日被战火与逃难所困扰的孙福有,似乎又一次看到了希望。

这年的5月10日(农历四月初四),在孙福有的精心呵护下,余慧萍在衡阳又顺利产下一子。

孙福有平生喜欢的就是儿子,得此消息自是喜出望外,当下他便为这个次子取了个孙宝环的名字。

孙福有的心情一下好了起来。当天,他便让孙吉堂拍了一封电报给桂林的田汉①,把田汉一家请到了衡阳。田汉一到,更增加了一层喜庆的气氛。

望着这个金兰之交的兄弟,孙福有不禁心生感慨,一边笑着,一边含着眼泪说道:"寿昌兄弟,要不是打仗,我一定会带着你和二小子(孙宝环)一起回吴桥老家玩玩,让老太太也高兴高兴。"

田汉深知他的苦衷,一边望着孙福有,一边无比真诚地应道:"等打完了仗,我一定会跟你回吴桥看一看。"

为了庆贺新生儿的出世,也为了欢迎田汉一家的到来,孙福有一时心血来潮,决定借儿子出生之名,给马戏团的演员们放假三天。

"打仗打了三年,大伙儿跟着我逃难也逃了三年,吃尽了苦,受尽了罪,每天的脑子里总是紧绷着一根弦,生怕是有了今天没了明天,再这样下去,心里头非憋屈出病来不可,"说到这里,孙福有的眼圈一下红了,"今天,咱们马戏团也该好好热闹一下了!"

当天晚上,在孙福有的安排下,马戏团便大摆了一场酒宴。为防止意外发生,事先又特意叮嘱了当班的丁林清,让他注意空袭警报,一旦听到警笛,立刻通知众人采取应急措施。

---

① 1940年5月,田汉应三厅之召,由长沙到达重庆,途中曾在桂林停留,与欧阳予倩、夏衍、杜宣、许之乔等商议创办《戏剧春秋》杂志。

孙福有平时不善饮酒，这天晚上，却不由自主地端起了酒杯。酒过三巡，话也就多了起来。

孙福有起身面向众演员，不无激动地说道："在今天这个大喜的日子里，我要多说几句话。我要对在座的每一个人道一声感谢。首先我要感谢的是咱马戏团的两位特殊功臣，他们就是坐在我身边的田汉先生与夫人。说起来，我孙福有不过是一个大字识不了一箩筐的马戏艺人，是一介草民，但是，尽管我没有多少文化，却一向敬重有文化的人。田汉先生和夫人都是我们国家的大知识分子，按说和我们是不属于一个阶层的。可是，这么多年来，他们却不嫌弃我们，不抛弃我们，而且与我们建立了无比深厚的感情。大伙儿好好想一想，这都是因为什么？这都是因为他们对于马戏的尊重，对于马戏艺人的尊重。就凭着这一点，我也要感谢他们，我们马戏团的每一个人都要感谢他们。他们是咱们的思想开导者，是他们又教我们识字，又教我们唱歌，教育我们知书达理、如何做人，让我们脱胎换骨，觉醒到自身的价值，成为一个全新的马戏人。"

一口气说完了这些，孙福有转过头来，饱含深情地看着田汉："来，寿昌兄弟，我敬你了！"

田汉见他将杯中酒一饮而尽，也忙将杯里的酒干了。

孙福有又把目光转到了一旁的孙吉堂几个人身上，说道："接下来我要感谢的是孙吉堂、孙占凤、王桃英、孙吉兴、孙吉利，应该说你们是咱们孙氏家族里的有功之人，也都是在六七岁时就跟着我去俄国学艺的孩子。今天你们都成为咱们马戏团的主要演员，你们一定要以身作则，好好带头练本事，不但自己练，还要教孩子们练。特别是孙吉堂……"

说到这里，孙福有突然举杯来到孙吉堂的身边，孙吉堂见孙福有亲自走过来，有些受宠若惊，忙起身立正站在那里，并且向孙福有打了个不伦不类的敬礼，这一下，竟惹得在座的众人一阵大笑。

孙福有知道他是个嗜酒如命的"酒罐子",接着拍了拍他的肩膀,认真地说道:"你今后要少喝酒,宝石和倩琳都四五岁了,今后你要多用用心教教他们练功。"孙吉堂听了,忙点着头连连应是。

孙福有正要离开,突然又回转身来,对孙吉堂用俄语特意交代了一句什么。孙吉堂听了,也抬头应了句俄语。

众人不解,一时蒙在鼓里。

坐在那里的田汉,睁着一双眼睛也不知所云,忙饶有兴趣地寻求翻译。孙吉兴便走过来解释道:"孙老板对孙吉堂说,看你个熊样,少喝两口,明天还有酒喝呢!孙吉堂说,叔叔,我还有五瓶,喝完就去睡觉。"众人听了孙吉兴的解释,一时大笑不止。田汉和安娥两个人竟笑得眼泪都出来了。

一直等众人笑完了,孙福有才又说道:"吉成、小友、亮头、明头、珍头、小马、文跃、文蓉、静萍、秀蓉、龙根、根凤、成良、陈立等等,你们都是咱们老孙家、老余家的小字辈,也是咱们马戏团的基本力量,再加上宝石和倩琳,再过两三年也能上台演出了。你们都是咱们马戏团的希望,马戏团的明天。大家一定要相信,只要我们团结一心,马戏团就不会垮掉。这几年,我们在逃难中损失惨重,大部分器材丢的丢,炸的炸,毁的毁,这都没有什么了不起,等战争停了,和平来到了,咱们再把它赚回来!"

孙福有的一番话,立时又让众人的热血沸腾起来了。

孙福有接着大声问道:"有没有信心?"

就像接受检阅的战士们一样,众人听了,齐声答道:"有!"

孙福有笑了起来。

田汉和安娥不由得频频点头。

此时此刻,马戏团沉浸在一片欢快的气氛里,似乎战争从来就不曾发生过一般。

这一晚,孙福有醉了……

马戏团到底还是没有逃过一劫。

说来也巧,马戏团集体放假的第三天上午,刚刚送走了返回桂林的田汉一家,下午三时许,衡阳城突然就拉响了空袭的警笛。

孙福有立即安排了司拉鲁和小马、小友两个人负责保护马戏团老人和孩子的安全,并火速撤入距剧场50多米的防空洞里,又安排了孙吉堂、孙吉成、孙吉兴三个人,把团里仅剩下的三辆卡车开到有掩体的地方隐藏起来,同时让文跃、文蓉、刘公仪三个人抓紧把剧场后台的发电机用厚木板盖起来,至于马戏团的其他来不及转移的器材设备和动物等,便只好听天由命了。在交代这些时,孙福有特意叮嘱,最重要的是保证人身的安全,无论任务完成与否,所有人员必须要在十分钟之内赶回防空洞。

一时之间,马戏团上上下下一片紧张。

几个人按照孙福有的安排很快完成了任务,脚前脚后地陆续赶到防空洞,人还没顾得上喘口气儿,第三遍空袭警报就拉响了。警笛声尖利刺耳,全城的人都听得清清楚楚。紧接着,日本人的飞机就跟着来到了。先是衡阳城的上空响起了一片嗡嗡声,像是巨大的蝇群由远而近在漫天飞动,后来那声音竟越来越响,仿佛到了头顶上一般。随即,飞机上的炸弹扔了下来,霎时间感觉到大地剧烈颤抖了一下,接着便地动山摇响成了一片。

嗡嗡声一批接着一批,爆炸声也一批接着一批。

与此同时,守城的将士们抱着与城池共存亡的决心,也发出了最有力的防空炮火。

孙福有和演员们以及众多的市民躲在防空洞里,耳听得从洞外传来的隆隆的爆炸声,每个人都紧揪着一颗心。那些胆子小的,竟心惊肉跳地抱成了一团。

"不要怕,"孙福有不时向身边的人安慰道,"很快就过去了。"

这个时候，幽暗的防空洞里，不知谁唱起歌来。先是一个人轻声哼着，后来竟放大了声音。几个会唱那歌儿的人听了，立时也加入进来，合唱道：中国不会亡，中国不会亡，为了民族的生存，我们共同上战场。为了民族，为了中华，四万万同胞拿起刀枪，冲向敌人，拼死打一仗。四面都是战火，四面都是豺狼，宁愿死，不退让，宁愿死也不退让……

听着这歌声，孙福有禁不住悲欣交集。

一些情绪紧张的人，在这歌声中，渐渐平静下来。

约摸一个小时后，防空洞里的人们，终于听到了解除空袭的警报，一个一个这才从防空洞里走出来。

此时此刻，放眼望去，防空洞外已是一片狼藉。

房倒了，楼塌了，大火弥漫，浓烟冲天。消防队在救火，城防军在维持秩序。哭声、喊声混作一团。

孙福有事后才听说，日寇这次派出了二百多架飞机，在衡阳城有目标地实施了一场大规模轰炸。其轰炸的主要目标集中在铁路桥梁、城防军事基地以及水电站等基础设施上。又听说关于这些目标的情报，都是出于汉奸之手，衡阳城因此损失惨重。值得自豪的是，誓死守城的将士们，在这次日军空袭中，一举击落八架敌机，说起来，这应该是一个了不起的战绩。

幸运的是，马戏团所在的剧院完好无损，总算避过了一劫。但是马戏团最后一头大象和最后一头狮子皆被炸死，最后一只老虎被炸成了重伤。

孙福有点名查看了一下马戏团的人员，好在一个都不缺少，这让他心安了许多。

一切重新安顿好之后，孙福有望着被炸死炸伤的最后几头动物，十分痛心地流下了眼泪。末了，他不得不让司拉鲁等几个人，拔下了那头大象的两颗象牙，又让他们找了个空地将那头大象挖坑埋了；狮

子和老虎剥皮吃肉，虎骨交给余文泉泡制药酒；狮皮和虎皮经过石灰水处理之后收藏下来。

由于水电站被毁，给接下来的生活带来了许多困难，几天后，孙福有又带着马戏团迁往衡阳南部的郊区进行搭棚演出。

说是搭棚演出，事实上，大棚已没了棚盖，只能用围子简单地围起一圈，好歹立一个演出的场子罢了。这也是没有办法的办法。而这样的搭棚，也有它的好处，一可以躲避因目标过大遭遇的空袭，即便是遇到空袭，只要把白围子一拆，往附近的山里一躲，接下来的事情也就好办了；二便于演流水场，可即演即停，机动方便。这样一来，没有了较好的演出和座次条件，票价自然也就降低了许多，但从场次上却能够相应地增加一些……

这年秋天，孙福有带领中华国术大马戏团结束了衡阳演出，继续沿铁路线向西南方向行进，且边逃难边演出，并途经祁阳，进入广西境内全州、兴安、桂林……

第十五章　桂林·官赌

在桂林，有一个叫"绿阳村"的地方。"绿阳村"处于闹市之中，一些国民党高官就下榻在这里。

闻听孙福有的马戏团来到桂林，那些高官们常常携带着家眷，从"绿阳村"里走出来，去看中华国术大马戏团的演出。

说话间就到了1941年的端午节。这一天，桂林市显得无比热闹。按照预先的安排，孙福有在桂林西城区体育场搭棚，并在这天的午场时间，安排了一场慰问演出。时任第五战区司令长官、桂系首领李宗仁以及夫人郭德洁、被誉为"小诸葛"的并与李宗仁合称为"李白"的陆军一级上将白崇禧、桂林市长陈恩元、田汉和安娥等，都被请到了现场。两千多座席的大棚里，挤满了前来观看演出的李宗仁部各级官兵。一眼看去，那种排场与阵势，甚是威严与壮观。

老百姓们都知道，李宗仁治军一向军令如山，纪律严明，秋毫无犯，因此战斗力甚强。1938年3月台儿庄一役，痛歼矶谷师团大部，重创板垣师团，捷报传出后，举国若狂，京沪沦陷区及全国悲观阴影一扫而光。李宗仁为此也赢得了抗日英雄、抗日功臣、抗日名将三项桂冠。

李宗仁和白崇禧都是桂林人，又是陆小的同学，两个人的性格脾气相互之间十分了解，说话也从来不遮不掩。后来，李宗仁在自己的

回忆录里写道:"我和白氏共事二十余年,推心置腹,患难与共,虽有人屡次企图分化离间,我二人只一笑置之。世人多有因此形容李、白实为一人,私衷亦觉当之无愧。"

李宗仁对抗日的态度十分坚定,并且一直充满着信心。一次,在记者招待会上,一名记者对他这样发问道:"请问李先生,你将以什么姿态投入到轰轰烈烈的抗日战争之中?"李宗仁不假思索地回答:"我李某本人有宁愿全国化为焦土,亦不屈服之决心,用大刀阔斧来答复日本侵略者。日本人从哪里来,我们要打得他回到哪里去,不获全胜,决不收兵!"接着,在一阵掌声中,李宗仁起身举起右手,握成拳头,又无比坚定地说道,"我的口号是,焦土抗战,宁为玉碎,不为瓦全!"因此,广西民众在他的感召与影响下,抗日气氛十分浓厚。

也许正因为这样,孙福有对李宗仁一直十分敬佩。

此时,个子矮小、脸膛黝黑的李宗仁,正襟危坐在马戏大棚正中最抢眼的位置,如果不是身上的那套布军装以及脚上穿着的那双与普通士兵一样的浅口布鞋,乍看上去,俨然就像是一个在田野里风吹日晒劳作惯了的农民。

演出正在进行。

马戏团的演员们陆续出场,表演着自己最为拿手的马戏节目。

当节目表演到第八个时,报幕员终于报出了孙福有和孙占凤的名字。

话音未落,观众席上立时爆发出一阵雷鸣般的掌声。

那一天,孙福有表演的是他的保留节目《镖刀子》,亦称飞刀。

就像在此之前的许多次登台表演一样,此刻,孙福有身着大翻领的印度绸白衬衫,下着笔挺的黑色西裤,足蹬一双软底半高筒马靴,一边手牵着孙占凤,一边从台后走出来。而此时的孙占凤,身着一套上红下绿的紧身演出服,头扎一副金色蝴蝶结,也足蹬了一双马靴。

两个人面带微笑一出场,立时又引起了一片雷动的掌声。

直到两个人来到马场中央,孙福有面向观众,恭请四周,抬手施了一个抱拳礼；孙占凤则双手合一，齐靠右腰，上身前倾，道个万福，施了一个中国宫廷礼。与此同时，滑稽演员丁林清肩扛着一块飞刀板，已走上台来，将它竖立在马场中央的左方位置。紧接着，孙占凤跳着轻快的华尔兹舞步走到那块飞刀板前，转身背靠在木板上，那种神情，看上去很有一种恰然的味道……

另一名滑稽演员孙文跃，这时手托着摆放着七把飞刀的百令台也走上台来，把它放在孙福有身旁。

一切安排就绪后，孙福有不慌不忙地从那百令台上取过了一把亮闪闪的飞刀，在距离飞刀板约20公尺处的地方站定了，右手握住飞刀头，面对着飞刀板前站着的孙占凤。正当他举起飞刀时，一旁的乐队突然停止了演奏，随即，全场陷入一片无边无际的寂静里。

少顷，乐队中的小军鼓突然敲响了。只听得那鼓点，从慢到快，从快到急，到了最后，一声紧赶着一声地已经难分了彼此。就这样一声一声地，直把每一位观众的心脏，紧往着嗓子眼里提扯着。

随着一声振人心弦的吊镲声响起，再朝舞台上看去，眨眼之间，孙福有手里的那把飞刀，已经带着风声飞了出去，仔细看了，那飞刀不偏不倚正深扎在孙占凤右肩与右耳空隙的正中位置。

这一刀既稳且准，又带着狠劲儿。一场的人见了，不由得毛发倒立。

齐齐的掌声再一次响了起来。

待掌声渐落下来时，孙福有又十分从容地操起了第二把飞刀。只见他一个急转身，站定，扬手，出刀，一连串的动作做下来，那把飞刀再一次不偏不倚钉在孙占凤左肩与左耳间的空隙里。镲响刀落，这一刀，却引起了场内士兵的好一阵骚动。

李宗仁和白崇禧不由得鼓起掌来。恰如一石激起千层浪，一时间，士兵们把巴掌拍得山响，场面越来越显得火爆起来。

孙占凤双臂平举，泰然自若地站成个大大的十字，在等待着接踵飞来的飞刀。令人既感到紧张又感到兴奋的是，这个时候，孙福有同

时取过了两把刀子，不容得你多想，他已经左右开弓，瞬间将那两把刀子甩出去，一左一右分别扎在孙占凤的左右腋下寸间距离的飞刀板上。

士兵们几乎疯狂地欢叫起来，全场于刹那之间沸腾了。

接着，孙福有又同时将两把飞刀取过来，又是闪电般地，扬手将它们同时甩出去，准确无误地深扎在孙占凤腰部左右两处位置。

表演到此，一环紧扣一环，一浪高过一浪，孙福有与观众席上的士兵们，都已经进入一种忘我的境界。

百令台上还剩下最后一把刀子。

孙福有操刀在手。

一旁乐队的小军鼓又打得狂风骤雨一般了。直觉得那鼓点儿声声入耳，撞击得耳膜子一阵阵发疼，又好似每一声都狠狠地撞击着心脏。

催命般的鼓点渐弱渐强，渐强渐弱，敲打到了最后，突见到孙福有刚才还在笑对观众点头示意，冷不防，猛地一个转身，手中那把飞刀脱手而出。再看那飞刀，一边在空间连翻着跟斗，一边闪着一道道寒光，直朝着孙占凤的脑门子飞过去。

那把飞刀连翻了三个跟斗之后，稳稳地扎落在孙占凤头顶上一寸左右的地方。

这一下，就连在座的国民党首脑们，也一个一个坐不住了。人们的目光不约而同地落在了那把刀子上，一霎间，一个一个都如同窒息了一般。

观众席上出现了短时间的沉默。

不知是谁先拍响了巴掌，紧接着，人们就像刚刚从梦中醒来似的，整个大棚里终于又发出了排山倒海样的掌声，山呼海啸般的欢呼声一时间充斥在整个体育场的上空。

观众的情绪达到了顶点。

孙福有的飞刀绝技，无不让那些久经枪林弹雨的士兵们为之惊叹并深深折服。

李宗仁和白崇禧两个人，一边激动地鼓着掌，一边不禁连连叫绝……

马戏团的演出结束后，李宗仁夫妇仍是余兴未减，便同白崇禧、陈恩元、田汉等人来到后台。

孙福有一面命孙吉堂和孙吉成几个人把马场中的空中飞人保护大网拆下，一面又让人在马场内摆上了桌椅，端上了茶点等招待贵客。

就像久别重逢的老朋友一样，众人在马戏团欢聚一堂，说起马戏之精深与奥妙，一时间竟有说不尽的话题。

正当几个人谈兴正浓时，只见白崇禧起身离座，一边微笑着，一边绕到孙福有面前，开口说道："孙老板，我们都是老朋友了，在老朋友面前，我不敢打诳语，今天我想代表德邻①兄和你打个'赌'。"

孙福有知道，在国民党将领中，白崇禧向来以经纶满腹、足智多谋而闻名，听了他的话，却一时没有反应过来。

一旁的余慧萍听了，竟机智地插过话来，一边笑着一边接道："白长官，您何必要打赌呢，有何吩咐尽管直说，我们跑江湖的听您白长官一句话，照办也就是了……"

白崇禧却摆了摆手，说道："那可万万使不得，孙老板乃是当今马戏奇才，实令我们兄弟敬佩之至。这个赌我还是想和他打一下的。如是我赢了，孙老板就招待我们几个在此便宴一席，如何？"

孙福有还是有些懵懂，望望白崇禧，又望望余慧萍，一时不置可否。

还没等孙福有彻底弄明白，余慧萍已经站起身来，替孙福有应道："好，就这样敲定。白先生一言既出……"

还没等余慧萍把话说下去，白崇禧又接了她的话道："驷马难追。"说完，竟先是哈哈大笑起来。

---

① 德邻：李宗仁字德邻。

李宗仁坐在那里，不声不响地看着这一切。

在座的众人一个个面面相觑，也都猜不出他到底卖的是什么关子。

白崇禧顺手从果盘里取过两只苹果，看了看，说道："趁大家兴致正浓，还想请孙老板再展示一下飞刀绝技。我把这两只苹果用线系好，一左一右吊在飞刀板上。请孙老板站在二十步开外，而且一气呵成，将飞刀扎在苹果正中为赢，怎样？"

余慧萍与孙福有下意识地对视了一眼。余慧萍微笑着轻轻点头，做了个暗示，孙福有随即也轻轻点了点头，却只是笑而不语。当即，余慧萍就让人把那块飞刀板取了来，白崇禧亲自挂好了两只苹果，并由丁林清扶住飞刀板，一旁的孙占凤将两把飞刀递给余慧萍。余慧萍望着孙福有，鼓励道："孩子爸，那就再露一手绝活，让几位贵宾一睹为快嘛！"

孙福有笑了笑，将那两把飞刀接了，扭头对一旁坐着的李宗仁说道："请李长官、白长官赐面，孙某只好献丑了。"

说罢，孙福有走到二十步开外的地方站定了，正欲举手投掷，突然又停了下来，十分冷静地对余慧萍说道："劳驾夫人借手帕一用，蒙上我的眼睛。"

众人见了，又是吃惊不小。就连"小诸葛"也不由惊住了。

白崇禧大呼道："哦，想不到孙老板还有这一手呀！这可是小弟所料不及的啊！"

当即，白崇禧又对李宗仁耳语了几句，李宗仁一边笑着，一边点了点头。

孙福有目测了一下距离，已经胸有成竹，便说道："好了，蒙吧！"

蒙好了双眼，孙福有神情自若地举起飞刀，不容半刻犹豫，便将那两把刀子一把连着一把地抛掷出去，二掷二中，一把一把地稳准狠，把把穿透苹果之心，深深扎进木板里。

贵客们一时间大感震惊。就连一旁侍立着的几个警卫，也不由得连连称叹。一旁观看着的马戏团的几个人，在此之前也并未见到过孙福有的这种绝技，不禁频频点头。众人一边唏嘘着，一边鼓起掌来。

表演完毕，白崇禧竟急不可耐地走上前去，为孙福有解下眼上的手帕，抖开了看了看，又照着孙福有的样子将它蒙住自己的眼睛，末了，击掌叫道："小弟真的心服口服了！"

就在这时，马戏团大门外突然响起了汽车喇叭声，余慧萍心里明白了什么，笑道："表演到此结束，接下来请大家就此小宴一番，以表马戏团对诸位的欢迎和敬意。"原来余慧萍早已嘱咐外交刘公仪把酒席事宜安排妥当了。

众宾客落座后，余慧萍马上又传下话去，命人从马戏团唯一的一部大卡车上，端上了在大酒家里拉来的两桌上等酒席。余慧萍一边布置酒菜，一边又和白崇禧开了一句玩笑："今天就是白司令不打赌，我也会请各位在此便宴的，打昨天我就和田汉兄弟商量好了，贵客驾到，岂有慢待之理啊！"

众客人听了，也不推辞，又是一番说笑。

酒倒满了。接着，孙福有起身举杯，第一杯敬了李宗仁，第二杯敬了白崇禧，第三杯又敬了陈恩元；与此同时，余慧萍也一一举杯敬了郭德洁与安娥。席间的气氛煞是热闹。

直到酒过三巡，白崇禧突然想起什么，便扭转身来，对一旁的卫队长吩咐道："你回去把'伯当'和'美丽'牵来，快去快回。"

众人听了，一时又有些不解。

紧接着，李宗仁和白崇禧两人双双从腰间解下了贴身的手枪，轻轻放在了酒桌上。

这一下，众人更加不解了。

李宗仁抽了口烟，笑着解释道："健生[①]与我已经商量好了，我们

---

① 健生：白崇禧字健生。

打赌已输，送两条狼狗这是先决条件，可是孙先生蒙眼飞刀中靶，难度加大，那么赌注也应该增加，故此我俩再附加手枪两把和随身子弹一起送给孙先生，请务必收下，在这兵荒马乱时期，也许能派上用处。"

白崇禧点点头，又补充道："我习惯用的是德国'勃朗宁'，德邻兄惯用'左轮'，权当给孙老板留个纪念吧！"

孙福有听了，竟极是感动，一时不知如何是好。

酒宴接近尾声时，警卫队长用吉普车把两条狼狗也带来了。

这两条被拴着铁链的狼狗，一条条长得像成年的豹子大小，两只耳朵直直地竖立在那里，叫声响亮得打雷一般。众人见了，不觉吓了一跳。可是，当它们一眼看到了马场中央的主人，立即摇头摆尾地直窜过去，如同久别重逢一样亲热起来。

"这条头上有一块白毛的，名叫'伯当'，是我养的；那条灰色的周身没有一根杂毛的叫'美丽'，是德邻兄养的。"白崇禧接过牵绳，向孙福有介绍道，"它们都是训练有素的军犬。对缉毒，防盗，捉凶都有一手，留在马戏团里或许会有大用处的。请孙老板一并收下吧！"

孙福有一下就喜欢上了这两条狼狗，心里自是喜欢得不轻，忍不住抱拳连连称谢，当即就叫过孙吉堂和司拉鲁两个人，让他们牵去喂食，并为它们找个栖身之所。

说来奇怪，这两条狼狗好像与孙吉堂和司拉鲁两个人有缘似的，两人接手牵领时，"伯当"和"美丽"不但毫无敌意，而且也如同见了主人一般，立时变得温驯起来，最后竟然十分顺从地跟着两个新主人走了。

眼前这一幕，却把李宗仁和白崇禧两个人惊呆了。

"若在平时，陌生人休想靠近它俩的，"白崇禧恍如梦中一般地望着孙福有说道，"可怎么一到了马戏团，见了你们的人，一下就变得这样听话了呢？"

孙福有哈哈笑了起来，说道："将军尚且不知，我侄儿孙吉堂是马戏团的养狗专家，印度人司拉鲁又是马戏团的驯兽师，他俩都是通晓兽语的。这就是缘分啊！"

白崇禧不禁有所感慨，转头说道："德邻兄，你看到没有，这马戏团里的人才可真是多啊！"

众人立时又是一阵大笑。

白崇禧刚才注意到了司拉鲁，突然又想到了什么，顺便问到了马戏团里的人员结构，孙福有如实做了一番介绍。

白崇禧想了想，一下就萌生出一个念头来。便对一旁的陈恩元说道："陈市长，孙福有的马戏团都是从国外回来的，团里的演员、驯兽师和大部分演职员又都会讲外文，我看完全可以改名叫'中国华侨大马戏团'，这样改一下，名声可能会更响亮一些，而且本身它也是一个名符其实的华侨班子。"

陈恩元听了，琢磨了一下，接着点了点头，对孙福有建议道："我看可以把'中华国术大马戏团'改成"华侨大马戏团"，孙老板不妨考虑一下，若觉得可以，我给你们操办一下。"

孙福有听了，不由心中大喜，当下又征求了田汉和余慧萍等人的意见，几个人也觉得改换新名字是再合适不过的，于是便欣然接受了为马戏团改名的建议。

直到酒酣耳热，尽欢而散。

不久后，经桂林市长陈恩元一手操办，由国民政府广西最高官员蒋经国批示，"中华国术大马戏团"正式更名为"华侨大马戏团"。

自从接受了李宗仁和白崇禧馈赠的礼物后，孙福有心里一直过意不去，便想着也应该有所回赠才是。于是这天便与余慧萍商量，如何做些回敬之礼，回报一下这份人情。

"二位将军又送爱犬又送枪，这个情义非同小可，咱们也得有所表示，不能让别人说咱的闲话，"孙福有望着余慧萍说道，"你好好

想想，咱们送点什么礼物合适呢？"

余慧萍想了想，也说道："二位将军多次来看戏捧场，又送了东西，我也感到有些过意不去，可我们能送什么礼物给将军呢？"

"两位将军都是抗日名将，又是位高权重的人物，送钱，眼下我们也困难，少了自然拿不出手去；送物，马戏团里到了现在，也没有什么合适的东西，就连只像样的狮子老虎都没有了……"

孙福有的话，一下点拨了余慧萍。

余慧萍突然想起什么，不禁面露喜色，忙说道："马戏团里还有几根象牙，不如每人送上一根，我觉得这样比较妥当一些。第一这物件比较稀罕，他们应该是没有的；第二象牙可以久存，当作古董收藏，我们也拿得出手。"

孙福有点点头，十分高兴地说道："这主意好，那就按夫人的意思抓紧去办吧！"

余慧萍却又说道："我看，应该请人在这象牙上雕刻些什么才好，这样显得更有意义。你觉得呢？"

孙福有听了，不禁大喜，补充道："还是你想得周全，一根象牙大概一米左右的样子，在上面刻上几个字，用红漆一漆，再配上架子，往大厅里一摆，既醒目又雅致，好！就这么办！你快请田汉兄弟过来！"

说话间，田汉来了。

余慧萍也已把两根象牙取了过来。

孙福有说过了事情的因由，望着田汉道："寿昌老弟，象牙上的题词非你莫属，那就只好劳烦你了！"

田汉看着象牙，沉思了一会儿，随即接过余慧萍递过的一支狼毫，醮墨写下了如下几行：

李宗仁将军：台儿庄抗日英雄，中国抗日先锋。

中华国术大马戏团孙福有、余慧萍赠。

中华民国三十年端午节

白崇禧将军：台儿庄抗日名将，中国抗日小诸葛。
中华国术大马戏团孙福有、余慧萍赠。

中华民国三十年端午节

田汉将那几行字又端详了一遍，这才放下笔来，说道："我觉得这样题词比较真实，也很切题，没有虚伪的成分，又不显得过分谦卑，你们看呢？"

孙福有和余慧萍两个人也一字一字看了，不由得满心欢喜。孙福有连叫了几个好，表示赞同。

余慧萍笑着说道："我就叫刘公仪去办吧！"

不大会儿的工夫，刘公仪来了。几个人又商量了一番具体操办的事宜，诸如谁谁谁操刀雕刻，字朝哪端，字体大小，如何布局等等，这一切又都是一一听从了田汉的意见。

几天之后，刘公仪将按照要求制作好的象牙取了回来。几个人上下左右端详了好久，未发现任何瑕疵错漏，便用外包装盒盛好，又加贴了封条。随后，由田汉和余慧萍两人出面，将此赠物以马戏团之名委托给桂林市长陈恩元，并由他转呈李宗仁、白崇禧两位将军。

二位将军收到礼物后十分高兴，很快又派人为马戏团送来了粮食、汽油、火油、跌打损伤药物等生活用品。

这件事情到此才有了一个完满结局。

第十六章　要命的爱情

战乱之中的桂林无疑成了华侨大马戏团的避风港。有了田汉以及李宗仁、白崇禧等人的关照与庇护，久已身心疲惫的孙福有，总算找到了一个得以喘息的机会，并借此准备好好整饬一番自己的马戏队伍，雄心勃勃地迎接即将到来的更加艰苦、更加难以想象的命运的挑战。

但是，就在这当儿，马戏团却接二连三地出了几桩大"丑"事儿。

事儿最初是由那个平日里不多言不多语甚至一开口就有些脸红的腼腆少女边玉明引起的。那个时候，边玉明已经与经常来马戏团看演出的一个叫李应元的国民党军官有过几次接触。

李应元是南京人，当时正在军队里做党务军统工作。自从看过了边玉明的几场演出之后，很快就喜欢上了她，于是便想方设法创造一切与她靠近的机会。

边玉明第一次应李应元之邀与他约见，心中不免有些忐忑，但是，当看到和她坐在一起的这个彬彬有礼的年轻人，一言一行中竟然对她如此关心体贴，并且说起话来张弛有度，性格也十分随和时，一张月盘脸上不自觉地又泛起了一片红晕。

有生以来第一次感受到了一个陌生男人对她的蚀骨一般的爱情，边玉明几乎有些忘乎所以了。生活原来还会如此美好，世界原来还会如此美好。这让她突然之间觉得春天来了，心里的那朵孕育了多年的花蕾就要悄悄绽放了。但她却没有意识到，爱情，有些时候是很要命的，就像吸食了鸦片，很容易置人于死地。

终于就出了事儿。

这一天，边玉明又接到了李应元的一封信件。信是让人捎来的。字很娟秀，信里的内容十分简短。就像往常一样，李应元与她约好了会面的时间和地点。糟糕的是，边玉明没有多少文化，信虽然简短，但她却识不得几个字。于是，她就把这信让身边的同伴帮她看。可说来也巧，偏偏就在几个人喊喊喳喳读这封信时，却被孙福有迎头撞上了。

几个人抬头见了孙福有，不觉吃了一惊，立时作鸟兽散。独独留下边玉明，木桩一样愣愣地站在那里。

孙福有看了她一眼，冷着一张脸问："谁写的？"

边玉明胆怯地望着孙福有，一颗心哆嗦着，只得把情况如实说了。孙福有听了，气不打一处来，二话未说，扬手一个耳光抽到了边玉明的脸上。边玉明怪叫了一声，捂住火辣辣的半边脸，眼睛里却滚出了泪水。孙福有剜了她一眼，鼻子里"哼"了一声，嘴里边竟狠狠地咕哝出一声恶骂来："贱货！"接着，气鼓鼓地走了。

打这之后，边玉明再没敢动过与李应元会面的念头，尽管李应元后来又托了熟人给边玉明带过话来，但是却再也没有得到她的回应。

孙福有打了边玉明，很快就后悔了。对于孙福有来说，马戏团里的那些演员们，无一例外地都曾被他不止一次地打骂过。挨打挨骂，几乎成了演员们的家常便饭。可是，以往的那些打骂和这次的打骂不同，以往的打骂，都是为了让演员们把功练好，只有人人有一身好功夫，马戏团才能立于不败之地，才能有一个好前程，演员们也才能有一口温饱的饭吃。这些道理，孙福有曾不止一次地对他们讲过，他们也已经烂熟在心里。所以，他们在心悦诚服地接受了这个最为简单的道理的同时，也毫无怨言地接受了因练功不到而受到的一切辱骂与体罚。而今天，仅仅为了一封私人信件，他就对边玉明下了手，无论从什么角度讲，这都是有些说不通的。而那个名叫李应元的国民党的年轻军官，当得知这件事后，又会如何去想？自然，孙福有是不会介意边玉明是否对他怀恨在心的，他担心的只是，这样一来，会不会引起那个名叫李应元的人的不快，甚而就连他的一些同僚们也会感到反感。倘若真的是这样，他孙福有的马戏团也就真的遇到了一个大麻烦。

但是，马戏团毕竟有马戏团的规矩。如果那些女孩子们都像边玉明一样，男欢女爱地任其发展下去，她们的魂儿也就散了，心思就再也回不到马戏团里来了。这样的后果，自然是不堪设想的。

事到如今，孙福有也只能静观其变。好在一段时间后，这件事情并没有像孙福有想的那样复杂，马戏团该怎么演出还怎么演出，而那个叫李应元的国民党军官，也并没有做出什么出格的举动来。看上去，一切又都是风平浪静的样子，只不过，本来就少言寡语的边玉明，脸上的笑容没有了，话由此也说得更少了，没有演出的时候，默默地坐在不被人注意的角落里，总是一副心事重重的样子。

边玉明与国民党军官李应元的事情似乎就这样自生自灭了。孙福有的心里这才多多少少有些释怀，但是，按下葫芦起来瓢，余慧萍的亲妹妹余静萍，这个时候竟又被马戏团里的几个知情者传出了闲话，说她与国民党军队里的一个篮球队队长好上了。

世上没有不透风的墙。这闲话，最终传到了孙福有的耳朵里，孙福有当场就气炸了。紧接着，他便令人把余静萍叫到了他和余慧萍的住处，砰的一声把门摔上，指着她的鼻子喝道："你照实说，那些闲话是真的吗？"

余静萍犹豫了一下，看他一眼，小心地问道："你都听到什么闲话了？"

"你少在这里装蒜，"孙福有瞪着一双眼睛，气愤地问道，"你和那个什么篮球队长到底好到什么份上了？"

自从余静萍走进门来的那一刻,余慧萍一直一言不发地坐在一旁的那把椅子里,面无表情地盯着余静萍。

"他们都是胡说,我,我和王士贞真的没有什么事儿。"慌乱之中,余静萍不打自招地说出了那个篮球队队长的名字。

"你这不争气的东西,还敢狡辩?"一旁坐着的余慧萍再也沉不住气了,呼的一声从那把椅子里站起来,一步冲到了余静萍面前,挥手就是一个响亮的耳光。余慧萍的手上戴着宝石戒指,巴掌落到妹妹的脸上,立时就隆起了一道血痕。不知从什么时候起,她的脾气越来越大了,即便对自己的亲妹妹,她也舍得下手了。

余静萍眼里含着泪。使劲忍着,没有哭出来。

顿了顿,孙福有继续呵斥道:"余静萍你听好了,不管你和那个王士贞的事儿有还是没有,但是有一点你要记住,你要一门心思好好练功,好好演出,到了谈婚论嫁的年龄,我们自然会为你考虑。我不想现在因为一粒老鼠屎,就把马戏团的这锅汤给败坏了。"

余静萍仍低着头站在那里。

一旁的余慧萍长出了一口气,接着又插过话来,连珠炮样地警告道:"打今天起,没有我的同意,决不允许你跨出马戏团半步。如果再让我们听到你的什么风言风语,当心对你不客气。"

余静萍点点头,泪水扑扑嗒嗒掉了下来……

"行了行了,"余慧萍突然不耐烦起来,朝余静萍驱赶苍蝇一样地挥了一下手,有些厌恶地说道,"回去吧!"

余静萍一边哭着,一边跑了出去。

望着余静萍的背影消失在门外,孙福有有些颓然地坐了下来,若有所思道:"看来,咱们不能再待下去了。"

夜长梦多,接下来,说不定马戏团的哪个小祖宗又会给他惹出什么乱子来。前边有车,后边有辙,边玉明和余静萍的事儿一出来,那些女孩子的心,必定也会跟着一起乱起来的。人心乱了,马戏团就像一团烂泥一样，可就再也不好收拾了。

孙福有不敢再想下去了。

随后的一些日子里，孙福有悬着一颗心，一面和余慧萍商量着差刘公仪外出"打地"辗转"台口"的事情，一面加紧了对那些青年演员的看管。马戏团里的那几个女孩子，几乎三天两头被人叫到孙福有的住处，向他和余慧萍汇报个人情况。

这天晚上，马戏演完后，孙福有察觉到张秀珍（珍头）与孙吉堂两个人眉来眼去的非常暧昧，心里头立时就窝了一团火，立刻让人把她叫到了自己房间里，不停地追问她到底与孙吉堂有没有"关系"。张秀珍看到孙福有一副凶神恶煞的样子，吓得一双腿哆嗦着，话都说不利落了。张秀珍一边忙不迭地摇着头，一边矢口否认着她与孙吉堂的关系。孙福有见拷问不出任何结果，顺手取过那把飞刀，猛然插在面前的桌子上，低声吼道："小珍头你听好了，如果你胆敢和他有什么关系，我就一刀剁了你！"

"大爷饶我，你就是借我个胆子我也是不敢的。"望着桌上那把亮晃晃的飞刀，张秀珍不由得心惊胆战。

孙福有不问青红皂白，接着又让人把孙吉堂找来，劈头盖脸地臭骂了一回。

年轻人的心是拴不住的。特别是马戏团里的那些女孩子们，到了这时，生理发育已经成熟，瓜熟蒂落一样地难免要想些男欢女爱的事情，但是却又身不由己陷进这无端的困境里，日日夜夜如同一只只囚笼之鸟，心里头自然就感到苦闷与压抑，久而久之，也就对整个的人生充满了绝望。突然有一天，不知是谁先自流露出了轻生的念头，话一开口，没想到却一呼百应地引起了几个好姐妹的同感，暗暗地便开始商量起集体自杀的事情。既然活着是这样艰难，索性死了，也就再没有了痛苦，一了百了了……

第十七章　柳江·兵患

　　如果不是边玉明和余静萍的事情，马戏团或许会在桂林继续演出一些时日，可事到如今，既然孙福有已经下了决心要走，自然有他要走的理由。只不过，这样的理由是不便于向外人表白的。

　　本来马戏团就像无根的浮萍，四处辗转漂泊的生活，早已成为了一种生存的常态。所以，当外交刘公仪联系好了柳州方面的演出场地之后，孙福有不自觉地吁了一口气，突然命马戏团众人收拾好一应道具、生活用品等，于次日凌晨逃窜一般地离开了桂林。仿佛是从来没有来过这个地方一样，马戏团眨眼之间就消失得无影无踪了。

　　不能不说，离开桂林，孙福有的心里是纠结的。但是，一旦踏上了行程，他立马又像换了一个人似的。他以为到此为止，一场梦魇结束了，生活又将要重新开始了。

　　马戏团一行数人到达柳州时，已经是1941年的初秋了。虽说时令到了秋天，但气候却仍是那样温润和舒适，四周的景致也仍是夏天时候的样子，花照样开着，叶照样绿着，就像是在桂林的时候一样，仿佛一年四季都是这样葱茏。

　　由于战争所致，此时，柳州城已经涌入了大批的难民，他们或借道柳州或暂栖于此，几乎是在一夜之间，就使得这个原来只能容纳

三四万人口的小小城镇，暴增到了六七十万之众。于是，在相对安宁与平静的固有生活被打破之后，柳州城一下热闹起来。原来并不景气与兴旺的几家娱乐场所，比如柳州舞台、柳州影戏院和京剧场等，也因此而人气倍增，生意兴隆得大过以往。

孙福有的心情总算好了起来，进驻演出场地的当天，他便把演出之前的一应准备工作具体到了每个人的头上，为防万一，他亲自动手拴紧了保险网。而孙福有在做这些的时候，他的飞刀搭档孙占凤正站在一旁，十分专注地看着他。

这一年，孙占凤十七岁。到这时，她已经是马戏团里的一名能挑大梁的骨干演员了，由于她技艺超群，人又长得漂亮，从某种程度上已在马戏团占有了一席之地，由此深受孙福有和余静萍的青睐。

一切准备就绪。

马戏团在柳州城的第一场演出开始了。

但是，谁也没想到，恰恰就在这第一场演出快要结束的时候，竟然发生了一场人身事故。而更让人难以置信的是，事故就出在孙占凤的身上。

这一天，孙占凤还是表演的《空中飞人》，快要结束的时候，她就像往常一样从高空的吊子上纵身一跃跳了下来。人虽然落到了保险网上，可是感觉却不对了。猛然之间，孙占凤似乎感到自己的后脑勺被人猛击了一下，随着一阵剧痛袭来，紧接着就昏死过去了。

一阵惊呼声从观众席上传了过来，每个人都不由自主地站起身朝舞台方向看去。

孙福有和余慧萍闻讯跑到台上。看了一眼倒在血泊里的孙占凤，孙福有突然想起什么，接着便认真查看了一番保险网，当他终于明白了眼前发生的一切时，禁不住满心懊悔，一边拉着孙占凤的手，一边自责道："孩子，这一回全怪大爷，是我大意了……"

演出之前尽管倍加了小心，孙福有还是把保险网拴松了。

一旁的余慧萍一边流着泪水，一边不停地喊着孙占凤的名字。

时间一分一秒地过去了,也不知道经过了多久,就在大伙儿几乎完全绝望的时候,孙占凤却又奇迹般地从死亡线上爬了回来。

孙占凤睁开眼睛看了一眼孙福有,又看了一眼余慧萍,紧接着一阵头痛欲裂,下意识地蹙了一下眉头,就又把眼睛闭上了。

人们这才稍稍松了一口气。

这一回,孙占凤没有死成。她终于又活了过来。而活着,就得演出。这就是马戏人的命。

这时间,余慧萍的肚子已经很大了。看上去,她的身子笨重得厉害。

毫无疑问,这是孙福有喜欢的。

孙福有喜欢孩子。孩子是事业和家业的继承人,有了孩子,他就有了闯荡天下的动力,就有了活着的理由和意义。他希望余慧萍就这样一直不停地为他生下去,就像是一只勤勉的老母鸡一样,为他下更多的蛋,并且孵化出更多的小鸡出来。

他曾不止一次设想过将来的日子,那个时候,他老了,再也闯荡不了世界了,他会回到吴桥,回到孙龙庄,回到生他养他的地方去,他要在那里终老余生。那个时候,他的那些儿女们,将会隔三差五、成群结队来看他。那该是多么热闹的事情。他是不怕热闹的,他怕的是寂寞,怕的是老年之后的孤单……

然而,就像中国许多被战火所覆盖的地方一样,柳州这个处于南方一隅的城市,也并不是理想之中的世外桃源。

8月20日,刚刚从一片睡梦中醒来的柳州人,突然间听到了一种异样的声音。起初,那声音就像是天边的滚雷一样,隐隐约约从远处传来,但是,还没等人们彻底反应过来,那声音已经由远而近飞临到这座城市的上空。在一阵巨大的轰鸣声中,迟缓的防空警报声终于拉响了,处于一片恍惚之中的柳州市民,这才完全清醒过来,猛然间意识到了灾难的降临。眨眼间,首批次十余架日机已经在头顶盘旋了。与此同时，大街小巷里，老人和孩子的惊叫声、哭喊声以及慌乱的奔跑声混成了一团，人们如同无头的苍蝇一般，在四处寻找得以逃命的地方。

孙福有一面吩咐马戏团的演员们不要惊慌，一面安排了司拉鲁和孙吉堂立即带人朝就近的防空洞跑去。

随着一阵接着一阵的爆炸声，大地剧烈地摇动起来。柳州城顿然间变成了一座人间地狱。一座城市的噩梦也由此开始了。

据后来的有关资料统计，当天，日军接连出动两批计31架次飞机，投弹近百枚，大规模轰炸柳州南北繁华市区，市民死45人，伤168人，毁屋72间，曲园、慈善戏院、河北戏院及警察局均被炸毁。

好在由于躲避及时，马戏团并没有人员伤亡。

但是，噩梦并没有就此结束，不到一周后的8月25日，日军又出动6架飞机，袭击柳州柳江南岸的马鞍山一带，投弹20余枚，炸死12人，伤23人。

在生死无着的命运面前，于惶恐不安中生活的柳州人，甚至于那些借道柳州的异乡人，谁也猜不透从日军飞机上掷落的下一颗炸弹会落到什么地方，更想不到哪颗炸弹的哪一块弹皮会削掉谁的脑袋。然而，只要不死，就要活下去，剩下的就只能交给命运安排。

马戏还得演。观众多的时候演，观众少的时候也要演。不演，生活就无法维持。这是活下去的唯一手段，也是活下去的唯一理由。

只要活下去，一切就还有希望，一切就都会好起来。

1941年10月21日（农历九月初二），让孙福有期盼已久又担心已久的女儿孙倩珠来到了这个世界。一眼望到这个在炮火连天的战争夹缝中新生的女儿，孙福有一时间禁不住悲喜交集。自然，女儿的名字是他亲自为她取的。他希望这颗掌上明珠永远留在他的身边，并且永远陪伴着他，给他带来平安与快乐。

战争虽然加剧了死亡的速度，却无法遏制一个又一个新生命的到来。不同的是，这一次，作为马戏团当家人的孙福有，并没有像此前几个孩子降生时一样,在马戏团内部大摆筵席,以示庆贺。现在,马戏团一步一步陷入的生活困境,已使得他身心交瘁,消磨了添人进口的空前喜悦与热情。

余慧萍的身子很虚弱。当前唯一重要的事情是,他要想方设法,给她弄些可以进食的营养品回来,好让她在尽快尽短的时间里恢复体力,以便实施下一步行程计划。

几次大规模的轰炸之后,日军的飞机隔三差五飞临到柳州城的上空来,有时他们会随手扔下几颗炸弹,有时则如同饭后散步一般,只是为了在柳州城上空兜几个圈子。而每一次,又都会无一例外地撩动起市民的一片惊慌。

月子里的余慧萍躺在床上,每每听到飞机的轰鸣声,总是不自觉地瞪大眼睛,目光里流露出前所未有的惊恐,她一边抖着身子,一边下意识地搂紧襁褓中的孩子,仿佛是害怕谁会在突然之间将这个还没有满月的孩子抢走似的。夜晚来临之后,孙福有睡在余慧萍身旁,常常就会在她无限压抑的惊呼声中醒过来,睁开眼睛,孙福有摇摇她的胳膊,接着把灯点上,灯光里的余慧萍竟是一脸的汗水。余慧萍被孙福有摇醒后,意识到自己刚才又做了一场噩梦,先是慌慌地摸一摸身侧的小倩珠,见小家伙安然无恙睡得正香,遂放下心来,一个侧身猛地扑在孙福有的怀里,一边嘤嘤地哭着,一边提心吊胆地喃喃自语道:"这日子啥时是个头呢?"

孙福有搂住余慧萍瘦削的肩膀,心里竟是十分的内疚:"都是我害苦了你,让你跟着我跑这么远的路,受这么大的罪。"

"吃再多的苦,受再多的罪,都是我认下的,我不怨你,可是这没完没了的战争,没完没了的轰炸,我真的快受不了了。"余慧萍说着说着,哭得更伤心了。

"不要怕,有我呢!"孙福有抚摸着她的头发,说道,"生咱们生在一块,死咱们死在一块,不就是个轰炸吗,有什么好怕的!再说

了，我们都还没活够呢，好日子在后头还没有好好享受呢，怎么能那么轻易地说死就死呢？想都不要想，我不想，你也不准想。现在最关键的问题是，你快些想办法把身体养好，吃好睡好，等你再恢复恢复体力，咱们赶紧再换个码头。"

余慧萍轻轻点了点头。孙福有是乐观的，他的话总是那么受听，这让她受到了莫大的安慰。

日子虽然叫人提心吊胆，但是因为有了信念和目标，于是，人们也便有了继续生存下去的力量和勇气。

可是，自从进入11月之后，柳州的形势似乎一夜之间又发生了变化。日本人的飞机，不分昼夜地开始在柳州城上空频繁行动，柳州城再无宁日。仅仅当月，日军便前后出动了计8批86架次飞机，对柳州实施轰炸，投弹100余枚，炸死57人，伤191人，毁屋72间。

柳州城真的待不下去了。

为安全起见，情急之中，孙福有不得不痛然决定，提前离开已经演出两个多月的柳州，并改变演出策略，沿途穿插进入小县城，断断续续向南行进。然而，前路茫茫，前方的落脚处等待着他们的又是什么，恐怕是谁也说不清楚。

这一年快要结束的时候，马戏团到达了广西境内的柳江县城。

由于一年多来四处逃难，又连连遭受日机的轰炸，马戏团到此为止已经损失惨重。当年鼎盛时期要用16节火车车厢才能启运的大马戏团，至今只需要3部卡车就能装得下全部家当。唯一的一顶帆布棚盖已被炸得面目全非。战火殃及的不仅仅是马戏团的器材，就连那些演出动物也几乎丧失殆尽。侥幸存活下来的一只老虎，这时间也只能孤孤单单地表演一个"老虎吃鸡"节目了。

在柳江县城搭棚演出，加之场地又小得可怜，马戏团不得已而为之，只能讨价还价就近租住在一家廉价的旅馆里。走到这步田地，孙福有已是万念俱灰。

按照事先的计划，这天一大早，孙福有安排下司拉鲁和孙吉堂两个人去拜访当地的几位权威人士，接着便和演员们一起来到了演出场地，待一一将这天的日场演出与余慧萍商量好了之后，突然感到周身乏力，已经有些支持不住了。余慧萍见他脸色蜡黄，精神不佳，知道这是由于连日劳累所致。

"这里有我呢，你还是回旅馆休息吧！"余慧萍望着孙福有，很是心疼地把一只手搭在他的额头上。孙福有没有发烧，这让余慧萍略略放心了一些。

孙福有还在犹豫。余慧萍朝他笑了笑，拉了他一把，继续催促道："快回吧，这里的事情你放心就是了。"

孙福有不得不朝她歉意地点点头，拖着有些虚弱的身子走了。

日场的演出很快就开始了。大棚里陆陆续续来了一些观众。由于孙福有担心当地的地痞流氓无事生非搅场子，所以事先早就疏通关系做好了准备，并雇用了二十几名城防军维持现场秩序，为此，几天来的演出一直十分顺利。

但是尽管这样，这天上午还是发生了事故。

马戏差不多演到一半的时候，大棚外突然出现了一阵骚动，刚刚从前线撤退下来的二三十名国民党伤兵，一边骂骂咧咧地硬往大棚闯，一边和那些把守棚门的城防军推搡起来。

"老子在前方打仗，脑袋别在裤腰上，命都差一点搭进去，看个破马戏还要买票，你们想不想活了？"

那几个城防军个个也不是吃素的货，你敢在我这一亩三分地上动粗胡来，我就敢和你拼个死活。不买票就想吃白食看马戏，哪有这等好事！

三句话说不到一块，两伙人推着搡着，眨眼间就厮打成了一团。很快，这人的头被打破了，那人的腿被踹折了，好在双方谁也没有动枪开火，不然后果更是不堪设想。

打来打去，最后还是那帮伤兵仗着人多势众占了上风。城防军一个一个被打翻在地，正哎哎哟哟地倒在那里直叫唤，那帮伤兵已经趁机窜到马戏棚里来了。

马戏大棚突然闯进这么多背枪的伤兵，观众们立时就慌了，整个大棚一时间乱成了一锅粥。一些观众见苗头不对，纷纷起身逃了出去，而剩下的那些早已被吓得没了主意，这也正合了那些伤兵的心思，这样一来，就完全可以趁机从观众身上放心大胆地抢掠那些值钱的东西了。有两个更加胆大的伤兵，甚至跑到了马戏团的票房，动手抢劫了票房的银箱。

坐在后台的余慧萍听到声音不对，预感到大事不好，慌慌张张跑到前台，立时被眼前的局面惊呆了。当她很快回过神来之后，再也顾不得许多，一面喊停了还在照常演出的演员，一面吩咐赶紧离开现场撤到住宿的旅馆里去。

就这样，余慧萍和马戏团里的几个女孩子，还是被几个伤兵盯上了。一直跑出了马戏大棚，又一口气跑到了大街上，回头看看，后面的那几个伤兵还是没有放弃。他们一边拼了命似的在后面追赶着，嘴里还一边不停地叫喊道："赶快站住，不然老子就开枪了！"

到这时，余慧萍的心里已经非常明白，他们的目的非常明确，抢到钱就抢钱，抢不到钱，他们就开始抢人了。

眼见着那几个伤兵很快就要追上来了，余慧萍急中生智，突然朝几个女孩子喊道："快分开跑！"

那几个女孩子领悟到了余慧萍的意思，一下分散开来，朝就近的胡同里跑去。毕竟她们都是练过功的好手，每遇到前面的断墙挡住去路时，一个跟斗也就翻过去了。几乎眨眼之间，就逃得无影无踪了。

余慧萍这时间却落单了。可是身后的两个伤兵仍然紧追不舍。渐渐地，余慧萍已经明显地感到体力不支了，如果再这样跑下去，非被他们活擒了不可。她一边大口大口地喘息着，一边在心里想着对策。

而当她于匆忙之间意识到手里边还在拎着的那只小皮包时，一下也就有了主意，顺手从皮包里将那些钞票掏出来，扬手朝身后撒了过去，接着，又把手上的两枚戒指撸下来，挥手扔在了地上。那两个伤兵见了钞票又见了戒指，不由得一阵兴奋。可是，当他们一一从地上将那些钞票和戒指捡到手之后，仍不死心，又继续追赶上来。

余慧萍暗暗地在心里骂着，因为地形不熟悉，不知怎么，最后竟发现自己跑进了一条死胡同里。一人多高的一面围墙突然挡住了去路，余慧萍不觉心中一惊，当时便想，这下真的要完了。可是说来也巧，正当她感到一切无望，准备回转身来拼死反抗时，却忽然听到围墙外传来一声大喊："大娘，快把手伸过来！"

余慧萍抬头看去，一只手正举在墙上，就像刚刚从那里长出来的一棵小树一样。便再也来不及细想，纵身一跃将它捉住，一只手奋力攀住墙头，"嚯"的一声腾空翻跳过去。直到落下地来，这才看清，搭救他的不是别人，正是马戏团的小友——丁林清。

原来，当小友看到余慧萍和那几个女孩子逃出大棚又受到了几个伤兵的追赶后，越来越感到事情不妙，便一直尾随在他们的后面，希望能在关键的时候帮她们一把。后来，见余慧萍一个人逃到了一条死胡同里，不免有些替她担心，便急中生智绕过这条胡同，从另一条胡同里飞穿过去，之后又一连越过了两道矮墙，准备前去接应余慧萍。而当他刚刚跑到这堵死胡同的高墙背后时，伸头正看见余慧萍已到了高墙跟前，于是便发生了方才这样惊险的一幕。

余慧萍和小友两个人惊魂未定回到小旅馆时，那几个女孩子已经先她一步回来了。余慧萍这才把一颗心放了下来。

孙福有听余慧萍把事情的来龙去脉说了一遍，不禁怒火中烧，愤愤骂道："这帮畜牲，打仗没本事，祸害百姓却倒有一套。下回让我遇见了，非活剥了他不行！"

好在这场由那些国民党伤兵引起的骚乱，并没有使马戏团受到太多的损失，于是这件事情也就很快过去了。

但是，在接下来的一场演出中，也许是由于几个女演员受到了这一次的惊吓，也许是因为注意力分散，心里头一直在想着别的事情，竟然导致了连连失手并险些弄出了人命。演出马戏团的保留节目"空中飞人"时，孙秀蓉、张秀珍接连从吊子上摔了下来。随着一阵又一阵从观众席发出的惊呼声，两个人被其他的一些演员慌慌张张抬到后台时，已经处于深度昏迷状态了。孙福有忙吩咐孙吉堂快点儿给她们做检查，看一看到底伤情如何。孙吉堂又是听，又是看，好大一会儿才直起身来。孙福有看到孙吉堂向他摇了摇头，脸色一下紧张起来："再等会儿，等会儿……"

一直等了好半天，孙秀蓉和张秀珍这才苏醒过来。孙福有看看这个，又看看那个，末了，长长地吁了一口气，朝围着的演员挥挥手说："好了，没事了，都去休息吧！"

此时，孙福有已是满怀沮丧。其实，直到这时他仍不知道，姑娘们的心早已飞走了，飞到外面的世界里去了，飞到朝思暮想的恋人身边去了。这世上，有些情感，是任何桎梏都难以束缚，也是任何手段都难以泯灭的。

马戏团赶到南宁的时候，已经是这一年的小年了。春节的气氛越来越浓了。

国人们历来把这一节日看得十分重要，并且把它作为举家团圆的日子。不管人远在千里万里，总要在这个时候赶回家乡去。但是，孙福有回不去了。回乡路之迢遥，除非他凭空里生出一双翅膀来。更何况，战火连绵，国已破碎，家自然也就不存在了。想想这个国，再想想那个家，想到家中生死未卜的老母亲，孙福有禁不住内心悲凉。思乡之痛，让他于一片恍惚间，第一次体味到了游子的艰辛，品尝到了乡愁的滋味。

到处都是喜庆的锣鼓，到处都有怒放的烟花。春节，让饱受苦难的人们，暂时忘却了战争所带来的一切不幸、痛楚与悲伤。似乎那些惊魂不定的日子，眨眼之间已成了过往。

联系好了演出场地，扎下了营盘之后，马戏团开始忙活起来。

孙福有心里知道，这是一年之中马戏演出最好的时候。多演一场，马戏团就会多有一些进项。那些来看马戏的人们，在这样一个重大的传统节日里，是舍得花钱过一过眼瘾，买一场快乐和刺激的。弄得好了，半月的工夫，除了赚够马戏团上上下下的日常开支，还能够把一架大棚赚回来。那架老旧的经历了多少次战火摧残的早就没有了棚盖的大棚，实在应该改换一下了。南方多雨，没有棚盖，下雨天就不能演出；有了棚盖，目标扩大了，又担心成为日军再次轰炸的目标。尽管孙福有心有所虑，但他最为看重的还是"脸面"。马戏大棚正是马戏团的一张脸面。

东西毁了，再一点一点攒起来。那就从这个春节开始，重振旗鼓，再闯出一片新天地来。人活一口气，只要信念不死，马戏团就要活下去，好好地活下去。

说起来，真要感谢上苍的眷顾，在南宁，马戏团总算度过了一个平安的春节。

马戏照常演出，观众也十分捧场。每天的日场和晚场，几乎场场爆满，观众秩序井然，一切看上去都是那么和谐。孙福有不由精神大振，随之也被一种莫名的情绪感动着。

从初一到十五，整个春节期间，马戏团里的演员们都是在一场接着一场的紧张演出中度过的。自然，演出多了，收益也就多了。

正月十五刚刚过罢，孙福有便开始让刘公仪等几个人张罗起大棚的事情来了。

大棚帆布买回来之后，余慧萍很快便组织起马戏团里的那些女孩子动手赶制起来。她们一边欢快地缝制着，一边相互打趣嬉闹着，久

违了的笑声，又在马戏团里回荡起来。

　　说着，笑着，缝着，这时间，不知是谁又带着头儿唱起一支歌来：

　　　　云儿飘在海空，
　　　　鱼儿藏在水中，
　　　　早晨太阳里晒渔网，
　　　　迎面吹过来大海风。
　　　　潮水升，浪花涌，
　　　　渔船儿飘飘各西东……

　　说来也怪，这歌声一起，就像突然间被什么东西勾住了魂儿一样，一旁的那些人，先是屏住了声息静静地听着，旋即便不约而同地唱在了一起：

　　　　轻撒网，紧拉绳；
　　　　烟雾里辛苦等鱼踪，
　　　　鱼儿难捕船租重，
　　　　捕鱼人儿世世穷，
　　　　爷爷留下的破渔网，
　　　　小心再靠它过一冬……

　　这支《渔光曲》还是当年安娥教给他们的。孙福有自然也会唱。听着听着，孙福有不自觉地便受了感染，一时间心潮起伏，也加入到了这支合唱着的队伍中来。

　　一遍唱罢了，接着又唱了一遍。歌声带着忧伤，能让人想起许多的事，想起很多的人。

　　那一刻，孙福有想到了田汉。

第十八章　桂林·秘事

田汉正在寻找孙福有。

自1940年5月应三厅之召到达重庆后，随着国外形势特别是次年"皖南事变"后政治形势的恶化，在党组织的精心安排下，田汉不得不撤离了重庆，回到湖南护奉老母并蛰居于南岳山下。但是，这样安定的日子并不长久，1941年下半年，日寇大举入侵湘北，攻占长沙城，受战争环境逼迫，他决定与母亲、三弟田洪夫妇全家移居桂林。从此，一家八口人的生活便全靠他的一支笔来维持。于是，一日三餐常常陷于困境，有时还要靠贷款来得以维持的窘迫现状便可想而知了。

"在中国，在文盲占百分之九十以上的中国，动员民众的最有效手段就是戏剧"。"使戏剧艺术对于神圣的民族战争尽她伟大的任务"。为此，他曾不止一次地果断提出了"要把戏场当战场"、要用"话剧作战"和"歌剧作战"的号召。

新中国剧社于1941年10月成立。为赶在10月10日第二届戏剧节演出陈白尘的话剧《大地回春》，他们从10月1日开始展开了紧张的排练并请田汉作指导。10月10日晚正式公演。演出很成功，但是由于营业不好，新剧社的成员在戏演完的当晚便饿起了肚子。面对这种困难局面，田汉想方设法帮助剧社渡过难关。后来，他曾在一篇回忆文章里这样写道:"我住的那房子间壁是一家米店。我和他们有来往。比如今天赊了一担米,半担给文艺歌剧团,半担给'新剧社'。"

桂林《大公报》对田汉一家的生活情景也曾有过这样的记述:"说来真是有点黯然,田汉的笔尖挑不起一家人口的生活负担,近来连谈天的豪兴也失掉了。一家人吃饭,一点辣子,一碗酸汤……就是这样,他还要帮助那些生活有困难的剧团、艺人。有时竟无米下锅,家里人问他怎么办,他总是泰然地回答慢慢来……"

但是,即便这样,他仍有那么多的事情要做。

田汉那样迫切地想要找到孙福有,并不是因为戏剧的事情,而是要有一件重要的任务需要他来亲自完成。所以,当他终于打听到了孙福有的下落后,很快便托人带了信来。信很简短。在信中,他除了诚邀他返回桂林外,并没有涉及其他内容。然而,透过简短的文字,孙福有还是在隐约之中感觉到了什么,于是间,不容他做太多的思量,便立刻与余慧萍商定好了返桂的行程。而那个时候,马戏团正在紧张缝制的帆布大棚才刚刚做成了一半。

这是1942年3月。在战争的炮火尚未触及的地方,春天仍然以它固有的节律,在岭南这片美丽的山水与土地之间行走着,所到之处,万木葳蕤,草绿花红。

可是,一旦踏上行程,孙福有心里又不觉矛盾起来。常言道,好马不吃回头草,暂且不论重返桂林是得是失,是福是祸,但只说马戏团里的边玉明和余静萍两个人,因为上次在桂林演出时与国民党中的两名军官闹出了事情,担心最后不好收场,他才于无奈之中断然做出了快刀斩乱麻撤离桂林的决定。而这次重返桂林,不是又等于放马归山了吗?自然,这种结果是他不想也不愿再看到的。但转念又想,如若没有比这更重要的事情,寿昌老弟一定不会让人捎信给他并且大老远地把他从南宁召回桂林去的。在这个问题上,孰轻孰重,他的心里自然也是分得清楚的。该发生的,迟早会发生的。为了寿昌兄弟,他豁出去了。

对于孙福有来说，此刻的桂林既是天堂，也是地狱。但是，为了尽快返回桂林，早一天见到田汉，他最终还是选择了一条沿着铁路线行进的最为便捷的道路。

这月中旬，孙福有带马戏团终于顺利抵返桂林。田汉和市长陈恩元亲自迎接了他。随后，马戏团在桂林体育场以抗日募捐、义演和包场演出的形式进行搭棚演出，由于"华侨大马戏团"名声极佳，许多观众对它都早已熟悉，一时间，前来观看者络绎不绝。由此，马戏团的日场与夜场收益也立竿见影地有了好转。

演出之余，马戏团见缝插针，终于又将早在南宁时就已做成了一半的帆布大棚赶制完成。马戏团又有了自己的新大棚盖，孙福有和演员们的演出劲头也更足了。一旦有了精气神，马戏团立马又有了新气象。

说着说着，就到了这天正午。日场的演出刚刚结束，田汉便来到了马戏团后台。两人相见，分外激动，田汉望着孙福有，眼睛不觉有些潮湿，操着湖南口音说道："大哥又瘦了！"

这句话发自肺腑，竟一下把孙福有的眼圈说红了。孙福有忍了忍，没让眼里的泪水滚出来，扳过田汉的肩膀左看右看，末了也说道："寿昌，你也一样瘦了啊！"

"寿昌兄弟快坐下说话。"余慧萍走进来，见两个人只顾着站在那里说话，忙沏了两杯热茶端上来，望着田汉招呼道："这些日子劳烦你前后照应着，我们当家的心里感激，在我面前经常念叨你，昨天还说你们兄弟俩有很久没有好好聊上一会子了。"

田汉笑笑，端起茶杯呷了一口，说道："有什么感激不感激的，咱们一家人不说两家话，能常常看到大哥和嫂子，知道你们一切都好，我也就放心了。"

孙福有接过话来，真诚地说道："摸着心窝子说，马戏团在桂林如果没有你协调着，我孙福有即使有天大的本事，也翻不起这么大的浪来。马戏团的日子好过了，不但我要感激你，马戏团的每个人都要感激你。我知道，你是一个文化人，和我们这些耍把式卖艺的粗人不同，你每天还有那么多的事情要做，那些事情每一件都比马戏团的重要，可就是这样，你还要挤出时间来，为马戏团的事情操一份心。给你添了这么多的麻烦，我这心里确实有些不忍……"

"你看，说着说着又来了，你这样说，不觉得有伤兄弟的情分吗？"田汉一边说笑着，一边又道，"你只说是麻烦了我，咋就不说说我麻烦了你的事儿呢？"

孙福有这才突然想起什么，一边望着田汉，一边探过头去问道："寿昌，你让人捎信给我，就是为了让我回桂林见见你吗？"

田汉听了，不觉笑道："我就知道大哥聪明。"

余慧萍到底是个精明人，意识到两个人有话要说，忙起身说道："你们先聊着，我去外边张罗一下。"说罢，转身走了。

田汉继续说道："不瞒大哥，今天我正是为这事来的。"

"说吧，到底遇到了啥事？"孙福有急切地问道。

田汉想了想，于是，便一五一十把将要运送一批医用器材和药品的事情对孙福有说了。

"这批要运送到永福县的器材和药品非常重要，为确保万无一失，所以，只得托付给大哥了。"田汉向孙福有拱了拱手。

孙福有会意地点点头，问道："货物办妥没有，你准备何时启运？"

"货物正在办理中，"略思片刻，田汉说道，"如果不出意外，6月初就可以启运。你要有个思想准备。"

孙福有掰着指头算了下日子，应道："没问题，你放心便是了，能为你做一件事情，我心里也高兴呢！哪怕刀山火海，也是在所不辞的。"

"至于具体的行走路线，到时会有人向你详细交代，"田汉又叮嘱道，"但要记住一条，这件事情，万万不可向任何人透露半点风声。"

孙福有点点头："明白！"

田汉想了想，又望着孙福有说道："离开桂林到达永福完成任务后，接下来的行走路线，只有靠你自己筹划了。"

这时，孙福有的心里已经有了主意，胸有成竹地说道："我打算过了端午节就离开桂林，然后经贵州进重庆。你只管把东西准备好，到时候送到团里就行了。"

突然又想起什么，孙福有便又问道："经济上需要帮忙吗？"

田汉微笑着摇了摇头，连连谢过了，说道："款项方面我们早已筹妥，目前正在设法购买一些医疗器材和药品，不过这些东西不能一下子买齐，只能分期分批筹办。我想，到端午节也该差不多了。"

"好，我等着。货物一到，我立刻行动。"

孙福有没有想到，在离开桂林之前，马戏团又发生了一件大事故。

日军侵华给中华民族带来了沉重灾难，也使大批文化人失去家园、颠沛流离。从上海到广州，从广州到桂林，从桂林到香港，又从香港经广东折返桂林，这是许多进步文化人士在战时的辛酸旅程。

1941年12月，太平洋战争爆发后，日军对香港发动进攻，在港的进步文化人士身陷险境之中，在此危难关头，中共领导下的广东党组织开展了营救在港文化人士的秘密行动，并将许多文化人安全转移到了桂林。

1941年12月25日，守港英军向日军投降，香港陷落。从1942年1月起，几乎每天都有被营救人员通过不同线路离开香港。至1942年5月，这场在周恩来直接领导下的由八路军香港办事处和广东党组织、东江纵队贯彻实施的秘密大营救活动，共营救出爱国民主人士、进步文化人士及家属800余人。

1942年6月7日，柳亚子由香港辗转回到内地，住在桂林环湖酒店。第三天，于伶、柏李夫妇请他喝酒，席间邂逅田汉。

随后的一天，天上正飘着细雨，热情的田汉特地冒雨跑到柳亚子

居住的环湖酒店,邀请他一起去观看华侨大马戏团的夜场演出。听完田汉对马戏团的一番介绍后,柳亚子欣然接受了他的盛情,于是一起来到了马戏团的演出现场。

演员王桃英在这场演出中表演的节目是《滑钢丝》。节目表演到一半时,王桃英按照程序在钢丝上弹跳了两下,正要做下一个惊险动作时,不知怎么却从半空里一头栽了下来,头部恰好触到了马场圈的一只长木箱角上,当场便浸在了一片血泊里。

抬到后台时,王桃英已经没有知觉了。孙福有意识到伤势过重,当即让孙吉堂开车把她送到了当地医院,经检查,头骨碎裂,已无回天之力。

在马戏团,王桃英的性格十分随和,为人处事极是体贴周到,余慧萍也与她的个人关系最为亲近,当得知她去世的消息后,一时间哭得死去活来。

马戏团和她要好的几个女孩子,都说王桃英早就不想活了。

从马戏团送柳亚子回环湖酒店的一路上,田汉心思沉重,一直默然无语,柳亚子自然也不知道该从何说起。

回到家中,眼前仍然不停地浮现出那个名叫王桃英的女演员的身影,田汉已禁不住满怀悲伤,遂挥笔写下一首七律诗,题为《陪柳亚子观华侨马戏团演出》:

  湖上雨丝梳柳丝,相携云破月来时。
  投荒容易同千里,绕树艰难得一枝。
  绚帐连宵哮病虎,昊空当日殒蛾眉。
  咬牙不落寻常泪,壮绝孙家马术师。

不谋而合。当晚,柳亚子也写下了一首题为《寿昌邀观华侨马戏团献技有作》的诗作,诗云:

劫后逢君感万丝，殷勤导我夜游时。
云梯骏马开生面，碧海红桑换旧枝。
豪士襟怀余涕泪，女儿身手胜须眉。
萍踪倘遣成追忆，彼得城头正誓师。

两首诗作，彼此呼应着，其痛惜之情已溢于言表。

6月21日，即端午节后的第三天晚上，天上正飘洒着蒙蒙细雨。夜色笼罩之下，田汉把两个拉着板车的年轻人带进了马戏团。板车上盖着雨布，难以觉察装载着的货物。那两个拉板车的人很客气，见了孙福有，一边寒暄着，一边把手伸过来，紧紧握了握。孙福有看到，这一胖一瘦的两个人都是清一色的农民打扮，心里头并没有多加在意，很快就与田汉交换了一下眼色，随后便迅速将几个人引到了戏台外一架事先备好的厢笼前。

那只体积硕大的铁厢笼，本是为了装载马戏团里的老虎所用的。起初，几个人看着那只大铁笼好生疑惑，待孙福有上前打开了笼下的夹层暗板，这才恍然大悟。原来，孙福有早就有所准备，对这只大铁笼进行了精心改装。

事不宜迟，紧接着，几个人不由分说，便将板车上的一应货物挪运进去。那个身材胖些的年轻人趁机又对孙福有进行了一番详细交代，孙福有一一记在了心里。一切就绪后，田汉长长地吁了一口气，望着孙福有说道："大哥，一路保重！"

孙福有一时竟有些难舍难分，喃喃说道："不知这一别，咱们兄弟俩哪年哪月才能见面了。"

田汉欲言又止，好大会儿才终于说道："后会有期。"

这时间，前台的演出也结束了，约摸两个小时过后，马戏大棚也被演员们拆卸完毕。

一夜无话。次日天色微明时分，华侨大马戏团又转点上路了。这一路，两辆装载着马戏器材的卡车，有惊无险地躲过了一次又一次国民党军队的沿途盘查，于不久之后，终于到达了预先指定的八路军驻地。

前来接应的，正是当时田汉带到马戏团来的两个拉着板车的年轻人。孙福有一眼见了，这才把紧紧悬着的一颗心放了下来。

直到后来孙福有才知道，那两位农民装扮的人，原来是八路军的地下交通员。

第十九章　忻城·玉殒

卡车继续向前驶去。

驶过了永福，马戏团走走停停，边走边演，经鹿寨、柳州，10月初，进入到广西忻城县境。

这一年，张秀珍二十三岁。在马戏团里，人们习惯把她唤作珍头。

张秀珍是个很有人缘的女孩子，个头不高，体型丰满，性格稍有些内向，在人面前从不多言多语，一旦开口，却又总是面带微笑。当时，她和孙占凤、边玉明和余静萍都是女子空中飞人的主演。这个时候，她已经和孙吉堂暗暗相爱一年多了。尽管在此之前，孙福有因为他们两个人的事情，曾经十分严厉地提醒过他们，但是，暗中相恋的男女双方，感情上一旦擦出了火花，却是谁都无法阻挡的，随着时间的推移，爱情的火焰竟会愈燃愈烈。一面是火焰，一面是冰霜，张秀珍陷进了痛苦的漩涡里，一时之间无法自拔。一次，闲话中说起了将来的人生，张秀珍对边玉明说道："我看不到将来了，不想活下去了。"张秀珍的话说得很干脆，很认真，有些决绝的味道。边玉明从她的表情里，意识到了事情的严重性，好言好语地劝了她半天，但是，张秀珍认准了一条死理："这样活着，不如死了肃静。"担心张秀珍真的会出事，边玉明瞅了个机会，便把张秀珍的这话告诉了孙吉堂。孙吉堂听了，也吓了一跳，趁着孙福有没在团里，借故找到张秀珍，对她开导了好半天，张秀珍也哭了好半天。可是，就是这样，张秀珍还是出事了。

在忻城演出的这天晚上，最后一个节目就是"空中飞人"。表演接近尾声时，张秀珍突然大喊了一声，接着就从20米高的吊子上跌落下来。

张秀珍结结实实地摔在了观众席的一个空位子上。

随着观众们的一声声惊叫，孙吉堂再也顾不得许多了，连呼带喊地冲上前去，抱起张秀珍就往后台的女舍跑。

人们很快用几张桌子拼了张大床，又铺上帆布，把张秀珍抱了上去。

半晌后，张秀珍睁开了眼睛。孙福有和余慧萍松了一口气，孙吉堂也不觉松了一口气。可是，尽管张秀珍的眼睛眨巴着，到了这时，却一句话也说不出来了。不能说话的张秀珍就这样望着探过头来的孙吉堂，眼泪无声地流了下来。孙吉堂见了，竟是心如刀绞一般。

接着，孙吉堂认真地检查了一遍她的身体，并没有发现任何血迹和明显的受伤处，不觉有些疑惑。

孙福有很快想到了余文泉，于是便差了人，急三火四地把这个老郎中也喊了过来。

余文泉给张秀珍搭了脉，也认认真真检查了一番，最终发现张秀珍的脊椎骨摔断了。毫无疑问，张秀珍瘫了。

棚舍里一片寂静，空气仿佛凝固了一样，只有两盏汽油灯发出嗤嗤的响声。听着那声音，孙福有的心里就像压了一座山。不知过了多久，孙福有终于叹了一口气，对身边的余慧萍说道："等到天明后，还是送珍头去医院吧！"

为了防止疼痛，孙吉堂给张秀珍用上了止痛药。整整一夜，他就那样一刻不离地守在她的身边，一遍一遍在心里唤着她的名字，期待她能给他说句话儿。

漫长的一夜过去之后，张秀珍仍然没有一点儿好转的迹象。孙吉堂不得不亲自开车，在几个人的陪护下，把她送到了当地医院。

尽管孙吉堂有所心理准备，但是医院最终检查的结果，还是让他一下跌进了绝望的深渊。由于脊椎骨两处断裂，张秀珍伤势太重，院方实在无能为力。

孙吉堂眼泪都快掉下来了，不甘心地问道："难道只能这么活活等死吗？"

医生不能正面回答他的话，想了想，只说道："就是送到桂林，也不一定能治好。"

没有办法，几个人只得又把张秀珍拉回了马戏团。

马戏团继续往贵州方向走。

由于张秀珍下身瘫痪不能动弹，一段时间后竟生了褥疮，鼓鼓涌涌地又长了白蛆。孙福有专门托付孙秀蓉照顾她，每天用盐水洗身上溃烂的地方，盐水渍进肉里，就像活剐一样痛。这样熬过了两个月，张秀珍实在不想再熬下去了。当初从吊子上跳下去那会儿，本身她是想寻个痛快的，却怎么也没想到会走到今天这步田地，于是便断然拒绝了孙秀蓉喂她的任何食物，以绝食的方式结束了自己的生命。临死的时候，马戏团的演员们一一从她的身边走过去，算作对她最后的告别。随后，她的尸体被众人装进一个盛放道具的木箱里，埋到了当地一个叫卢塞的地方。

紧接着，孙福有就病倒了。心脏病与哮喘病一起袭来，加之连连承受的心理打击，让这个身材瘦削的硬汉子终于倒了下去。

马戏团每个人都很担心。

这天，想来想去，孙福有还是把团里的几个骨干叫到了他的跟前。朝几个人一一看了一遍，孙福有说："我的病不打紧，过些日子就会好的，你们不要为我担心。今天我叫大家来，就是想给你们分分

工。从现在起，练功和演出的事情由余慧萍和吉成、吉星三个人负责；刘公仪负责把前台的工作办好；马戏团的行走路线，还是按我们最初的计划进行，由广西向北方转移，争取早日穿过贵州，进入四川，最后到达重庆。"

一阵剧烈的咳嗽过后，孙福有想了想，望着余慧萍，半天才又说道："桃桃和珍头的墓地，你一定要记好，等到战争结束后，咱马戏团还要回来，把她们迁回吴桥老家去。"

又是好半天过去，孙福有的目光终于落在了孙吉堂的脸上。自从张秀珍去世后，孙吉堂就像变了个人似的，他的话平时就不多，现在更是像失了魂魄一般，神情恍惚得就像风中的一盏油灯一样。

望着孙吉堂，孙福有突然间就有了一种莫名的内疚。

"我已经想好了，"孙福有说，"等战争一结束，第一件事就是把吉堂和吉成在吴桥的家属都接到马戏团来；第二件事就是趁早安排好马戏团大龄孩子们的婚姻大事，尽量在马戏团里给他们挑选配偶……"

等战争结束……可是，谁又知道这没完没了的战争，到底什么时候结束呢？

不管怎么说，一个最为根本的问题是，无论战争是否存在，马戏团总是要生存下去，不但要生存，而且还要重振旗鼓继续壮大起来。人活一口气，只要他孙福有不死，马戏团就不会死。换句话说，即使他孙福有死了，也还有孙福有的子孙，只要子子孙孙没有穷尽地活着，马戏团就永远都不会衰亡。

虽然养病躺在了床上，孙福有却一刻也没有停止思考。他突然发现，越是躺在病床上，他的思维越是活跃。后来的一天，不知怎么，他一边从床上挣扎着身子坐起来，一边让女儿桂香为他拿来了纸和笔。紧接着，就在一张纸上涂涂改改地描画起来。事成之后，他又让余慧萍把孙吉堂叫过来，一边给他讲解着，一边征求他的意见。直到这时，孙吉堂才终于弄明白，原来他是在发明一种在高空节目中使用的保险钩。

"这个保险勾小巧灵活，使用起来十分方便，不妨碍任何演出动作。"说到这里，孙福有深深痛悔道，"如果我早一天想到它，也许桃桃和珍头他们就不会出那样的意外了……"

他的眼睛里含满了复杂的泪光。

说这话时，孙福有并没有意识到，在亲身经历了一番又一番挫折与苦痛，目睹了一场又一场难以避免的死亡之后，为了保全马戏艺人的性命，在大病期间突发奇想发明的这个保险钩，为后来中国马戏的兴盛起了不可低估的保险作用。这个小小的保险钩很快便被为数众多的中国马戏艺人所接受，它不知挽救了多少马戏艺人的生命。

第二十章　步入绝境

马戏团在广西宜山（今宜州）度过了又一个春节。经过了一段时间的精心调养之后，孙福有的病情逐渐有了好转。春节刚刚过罢，他们便离开了宜山，途经河池、南丹，走出了广西省，进入到贵州省，并于1943年4月走进了独山。

在独山，马上就要辗转台口时，马戏团最后的一只老虎，由于长期以来在恶劣的逃难环境中生存，加之食物不足，又饮水不慎，从而导致连日腹泻，病饿而死。

司拉鲁一边不停地责骂自己粗心大意，一边跪在那只老虎的尸体旁边做忏悔，禁不住涕泪交流。

孙福有的脑子里已是一片空白，手足无措地围着那只老虎尸体转圈子。好半天，他终于有气无力地向一边的几个人吩咐道："按老规矩办了吧！"

最后一只老虎没有了，唯一的老虎吃鸡的驯兽节目自然也没有了。那些装运动物的铁笼子，到此也就成了一种摆设，成了一种令人伤感的记忆。

不止如此。马戏团的汽车队也遭到了同样悲惨的命运。1933年，马戏团从东南亚回国到达上海时，就已经配置了11辆大卡车、3辆三轮摩托车、5辆双轮摩托车，以及近百辆英国造三轮自行车，外加两台发电机组和五柱立式大棚全套盖棚设备。马戏团所到之处，何等气派与壮观。可现在，只剩下两台老爷卡车维持马戏团的台口转运，其余的也都在战争的炮火轰炸中——殆尽了。

表演动物是马戏团的第二支柱，而汽车队则是马戏团的腿脚。它们没有了，生死存亡中的马戏团，将何去何从？

还是要走，哪怕是死在路上。

孙福有去意已决。

人是靠信念与梦想活着的。信念和梦想动摇了，马戏团就会分崩离析，覆水难收，若想东山再起，除非来世来生。

孙福有不想看着马戏团毁在自己的手里。

贵州属地大多山高路险。在独山上路之前，为防万一，经过慎重考虑之后，孙福有又重新做了一番行走安排。将其中一台老爷卡车交由孙吉堂负责，专门拉载马戏团的家属与女演员，并由孙福有和司拉鲁两个人负责押车；另一台老爷卡车交由孙吉成负责，主要装载马戏团的部分道具，并由部分男演员押车；还有一台租用卡车，装载剩余的马戏团器材，由部分男演员负责押运。在行驶过程中，孙吉成开车在前，租用卡车随后，孙吉堂开车收尾。车与车之间保持间距在20公尺左右。这样一来，不论哪台卡车遇到突发情况，都能够得到及时照应……

卡车在崇山峻岭间爬行，许多地方又多为盘山路，山陡路窄，稍有不慎就会发生安全事故。除此之外，还会经常受到日机的惊扰与轰炸。在山路上行走，卡车的目标大，一旦被日机发现，一颗炸弹投下来，一切也就完了。为此，车毁人亡的事情经常发生，路边与山谷，常常能够看到一些因意外事故所造成的汽车残骸。

为安全起见，孙福有不得不临时决定马戏团昼伏夜行。白天让三台卡车停在路边茂密的树林里休息，直到天色昏暗时分再开车前行。

这样一来，向前行进的速度也就明显慢下来了，让人感到好像永远走不出这大山一样。为此，每个人的心里都很着急。自然，出于万不得已，为赶时间，马戏团的转点卡车，有时也会在白天里走上一段路程，但这往往又都是在阴雨天能见度较低的情况下进行的。而这样的冒险行动，如果不出意外，则就全凭着个人的运气了。

　　天气渐渐热了起来。不过，在山中宿营，有凉爽的山风吹着，倒又是一件让人感到十分惬意的事情。

　　这一年，孙宝石已经七岁了，正是贪玩的年龄。这样年龄的孩子是无论如何都不懂得大人们的忧愁的。马戏团每当在一处落脚时，他总是表现得十分兴奋。草丛里捉蚂蚱，逮蛐蛐，疯玩上好大一会儿之后，终于感到有些累了，便会躺在孙福有的身边，没完没了地缠着他讲故事。平日里，马戏团演出紧张，孙福有很少抽出时间来陪他，现在，他终于可以借机与他亲近一番了。只要小宝石向他提出什么，他总是有求必应。

　　多年以后，孙宝石仍然清楚地记得父亲曾经在大山里对他讲过的那个故事。

　　"好吧，我给你讲一个。"孙福有习惯性地点上一支老刀牌香烟，摸了摸他的脑袋，想了想，说道，"那就讲讲我在苏门答腊时与几个土著人的故事吧。"

　　小宝石一下就安静下来。

　　"那是十多年前的事情了。"孙福有说，"当时，我正带着马戏团在印度尼西亚苏门答腊岛的明古鲁演出。一天晚上，有六个土著青年，不买票要看马戏，门口收票的人自然不会让他们进来，于是这几个小青年就和收票的吵了起来。当时的苏门答腊是英国的殖民地，由英国巡捕局负责管理治安，因为在马戏团大门前吵架，很快就来了几个英国警察。那几个小青年见带枪的警察来了，立时吓得不敢胡闹了，之后，被那几个英国警察训斥了一顿，他们也就都乖乖地溜走了。"

小宝石望着父亲，眨巴着眼睛问道："这就完了？"

"没有。好戏还在后头呢！"孙福有卖了个关子。

"那你快说，后来呢？"小宝石催促道。

"到第二天早晨，那六个土著青年又来了。这一回，他们每个人的手里都拿着一根扁担，那扁担两头尖、中间粗，气势汹汹地站在马戏团的大门口，原来，他们是来向我们挑衅的。

"当时，司拉鲁刚买早点回来，看见几个人在大门口大吵大闹，知道事情不好，就告诉了我。当我带着几个人打开大门后，看到他们还站在那里大喊大叫着，叫你们老板出来，和我们一对一地比试比试。

"我走上前去，向他们问道，输了赢了怎么个说法？

"那个领头的小青年也不含糊，随口说道，马戏团老板打赢，我们认输走人；我们打赢了，晚上的马戏不买票白看。

"一看他们这架势，我就知道这一架非打不可了，立时脑门冲火，对他们说道，好，一言为定！不过，如果一对一地打，我真还怕别人说我欺负你们，还是你们六个人一起上吧，一对六怎么样？

"我这话一出口，马戏团的人都面面相觑起来，尽管他们都知道我的功夫，但还是为我紧紧捏了一把汗。再看那六个小青年，听我这么一说，一个个摸不清底细，都瞪大了眼睛，你看看我，我看看你，支支吾吾地一时不知如何是好了。

"见他们突然没了主意，我一下又手痒起来，想了想便借机鼓动道，今天打架不论谁输谁赢，晚上看戏我请客。不过，看完戏之后，你们明天上午再来马戏团找我，我想请你们帮我办一件小事，你们同意吗？

"六个小青年一听这话，感到很高兴，异口同声答应了。

"条件讲好之后，我把他们带到了马戏团的马场子中间，说，这

里地场大，咱们就在这里比试吧。

"当时我的手里拿了一根齐眉棍，拉开架势后，我叫他们六个人一齐上阵。只见这六个土著小青年，一字形排开，个个双手举着扁担，同声同步地一边大叫着，一边向我冲了过来。我一看这架势，就知道他们不会打架。于是我在心里告诉自己，只能点到为止，不能对他们下手太重，只是教训他们一下也就算了。

"说时迟那时快，当那六根扁担一齐朝我头上打下来时，我猛然间将木棍向上一挺，两臂叫劲，大吼一声'开'，先来了一招'力拔千斤'，只听'叽'的一声，将他们架开，紧接着趁他们站立不稳，一个扫堂腿扫倒了三个，顺势一跃又跳到那三个的侧面，一棍子打在三个人的屁股上，就这么一家伙，那三个人也都扑扑通通趴地上了。这就叫一腿扫仨，一棍打仨，武术界的人叫左右开弓，上下连环，避其之强，攻其之弱，以迅雷不及掩耳之势一一撩倒。

"这时间再看看那六个土著小青年，竟然躺在地上不敢起来了。一旁围观的人见了，不觉哈哈笑了起来，马戏团的人都拍手叫起好来。

"见那六个土著小青年一下认怂了，我一个一个把他们从地上拉了起来，让他们坐在凳子上，接着又叫司拉鲁到伙房里拿出早点来招待他们，和马戏团的人一起吃了个早饭。

"六个小伙子感到很难堪，一边朝我竖着大拇指，一边心服口服地说道，孙老板真是了不起，我们再不敢胡闹了。我和他们就这样交上了朋友，这就叫不打不相识。

"当天晚上，我真的请他们六个人来咱们马戏团看了马戏。第二天清晨，他们六个人又来了，不过，这一次，为了报偿，他们给马戏团送来了不少的椰子。为首的那个小青年见了我，一边赔着笑脸一边说道，老板，您有什么吩咐尽管说。于是，我就把马戏团要离开那里之前，请他们帮忙拆棚装车的事情说了。那几个小伙子一听这事，二话不说，十分爽快地就答应了。赶到离开那天，他们不但帮着一起拆棚装车，又十分热心地把我们护送到了下一个演出地，这才恋恋不舍地回家去了。当然，在他们临走之前，我又给了他们一些路费和零用钱。不过，时间过去了这么久，那六个土著小青年，我连一个人的名字也记不得了……"

小宝石听得入了迷。

孙福有把这个故事讲完，半天没再说一句话。

第二十一章　跳下来，不要怕

练功练功，一日不练三日空。在向重庆行进的漫长途程中，尽管一路劳累，孙福仍然没有忘记练功的事情。他对于练功的着迷程度，也是任何人都难以比拟的。他的手里要么两把飞刀，要么几只皮球，似乎从来就没有空过。他对它们的喜爱，是发自内心的。这些为表演马戏而使用的物件儿，好像本就属于他身体中的一部分一样。

自然，孙福有练功是不分时间和场地的，沿途之中，有些时候他们也会在附近的客栈里住下来。只要稍稍安顿下来，孙福有首先想到的还是练功的事情。双腿一盘，坐在床上，眨眼之间，9只皮球已经在两手之间飞腾起来了。球起球落，直看得人眼花缭乱，如电光闪动一般分不清彼此。

球径约6厘米，与一般的皮球有所不同，实心，光滑，弹性极好，是用一种特种橡胶材料制成，这还是他当年在国外的一家玩具公司定做的。

稍一停歇，孙福有又将几把飞刀握在了手里……

孩子们喜欢看他表演，也喜欢看他练功。球掉了捡球，刀飞了捡刀，孩子们感到快乐，孙福有也感到快乐。

重要的是，孙福有不但自己练功，还要不断地监督马戏团的那些演员们苦练，而对于女儿孙桂香和儿子孙宝石的要求则更为严格。无论是拿大顶，拉吊子，推桩子，还是劈大叉，翻跟斗，大莲蓬，只要是一个马戏演员所必须掌握的基本功，孙福有谁也不肯放过。那些练功的人，无论男孩女孩，哪个动作不到位，或者稍有疏忽出了差错，孙福有二话不说，一鞭子就抽过去了。自然，整个马戏团，也从来没有一个人侥幸逃过他的鞭抽的。不打不成才。鞭抽了，还不许你哭鼻子，不许你喊疼，不然，又会吃到更狠的一鞭。

"有本事才能有饭吃，有本事才会被人看得起。"孙福有说。道理很朴素，演员们都懂。功练好了，自然也就有了本事。

这年6月，利用途中演出间隙，孙福有决定让七岁的儿子孙宝石开始练习高空绝技。他想在到达重庆之后，于第一时间让他得到登台表演的机会。

没有谁比孙福有更知道高空绝技的危险性。但是，马戏若想后继有人并发扬光大，担子就落在孙宝石这一代人的身上。这是一种责任，一种无法推卸的责任。更何况小宝石聪慧过人，平日里对马戏就有着很大的兴趣，天赋极佳。龙生龙，凤生凤。孙福有相信自己不会看走了眼。常言道，三岁看老，他打心里认定，长大以后，孙宝石必定是一块干马戏的好材料。所以，从现在开始，他要把所掌握的马戏绝技，都一五一十传授给他。

孩子还小，正处在懵懂的年龄，孙福有自然不会给他讲更多的大道理，若想让他按着自己的想法来，他自然有他自己的一套办法。

这天，孙福有把小宝石带到了30米高的吊子下面，仰起头问他："你觉得上面好玩吗？"

小宝石也仰起头来，看到姐夫孙吉成已经站到上面了，不置可否地摇了摇头，又点了点头。

孙福有笑了笑，摸了摸他的小脑袋，又问："你觉得上面怕不怕？"

小宝石还是摇了摇头，又点了点头。

"愿意上去试试吗？"孙福有怂恿道，"你看，你姐夫在上面等你呢！"

小宝石看到孙吉成正在向这边招手，一下也就有了兴趣，说："好吧，我上去试试。"

"好儿子，是我的种！"孙福有一面大笑着，一面十分喜爱地拍了拍他的屁股，"上吧，按老爸说的做。"

接着，孙福有为儿子亲自系好了保险绳，又如此这番地交代了一遍上去之后的高空绝技动作，小宝石听话地点着头，一一记在了心里。

按照事先孙福有的吩咐，孙吉成将要带着小宝石练习完成"十字花绳"中的"双人后仰"范儿。现在，小宝石已经骑在了孙吉成的肩膀上，随着自己的一声叫好，他必须从孙吉成的肩膀上弹跳出去，接着在空中连翻几个跟斗，最后在距地面两公尺左右的地方，把手中握着的两面小红旗同时打开。动作惊险自不待言。

孙福有坐在地上，身边的一只小凳上放了十块大洋。

孙福有拿鞭杆敲敲那只小凳，大声喊道："小子，跳下来，不要怕。胆子大些，跳下来，这大洋就归你了！"

小宝石听到了。可是，第一次站在这么高的地方，往下一瞅，还是有些害怕了。平时在地上练功时，不论是翻跟斗、走浪桥、打秋千，他从来没有怯过场，这一回不知怎么，一颗心竟然慌跳得那么厉害。

又往下瞅了一眼，小宝石突然感到有些头晕，两条腿也不自觉地打起颤来，赶快就把眼睛闭上了。

"小子，跳呀，不要怕！"孙福有又在喊了。

稳了稳神，小宝石终于又把眼睛睁开了。此刻，孙福有的身边已经站了一大群人，有外公、外婆、妈妈和小姨、姐姐和弟弟，还有孙吉堂和司拉鲁，他们一个个都仰着头在望着他。

小宝石一时间左右为难。但是，此时此刻，他已经无可选择了。

深深地吸了一口气后,接着,他便一点一点十分小心地站在了孙吉成的肩膀上。

一阵鼓掌声从下面传了上来。

到底也不知是因为那十块大洋产生的诱惑,还是由于这传到耳边的掌声所起到的作用,小宝石突然闭着眼睛唤了一声"好",紧接着,孙吉成就像得到了一道指令一样,突然做了个"倒挂金钩",小宝石随之被甩了出去。待他糊里糊涂地翻着跟斗做完了孙福有规定的几个空中动作后,落在地上的那一刻,已经惊出了一脸的冷汗。

孙福有满意了,他一边大笑着,一边走过来,摸了摸他的脑袋说:"好小子,有种,这十块大洋归你了!"

余慧萍慌忙上前解开小宝石身上的保险绳,一面紧紧地抱着他,一面已经泪水涟涟了。

直到这时,小宝石终于醒悟过来,心里头既是紧张又是兴奋。当看到父亲手里托着的那十块明晃晃的大洋时,他顺手抓了过来,一溜烟地跑远了。

第二十二章　贵阳·喘息

　　山一程水一程，马戏团继续向前赶去。盘山路一道接着一道，道道惊险无比，让人望而生畏。

　　孙福有看到，一路之上，或三五成群，或只身孤影，向着大后方行走逃难的人们，从不曾间断过。望着那些像羊群一样缓缓向前走着的人们，孙福有脸色冷峻。

　　卡车快要驶入贵阳地界了，仍然能够不时看到被日机炸翻的汽车残骸，像一堆堆废弃的垃圾一样，横陈于山路的两侧。正是盛夏季节，又身在山野之中，虽然阵阵山风裹挟着挥之不去的溽热，远远送来山岭之间疯长着的绿树和百草的气息，但即便如此，还是难以掩遮不知从什么地方飘来的一股股因尸体腐烂而不禁令人欲呕欲吐的浓重气味。

　　这天是个大日头。卡车驶到了一条弯曲狭窄的盘山路上。强烈的曝晒之下，山路上尘土弥漫，一些逃难的人们和牛车、马车、人力车以及各种机动车辆，就在这条拥挤的山路上向前缓缓蠕动着。

　　孙吉成正开着那辆老爷卡车在前面行驶着，突然听到从后面传来一阵急促的汽车喇叭声。开车的人都知道，这是一种示意让路的信号，只要道路许可，前面的司机打一下方向盘，向行驶的一侧让一让，后面的车辆也就顺利通行过去了。

可是，合该着那天出事。一大早孙吉成就感到有点儿气不顺，没有来由地又心生出许多的郁闷来，心情糟糕得一塌糊涂。

听着后面传来的喇叭声，孙吉成侧头在后视镜里十分清楚地看到是一辆军用汽车，他在心里有些鄙夷地笑了笑，扭过头来，却并不买它的账，手把着方向盘，该怎么开还继续怎么开，有时还会故意扭出一个蛇形来，就好像后面的那辆军车从不存在一样。见孙吉成这样，尾随其后的那辆军车突然恼怒了。由于不堪受到的调戏与污辱，军车上的司机又一连按了几回喇叭，看到孙吉成仍然我行我素，不肯罢手，于是，一气之下，索性将那辆军车停了下来。

这一下，孙吉成算是捅了马蜂窝了。

从后视镜里，孙吉成好大会儿都没再看到那辆军车的影子，心里头不觉有些飘飘然起来。但是，他做梦都没有想到，危险却越来越近了。

一个小时后，终于驶出了那一段盘山路，正当孙吉成把卡车停在路边准备加水时，不料想，那辆军车忽然从后面冲了上来，紧接着一个急刹车便拦在了孙吉成的前面。

车上一下跳出来六七个国军士兵。那些士兵受了车上一名小个子班长的怂恿，见了孙吉成，二话不说，噼里啪啦就是一顿拳打脚踢。一边打着，一边大骂道："他妈的，谁叫你不让车，谁叫你不懂规矩，老子今天给你点颜色看看，教训教训你，让你长点记性！"

给孙吉成押车的那几个年轻人，个个也不是吃素的主儿，看到这种情况，纷纷跳下车来，心里头自然是十分清楚哪头近哪头远，一边有意无意地劝说着国军大爷别动气，有话好说好商量，一边趁机没轻没重地动起了手脚。正当两伙年轻人话赶着话、手赶着手地撕扯在一起时，随着一声喇叭响，孙吉堂也开车赶到了。

孙福有和余慧萍预感到不妙，一起从车上跳下来。待问明情况

后，知道首先犯错的是孙吉成，于是便忙不迭地向那几个国军士兵赔着笑脸道起歉来。随后，孙福有又示意余慧萍取来了钱包，将十块大洋亲自交到了那个小个子班长的手里。接着，拱拱手说道："在下是华侨大马戏团的老板孙福有，多有得罪！"

小个子班长听了，不觉愣了一下，认真看了孙福有一眼，又惊又喜道："原来是华侨大马戏团啊，在桂林体育场我们都看过你们的马戏。"

"承蒙关照。"余慧萍忙上前一步，微笑着问道，"请问小兄弟，你们是哪个部队的，眼下要到哪里去？"

"我们都是白崇禧司令的部下，这次在柳州换防，"小个子班长指了指一旁的几个伤兵，如实说道，"他们几个都是在防空时被日本飞机炸弹炸伤的，白司令给了两个月的假，是回四川老家养伤的。"

这时间，卡车上的演员都围了过来，那几个国军士兵见了，脸上的神情一下紧张起来。

余慧萍瞥了一眼那几个伤兵，顺手指了指蹲在一旁的两条狼狗，笑了笑，说道："这两条狼狗就是你们白司令和李宗仁代总统在桂林送的呢！"

看到那两条狼狗一个个如雄狮一般高及人头，样子又是如此凶猛，几个士兵立时变得心生胆怯，如临大敌一般。刚才从孙福有手里接过十块大洋的小个子班长，一双眼睛直勾勾地盯着那两条大狼狗，腿肚子竟然不知不觉打起颤来。他突然意识到了什么，慌忙掏出刚刚揣进口袋里的那十块大洋，一边恭恭敬敬地捧给余慧萍，一边又有些慌乱地说道："小的们有眼无珠，实在不敢受用这赏钱，还请孙老板和夫人多原谅。"

孙福有却伸手挡住了，说道："是我们的人理亏在前，该当受罚；你们做得没错，这几块大洋就当我们向各位赔礼，给各位喝口水酒，请大家不要见外。"

小个子班长一下受了感动，望望孙福有，又望望余慧萍，十分真诚地说道:"既然孙老板这样抬举我们,在下深感佩服,我等甘愿相随护送。"

孙福有一边摆着手,一边连连说道:"岂敢,岂敢!"

说笑间,一场风波就这样平息下来了。

小憩过后,卡车继续向前驶去。可是前方等待着的,又是一段更加漫长而又崎岖的盘山道路。

世人皆知蜀道难,又有几人知道,黔道更比蜀道难。"地无三尺平,天无三日晴,人无三分银",贵州就是这样走进人们记忆里的。

孙福有早已是心急如焚了。但是为了避免演员们产生躁动不安的情绪,他又不得不做出一副沉着冷静的样子。不过,在重新上路之前,为了早一点抵达贵阳,孙福有还是随机应变,临时调整了行走方案,让孙吉成与另一部租用的车辆,在保证其自身安全的情况下,尽可能加快速度赶往下一个目的地。

听孙福有这么一说,孙吉成立时就像被一下解除了紧箍咒的孙猴子一样,撒着欢儿地向前跑去了。

这话说过约摸半日的工夫,忽然之间天色灰暗,天空里飘起了淅淅沥沥的小雨。坐在驾驶室里的孙福有,一边望着窗外,一边对紧握方向盘的孙吉堂说道:"小子,别着急,把握点,再爬过两座山,估计今天晚上我们就可以到贵阳了。"

孙吉堂扭头看了孙福有一眼,无限向往地说道:"如果到了贵阳,我一定先好好喝上顿酒,再好好睡上一觉。"

"喝喝喝,你就知道喝,这回到了贵阳,我保证管你喝个够!"说着说着,孙福有竟忍不住笑了起来。

"好嘞,谢谢大爷!"孙吉堂也不客气。

好大一会儿,孙福有又望着窗外,说道:"我猜着,如果顺利的话,吉成他们应该快到贵阳了。"

雨仍在不紧不慢地下着。

此刻，老爷卡车已经行驶到山腰间。雨天路滑，越来越难走。看上去，卡车爬行得十分吃力，就像是一头力不从心的老牛。

渐渐地，卡车便驶入了一段事故多发区。站在路边向下望，身侧便是足有200公尺深的山谷，而坐落在山谷之中的那些农舍，看上去也不过火柴盒一般大小。山路陡峭自不待言，如若稍有疏忽，连车带人顷刻之间就会葬身谷底，引起灭顶之灾。

卡车每前进一步，孙福有都紧紧地攥着一把汗，而手握方向盘的孙吉堂，这时间更是不敢多讲一句话。似乎任何一点意外的干扰，都会引起不必要的恐慌。

因为道路难行，孙福有不得不经常跳下车来，一边观察着前面的路况，一边为孙吉堂引路。为防万一，司拉鲁拿着一根高约25厘米、长约40厘米的三角形垫木，也随时做好了应急助刹的准备。

果然出了故障。卡车向上爬着爬着，突然就爬不动了。孙吉堂立即改换了一挡，加大了油门，但是卡车只是猛烈地颤动了两下，最终还是寸步难行。

这一下，孙吉堂心里慌了。论说起来，他已经有了几十年的驾车经验，是一个很有经验的老司机了，可是，眼下遇到的这种情况，确实在此之前还没有经历过。

情急之下，孙吉堂死死地踩住刹车，想让卡车停下来。但是万万料想不到，卡车的刹车又突然失灵了。孙吉堂接连紧踩了几次，它不但没有就此停下来，反而一步一步向后退去。孙吉堂忍不住紧张地大叫起来："大爷，大爷，刹车失灵，刹不住了！"听上去，那声音已经变调了。

孙福有见状，不禁大惊失色，于一片慌乱中，又急忙大喊司拉鲁，让他把那块三角木垫在后轮下。司拉鲁二话未说，动作麻利地按着孙福有说的做了，可是，再看那卡车，这时间竟像一匹未被驯服的野马一样尥起了蹶子，司拉鲁一连垫了三次，却都被它一一碾了过去。

卡车还在继续朝后面倒去，速度也似乎越来越快，眨眼间已经向后滑行了十几米，如果再继续滑行下去，必然摔落山谷，车上的所有人将性命难保。

千钧一发之际，孙福有站在崖边，一边比画着，一边大叫道："快左打，撞山，撞山，撞！"

孙吉堂听明白了，迅速左打方向盘。说时迟那时快，卡车就像一条大鱼一样剧烈地摆动了一下尾巴，一屁股撞在了山壁上。随着轰隆一声巨响，旋即，一只后轮也卡进了里侧的排水沟里。卡车猛烈地颤动了一下，趴在那里不动了。

孙福有一下瘫坐在了地上。

这时间，孙吉堂也跳下车来，和司拉鲁一起愣愣地站在那里，一时不知如何是好了。眼前发生的一切，仿佛是刚刚做了一场噩梦一样。

好大一会儿，孙福有才稍稍平静下来，起身对车厢里的人们喊道："好了，没事了，大家都下来吧！"

一帮人捂着被撞疼的脑袋跳下车来，当抬头看到眼前的情状时，一个个不觉张大了嘴巴，立时惊呆在了那里。

"多亏了吉堂，咱马戏团保住了！"孙福有上前拍了拍孙吉堂的肩膀，说道，"如果你小子把方向盘打错了，卡车掉到山谷里，咱们谁都活不了！"

孙吉堂这才下意识地朝山下看了一眼，一张脸登时白了。

雨不知什么时候停了下来，因为有了这场山雨的缘故，山中的空气变得清新起来。

孙福有抬起手腕看了一下表，已是过午1点多了。卡车受到了损坏，自然不能再开了。待众人简单吃了点东西之后，孙福有想了想，便对余慧萍说道："我打算拦一部过路的汽车，让你带着孩子和大家赶到贵阳和吉成他们会合，先安排安排演出的事情。"

"那你怎么办？"余慧萍不无担心地望着孙福有问道。

"我和吉堂、司拉鲁三个人留下来修车。"孙福有又说道，"如果顺利的话，最多两三天也就赶到贵阳了。万一卡车修不好，车子就不要了，我们三个人再想办法赶过去。"

于是就这样决定下来。

时间过去了大概一小时的工夫，孙福有这才听到有汽车的马达声从下面的山路转弯处传来。又过了好大会儿，终于看到一辆汽车朝这边开过来了，心中不由一阵兴奋，忙和孙吉堂、司拉鲁一起站在路上，挥着手臂将它拦了下来。

原来竟是一辆军车。

正当孙福有有些犹豫的时候，几个穿军装的战士已经从车上跳下来了。说来也巧，彼此刚刚打了个照面，便就互相认出对方来了。原来，那辆军车上的几个战士，正是前几天因为路上行车的事情找孙吉成打架的一伙人。

那个小个子班长看到马戏团的汽车坏在了路边，又听孙福有把拦车的原委说了一遍，便十分豪爽地拍着胸脯说道："没问题，正好我们的车也空着，我们保证把他们安全送到贵阳，请孙老板放心便是了！"

孙福有十分感激地握着小个子班长的手，一面说着感谢的话，一面又让余慧萍把钱包取了过来。当他把钱塞给小个子班长时，小个子班长却说什么也不肯接受。

"这点小事，举手之劳，孙老板不必这么客气。"小个子班长说，"实在不行，我就把你们的卡车挂在后面，拖到贵阳去。"

孙福有忙摆摆手，说道："这就已经够麻烦你们的了，如果两辆车都出了毛病，大家谁也走不成，那可就真误了大事了。前面还有两座山呢，山高路远，还是你们先走吧！"

也只能这样。

临行前，余慧萍把剩余的柴米油盐和一杆猎枪、子弹等都留给了孙福有他们，又细心地交代了些什么，这才与其他的一些演员和家眷转到了那一辆军车上。

说话间，三天过去了。此时，马戏团已经在贵阳体育场支好了简陋的大棚，正在等待着孙福有他们的到来。当人们终于看到那台老爷卡车慢慢驶进视野里时，竟然不约而同地欢呼起来。

那台老爷卡车已经面目全非了。为了减轻行进中的自身重量，修车时，孙福有几个人拆光了车厢的木板架子，只留下了车头和两根大梁连接的后车轮子，远远看上去，就像是刚刚从万劫不复的战场上逃出来的一样，颇有些悲壮和落魄的味道。

终于到了贵阳。然而，贵阳城并没有像孙福有所满心期待的那样，给他们带来多少渴望已久的惊喜与欣慰。尽管在贵阳体育场已经搭起了大棚，并且做好了大干一场的准备，但是，由于动物与道具的缺失，加之表演节目的单一与重复，马戏团仅仅演出了一个月，便就难以维持下去了，于是，在好歹有了些勉强糊口度日的收入后，不得不就此结束了贵阳的演出，按照原定计划，继续踏上北进之途。

落脚贵阳，与其说是搭棚演出，倒不如说是休整与喘息更为贴切。继续上路时，那辆光板卡车经过了孙福有几个人的一番修补，又能够拉载着他们向前行走了。

1943年10月初，马戏团在离开贵阳后，一路向北，艰难前行，经息烽，过遵义，爬娄山，达桐梓，命悬一线于大娄山脉，付出了常人难以想象的艰辛，却一直信念坚定，信心十足，一路之上，歌声与笑声不绝于耳。

可是，车过七十二道拐时，几乎每个人都又把一颗心高高地吊了起来。

七十二道拐位于桐梓境内的凉风垭山上，海拔1450米，长约12公里，由于它曲折险峻，弯道狭窄而且密集，又事故频发，所以被世人称之为"魔鬼路段"。

车经"吊尸岩"，只听这地名，就令人不由得寒毛倒竖。抬头四顾时，眼前悬崖状如狮虎，一个个张口裂眦，面目狰狞得像是要随着一声吼啸，便要将过往车辆与行人尽数吞噬了一般。而到底从这个地方翻下去多少车，摔死过多少人，更是无从计数了。

有了上一次盘山路上的"撞山"教训，再开车爬山时，孙吉堂自然便倍加了许多小心。好在七十二道拐并不漫长，孙吉堂一面聚精会神地手握方向盘，一面沉着应对随时出现的意外路况，不久之后就冲出魔崖到了山下。

车在山下的一块平地上停了下来，孙吉堂长长地吁了一口气，这时间，身上的衣服已经完全湿透了。

胆战心惊地经过了七十二道拐，接下来的路程自然就好走得多了。进入四川省綦江县，马戏团又马不停蹄地将北进的速度加快了。

就这样，从广西桂林出发，在经过了长达18个月战战兢兢的逃难奔波之后，孙福有终于带领华侨大马戏团于1943年12月底到达重庆。

第二十三章　重庆·劫后余生

1937年11月中旬，淞沪抗战失利，南京陷入危机，11月20日，国民政府宣布为长期抗战，移驻重庆。一时间，国民政府军政要员、工商界爱国人士与沦陷区的民众纷纷涌入国民政府的战时首都——重庆，这座位于大西南三峡边上的雾都山城一下子成为了全中国聚焦的中心。

重庆四周崇阿环绕，又有长江与嘉陵江"双江"拱卫，自古就是易守难攻的要地。日本的海军上溯不了三峡，陆军翻越不过山区，如若摧毁这座山城，唯有依靠空军进行轰炸。

1938年10月，广州与武汉也相继沦陷，日寇在湖北的汉口与孝感建立起大型空军基地，开始准备对日寇陆军没有染指的中国大后方城市进行空中轰炸。12月2日，日本天皇裕仁下达"大陆令第241号"，命令日本陆海军以航空作战扰乱中国后方城市，摧毁中国战略、政略中枢——重庆。

随后，几乎每天都会有日本人的飞机在重庆的上空盘旋，并且投下不计其数的炸弹和燃烧弹。

从1940年5月18日起，日寇对重庆进行了50天惨无人道的"无差别轰炸"，共计出动敌机4555架次，平均每天就有90余架敌机飞临重庆

上空。

1940年8月19日与20日的两天时间里,日寇又出动飞机289架,分为10批对重庆进行轮番轰炸……

日寇的一次次空中杀戮,使得十万重庆市民死伤无数。这种不分前线与后方、军队与平民的"无差别轰炸",让陪都重庆变成了人间地狱。

蒋介石在日记中这样写道:"敌逞凶残酷,诚卑鄙无耻之尤者。此实为余有生以来第一次所见之惨事。"

太平洋战争爆发后,由于日机制空权的逐步丧失,日机对重庆的轰炸也接近尾声。1942年和1943年,日机主要对重庆及周边地区进行空中窥视和偷袭,仅在1943年8月23日对重庆进行了轰炸,这也是日寇对重庆的最后一次轰炸。

据不完全统计,从1938年2月到1943年8月历时5年半的时间里,日军共出动飞机9513架次,实施轰炸218次,投弹21593枚,炸死市民11889人,炸伤14100人,炸毁房屋17608幢。其轰炸行径惨绝人寰,罄竹难书。

孙福有率马戏团来到重庆时,令人提心吊胆的轰炸声已经平息,尽管所到之处满眼看到的都是被轰炸过后的残垣断壁,但是,毕竟战争的凛冬正在一步一步走远,取而代之的春天的脚步已经愈来愈近了。

国破山河在。一年过去了,一年又来了。只要还活着,生活就要继续,该热闹的自然还要热闹。

一脚踏在重庆的土地上,孙福有悬着的那颗心终于放了下来。接下来的一个关键问题便是,马戏团把大棚搭在哪里?

"就在较场口。"孙福有的口气大得很。

较场口是旧时操练或比武的场地。重庆的较场口位于重庆市渝中区,是重庆市最繁华的商业中心。

第二十三章　重庆·劫后余生

较场口广场在五条大马路的交汇点上，四周的商店、茶楼、饭馆、药店等鳞次栉比。街道上不分昼夜，人潮涌动，叫卖声、敲打声此起彼伏，热闹非凡。

较场口虽然名曰阅兵场，但是实则难得一用，于是便常常空在那里。尽管空着，却又有东南西北四个岗亭分立着，皆由宪兵队看守。宪兵队里的人都是受过特殊训练的，会点儿擒拿格斗之技，个个头戴着钢盔，手持着冲锋枪，腰挂着手榴弹，脚蹬着大皮靴，全副美式武装，神气得很。由此也显出了这块地盘的分量。

提到较场口，经历过那场大轰炸的重庆人，自然会想到那场震惊中外的"重庆较场口大隧道窒息惨案"。1941年6月5日傍晚，日军实施"第三次战略轰炸"，24架日机在夜色的掩护下，分三批侵入重庆上空，对市区主要街道和居民区实施"轮番轰炸"。持续轰炸时间长达近四个小时，致使重庆较场口防空大隧道内发生罕见的数千人窒息惨案。

"大隧道惨案"发生后，从洞内抬出的死尸先用各善堂常备的薄棺材装尸，后又用粗篾席包扎。由于死尸太多，剩下的只好用20辆卡车运到朝天门河边，再用50只船运到黑石子地区掩埋。仅这项抬运和掩埋工作，就花费了整整5天的时间。

对于重庆人来讲，战争的伤口是永远都难以愈合的……

事实上，最早看好较场口并想在那里搭棚演出的是外交经理刘公仪。当时，为了尽早做好准备，马戏团从桂林来重庆半路落脚贵阳时，孙福有就预先派出外交刘公仪前往重庆进行打地了。刘公仪一到重庆，一眼就看中了较场口这块风水宝地。随后，他使出了浑身解数，频繁周旋于军政商界要员之间，并且不惜成本，为攻破这道关卡绞尽了脑汁。但是，较场口毕竟是蒋总裁的阅兵场，是重要的军事和防空要地，若想得到它谈何容易？

久攻不下，刘公仪只得抱憾放弃了较场口，并把事情的来龙去脉汇报给了孙福有。

不料，孙福有不死心。余慧萍也跟着不死心。两个人都觉得，如果马戏团能在较场口这块地方搭棚演出，的确是一件占尽了天时、地理、人和的大好事儿。所谓占天时，重庆陪都为大后方，而今终于能够暂时进行安全的演出；占地利，较场口为五条大马路的汇聚口，人流如织，是马戏布局演出的最佳位置；占人和，经历了日寇多年轰炸后，和平的曙光乍现，马戏团在此演出正可以满足人们的精神渴求。如此说来，较场口势在必得。

但是，真正拿下较场口，又无异于虎口拔牙。

想来想去，孙福有最终把"宝"押在了余慧萍的身上："这一回就全看你了！"

余慧萍心领神会。她比谁都更清楚较场口对马戏团将意味着什么。

万不得已，她不得不再次动用起了自己的"关系"。

很快，余慧萍便刻意选择了一个周末，信心十足地走进了位于重庆市南岸区的黄山官邸——云岫楼。云岫楼处于奇峰幽谷之间，临窗远眺，遍山苍松翠柏簇拥，风景极佳。蒋介石和宋美龄大多的时间就工作和生活在这里，诚然，重庆国民政府的最高指令几乎也都酝酿和产生于此。

这是一栋中西式三层砖木结构的小楼。一层的客厅里放着几只普通的沙发和木椅，墙上挂了一些照片。

宋美龄十分热情地接待了余慧萍。客客气气让过座之后，两个人便如同久别重逢的老朋友一样说起话来。

宋美龄一边微笑着，一边拉着余慧萍的一只手，有些意外地问道："你们大马戏团来重庆了？"

余慧萍点点头，说道："这不，马戏团刚来重庆，我就来看望夫人来了。"

宋美龄又朝余慧萍仔细端详了一番，不由惊喜道："我送给你的这副'子母绿珠'项链还戴着啊！"

余慧萍抬手抚摸着项链，也欣喜地说道："我和孙福有先生时刻都在想念着夫人您和委员长对我们的厚爱，所以，这串项链我是一直戴着的。"

宋美龄听了，频频点头道："好，好！"

接着，她便问到了孙福有的情况："他还上台演出吗？"

余慧萍笑了起来："托夫人的福，和从前一样，他好着呢！"

又问了些别的，宋美龄便说道："我很高兴你们马戏团来重庆演出，我想，总裁知道了，也会很高兴的。如果你们在重庆有需要我帮忙的事情，请不要客气，尽管对我讲好了！"

余慧萍谢过了宋美龄，见机会来了，于是便将准备在较场口搭棚演出的事情说了出来。

宋美龄明白了余慧萍的来意，接着又问了些打算何日演出，计划何日结束以及演出期间的安全保卫方面的事情，余慧萍也都一一回答了。

"马戏团在较场口演出的事情，我想不会有什么问题，"宋美龄点点头，望着余慧萍说道，"不过，总裁这些天有要事出外，过几天才能回来，到时我会给你办好的。"

余慧萍听了，心里极是高兴，又连连谢过宋美龄道："等到演出的时候，我们马戏团一定会恭请总裁和夫人前去赏光的。"

两个人又说了一阵子话，余慧萍知道不便久留，便告辞宋美龄，离开了云岫楼。

事情看上去顺风顺水，十分简单。

眨眼间，十天过去了，余慧萍终于收到了蒋总裁的一封亲笔批文。批文是宋美龄差人送来的，上写道：

特批，较场口阅兵场赋予华侨大马戏团搭棚演出。

蒋中正

中华民国三十三年一月十日

这批文，无异于一把尚方宝剑。有了它，马戏团也就在山城重庆有了立足之地。

余慧萍紧接着把这批文拿给了孙福有，孙福有看罢，很是兴奋，又把它传给了孙吉堂、司拉鲁几个人。一时间，马戏团竟然像过年过节一样地热闹起来。

刘公仪见了那封蒋总裁的批文，脸上红一阵白一阵，一时觉得脸上无光，不好再在马戏团混下去了，于是便给孙福有打了声招呼，卷起铺盖走人了。尽管孙福有和余慧萍一再挽留，希望他还是留下来为马戏团出一份力，但是被刘公仪谢绝了。余慧萍有些无奈地说道："既然你已经决意要走，我们也留不住你，欢迎你以后再来合作吧！"她想给他一个退路。

在经历了多年的逃亡生活之后，华侨大马戏团已是元气大伤。动物没了，动物节目自然演不成了，只靠如今剩下的四十几名演员，能否重现往日风采？孙福有并没有十足的把握，但是他却有足够的信心。

春节说到就到了。

对于孙福有来说，这是有史以来最不平凡的一个春节。

按照多年来的惯例，新年第一天，马戏团要进行春节大拜年活动。活动是在较场口马戏团竹大棚里的一个会客大厅进行的。上首处安放了两把太师椅，椅脚前则铺了大红的地毯。

为区分主仆尊卑，拜年活动分三批进行。孙福有携带夫人及孩子自然列入首批之列，向端坐在太师椅上的余文泉以及夫人张玉珍请安，并行叩拜大礼。接着，马戏团众人分男左女右又向太师椅上的余文泉和张玉珍行叩首大礼；随后，马戏团众人又分出三批向孙福有和余慧萍拜年请安，叩首行大礼。一招一式，严谨认真、无可挑剔。

拜年活动结束后，红地毯也便随之撤下，接着又摆好了桌椅，端上了祭祖贡品如酒、菜、水果等，以此祭奠祖先与神灵。祭祖时，马戏团里的规矩大，排场也大，看上去，极是庄严。祭祖仪式主要由余文泉和孙福有两个人共同主持。余文泉点上一对大红蜡烛，孙福有也同时点上了一把香。香烟袅袅中，整个大厅一下变得鸦雀无声，仿佛进入无人之境。待三杯酒祭过神灵祖先后，案前的钵内又燃起了锡箔，名其曰向祖先烧送钱财，是为支付日常开支所用。当锡箔燃烧将尽时，孙福有立刻又朝钵内洒一碗烈酒，眨眼间只见得火光冲天，蓬荜生辉。这其中的内容与招式自然是有其寓意所在的。直到余文泉和孙福有两个人一同向面前两把太师椅上的"祖先"又拜过了几回，这种祭祖仪式才算完毕。不过，这种仪式要从大年初一一直持续到大年初十，十天的时间天天如此，既十分单调，又好不热闹。

过大年图的就是个喜庆和热闹。孙福有自然也是喜欢热闹的。但是，眼下马戏团的境况，却又不允许他过多地沉湎于其中。

祭祖仪式一结束，他就回到了自己的席棚里，枯坐了好大会儿后，忍不住又把那一张大棚设计图拿了出来。这张大棚的设计图，从当初离开桂林开始，到来重庆的整整一路上，他不知已经修改过多少回了，就连他自己也不得不承认，现在，它已经达到了一种堪称完美的状态。甚至于其中的每一个细节，他都经过了充分地考虑并且已经了然于胸了。

这是一架以钢材做梁架，用毛竹做支架的可容纳6000名观众观看节目的大棚。棚盖采用折叠式，以芦席覆盖，既通风又防雨。大棚整体呈圆形，如一座宫廷式大殿，总面积宽15丈、高8丈，周围设二十个售票口，八个出入大门。内有东、西、中包厢和西乐队牌楼。观众座位分木凳、木椅、木板阶梯式。大棚的中心是圆形马场。

粗略算算，如果想要建造这样一座大棚，再增加一些必要的自备发电照明设备以及十五个汽灯，把高空节目道具设施全部安装到位，添置空中飞人保险大网和新颖演出服装，一并花费下来，总造价就要

高达600万元（金元券）。

　　这不是一个小数目。就连孙福有自己都感到有些吃惊了。

　　钱从哪里来？这是一个十分现实的经济难题。逃难这些年来，马戏团早已是丢盔弃甲、溃不成军。即便是演出，也不过是为了讨口饭吃罢了。如此落魄的马戏团已经濒临绝境，走到了死亡的边缘，谁又有那么大的魄力与能力拯救它并且让它起死回生？

　　孙福有头疼了。

　　没有更好的办法，他不得不召开一次民主大会。他要对马戏团的所有人都讲一讲现在面临的形势，他要给大伙儿打打气、鼓鼓劲儿。

　　人很快到齐了。

　　孙福有说："照现在的形势看，我们马戏团已经走出困境了。"

　　孙福有又说："大伙儿都打起精神来，就准备着在较场口大干一场吧！"

　　孙福有还说："光明就在前头，而现在我们离见到光明就只有一步之遥了。"

　　孙福有的话，大伙儿都听。几句话说了，下面的人都激动了。

　　孙福有话题一转，又说："不过，现在我们遇到了一点麻烦。"

　　下面有人举了下手，站起来问道："遇到啥麻烦了，您给说说，大伙儿都想想办法。"

　　孙福有说："锅腰子上山，钱紧了。"

　　下面的人一下笑了起来。

　　这时，刚才问话的那人又站了起来，说："大爷，缺多少呀？您给说说，多了，大伙儿都凑凑。"

　　孙福有伸出一大一小两根指头，说："600万。"

　　话一说出口，底下的人谁也不敢再吱声了。却又一个个偷偷地你瞅瞅我，我瞅瞅你，就像是要从别人的脸上看出什么名堂来一样。最后，竟然不约而同地都把目光落到了余慧萍的身上。

目光无声，却炽热得像一块烧红的铁。

时间一分一秒过去，竹棚里的几十口子人，一起噤声坐在那里，一起眼巴巴地在等着她说个解决问题的好办法。马戏团里的人都知道，余慧萍的点子总是那么多，马戏团很多棘手的事情，似乎从来就没有难得住她的时候。

这种集体的沉默很折磨人，余慧萍终于坐不住了。

"你们也用不着这样看着我，"余慧萍站起来说道，"其实，这件事情这些天我也一直在考虑，但是却没有考虑成熟。现在大伙这么一说，不知怎么突然间真的就有了个主意。"

"大娘快说说。"下面的几个人一起伸着脖子朝这边问道。

"现在我想的是，如何才能让别人心甘情愿地把钱拿出来给我们使用的问题，说一千道一万，那就是借鸡生蛋。"说到这里，余慧萍竟卖了个关子，"至于如何借、如何生，现在还不能多讲，更不能泄露。"

一时间，下面的人竟交头接耳地议论起来。

顿了顿，余慧萍才又说道："但是我敢向大家保证，十天之内，一定能够钱到人到，顺顺利利地让较场口马戏大棚工程开工。"

余慧萍不是一个说大话的人，只要她说到了，就一定能够做到。关于这一点，孙福有对她有着更深的了解。

尽管孙福有预先已经想到过关键时候余慧萍就会站出来，却万万没有想到她竟然把话说得这样肯定。十天，不过是眨眼间的事情，余慧萍能够筹措到这样大的一笔资金，也的确可以称得上一种奇迹了。

但是，他相信她有这种能力。

孙福有第一个鼓起掌来。紧接着，竹棚里便沸腾起来了。

筹款建棚，事儿一下子就多了起来。好在继外交经理刘公仪主动辞职离开马戏团之后，经朋友推荐，孙福有紧接着又新聘了一名外交经理，使得余慧萍的身边多了一个帮手，不然，余慧萍不知要忙成什

么样子。

　　新聘的外交经理叫韩象瑞，高个子，光头顶，绰号"牛鼻子老道"。人很活泛，见人三分熟，重要的是有文化、有涵养，能说会道，善于攻关。作为一个主要负责马戏团外事联络的人，少不了与社会各阶层三六九等的人打交道，韩象瑞的到来，正合孙福有的心意。

　　接下来，余慧萍就带着这个外交经理，早出晚归，频频出入于各种外交场合。重点依托重庆金融界的力量，紧紧抓住与各大商业集团、财团公司老板以及当地实业家接触的机会，不失时机地与之进行磋商与洽谈，用真心与真诚感动他们。经过一番运作，只用了短短一周的时间，就组合成了近百人的集团投资网。以共同集资、共同谋利为原则，开诚布公地坦明"凡参加者必分红"的股份分红制，一时间吸引了众多的投资者加入到其中来。最后以马戏团占股百分之五十一，众股东占股百分之四十九定局，任余慧萍为董事长，副董事长则由众股东推选出任。

　　钱到了手，剩下来的一切也就好办了。

　　事实上，在余慧萍正忙着运作筹资的事情时，孙福有就已经开始着手制定马戏大棚的施工方案了。一俟筹款到手，立即又按照设计好的大棚图纸，对马戏团的几个主要负责人进行了具体分工：孙吉堂为大棚建造总监；孙吉成、孙吉兴负责后勤，并提供工程队一切所需物资的供应；韩象瑞负责联络外事及工程账务管理。

　　马戏团的每个人早就憋足了这口气，孙福有一声令下，便自上而下地立刻行动起来了。

　　工程建筑队也已经联系好了，并且很快进驻到了较场口。没日没夜的机器轰鸣声中，大卡车一辆接着一辆，拉着进购的原材料，源源不断地运到了工地上……

　　一切都在争时间、抢速度，紧锣密鼓地进行着。

　　这边孙福有正日以继夜地坐镇指挥大棚的建造，那边余慧萍又忙着赶制演出所用的一应物具了。创改名片、制作团徽、裁制团服，真真是不亦乐乎。

创改名片时，余慧萍特意把"余慧萍"的名字改换成了"孙余慧萍"。这其中的意味已是不言自明。

团徽制作了200枚，为直径30毫米圆形铜铸，正面底色天蓝，中心位置为一棕色马头，上写"华侨大马戏团"，字皆红色。背面刻了编号，又加了别针，别在身上显得十分夺目。

演员们的服装都是由余慧萍亲自选料、取色，又请了裁缝量身定做的。料子皆为市面上高档的"轧别汀"藏青色薄呢料，精心裁制了近80套，马戏团无论男女老少每人一套。穿上去，焕然一新，让人精神不觉为之一振。

时间到了1944年2月10日，在接到蒋总裁批文整整一个月后，一座崭新的马戏大棚屹立在了较场口中央。

马戏大棚很是壮观，像是突然间从地底下冒出座宫殿一般，引起了许多来往市民驻足观看。

2月11日，待一切工作准备就绪，孙福有给马戏团放了一天假，同时决定2月13日（农历正月二十）晚在较场口举行开业典礼。

虽然马戏团并没有在演出宣传上牵扯太多的精力，但是，基于华侨大马戏团十分响亮的名声，当地各大报社和电台，还是在第一时间把孙福有带队来重庆的消息，介绍给了山城市民。他们期待着能够一睹为快，当新马戏大棚还在建设之中时，就已经有些迫不及待了。

票，提早就发出去了。一共六千张，除了赠送给军政两界以及黑白两道的一千张招待票外，剩余的五千张一售而空。华侨大马戏团一票难求的空前盛况，而今又在陪都重庆上演，不禁让孙福有于一片恍惚之中，感到自己仿佛又回到了那一段已经远去了的值得骄傲的光荣岁月。

马戏演出当天，宪兵司令部早早就派出了一个连的宪兵队，在马戏团里里外外站岗、巡逻，以此保证了马戏演出的顺利进行。

距正式演出还有一个小时的时候，忽听得八个大棚门外鞭炮齐鸣，响声惊天动地，好不热闹。而此刻，偌大一个大棚里已经座无虚席，人声如潮。

这时间，在马戏团首席包厢的四周，早已站好了两个班的宪兵。那些宪兵一个个全副武装，看上去煞是威武。

距演出还剩下最后一刻钟时，蒋介石和宋美龄双双走了进来。看上去，蒋介石这天晚上的心情很好，他还是穿着一身合体的军装，还是披着那件黑披风。宋美龄坐在了他的身边。此刻的宋美龄身着一件深蓝色的绸缎旗袍，胸前戴了一串钻石项链，强光一照，好不耀眼。

东包厢上，重庆市市长杨森、中国头号特务头子戴笠、上海滩流氓大亨杜月笙也已一一落座。

嘉宾席上坐着的是国民党上层的一些高官和孙福有的同仁好友，田汉、傅天正、姚天华、马连良、张君秋等，马戏团招商引资投股分红的大老板们也都应邀而来。

晚7点整，喇叭里准时传来报幕小姐的声音："演出现在开始。全体肃立。"

大棚里的六千观众，像得到了指令一般，立时起身肃立在那里。旋即，马戏团临时招募的35人军乐队，奏响了《三民主义歌》的乐曲。乐毕，又一一落座，马戏团的演出这才算真正开始。

一切看上去都是那么有板有眼、规规矩矩。

这天晚上，马戏团的节目个个精彩，观众席不时发出热烈的掌声。孙福有自己表演了四个节目，这是有史以来少有的一次。自然，"燕子投井"是必演的节目，"飞刀"也是必演，蒋总裁爱看，其他的观众也都爱看。但是，这又是一些非常具有人身危险的节目。今晚，孙福有又一次豁着命上了。

第二十三章　重庆·劫后余生

值得一提的是，孙福有在安排这天晚上的首演节目时，特意把八岁的女儿小倩琳和七岁的儿子小宝石也安排了进去。对于第一次正式登台，两个孩子表现得异常兴奋。"兵家子弟早识刀枪"，到了这个年龄，也该着让他们登场亮相了。对于这两个孩子来说，以后的马戏路还很漫长，从现在起，他们已经到了迈出第一步的时候。只有他们成长起来，华侨大马戏团才能振兴，中国大马戏才能后继有人。

想来想去，孙福有最终还是把技术含量高、危险系数大的"大翻云梯"和"口咬飞人"两个节目，安排给了小倩琳和小宝石。

当两个又蹦又跳的小小的身影出现在表演舞台上时，一时间，整个大棚的六千观众席上，爆发出了潮涌一般的掌声。随着一个接着一个惊险的高空动作的展示与完成，惊叫声与鼓掌声又一浪一浪地把整个大棚淹没了……

只这一场首演，华侨大马戏团就把整个山城轰动了。

一炮打响，引来了一片哗然，山城新闻界同时给予了很高的评价。

也许，马戏团真的就要在陪都重庆恢复元气，进入第二个鼎盛时期了。就像一原不死的野草，在经历了一番焚烧的磨难之后，又一次在春天里起死回生了。

就这样，随着马戏业务的迅速攀升，马戏团只在短短的十五天时间里，就以演出近三十场的营业收入，轻而易举地还清了近百位合股集资者为建棚所集的所有款项，直到连本带利最终落得个皆大欢喜。

为长远考虑，马戏团在重庆演出了一段时间后，经济上有了一定的积蓄，随即，孙福有便在马戏团的设备配置上进行了更新。先后添置了一套全新的"保护大网"；打造了一架全新的四立柱大棚以及棚盖的全套设置，及其支棚所用的二道竿、钢丝、绳索、钢架、木板座位等；增添了一批大型演出节目道具；为将来恢复动物演出节目，又买进了四匹良马，并为此聘请了专职马匹饲养员兼驯马师。

现在，马戏团的两部老爷卡车已经彻底报废了。况且，就重庆地势而言，多山多水，处处高山峻岭，江河环抱，也不宜于卡车运行，鉴于水路交通线已经贯穿整个巴蜀境地，孙福有果断购进了一艘大盐船，以便水路转点所用。

这艘酱红色的大盐船原是为运盐所造，吃水量深，载重量大，运载量300余吨，船长40余米，宽10余米，高达6米，船内设六个大内舱，足以容得下马戏团的所有人员和道具器材等全部家当。

大船在江中航行时极是壮观和威风。为了转点时方便，船上还配备了十六名水手，这些水手既能划船，又能拉纤，个个长着一身的力气，如同剽悍勇猛的武士一般。

自然，大盐船并不能天天转点行驶，闲置时，便将它包租给当地的盐商使用，也算得上物尽其用，多了一笔小收入。

尤为重要的是，在陪都半年的时间里，为了马戏团的辉煌前景，求贤若渴的孙福有，深深立足于较场口，面向整座山城频频发出了招贤帖，以此广揽杂技马戏人才，此情此景，大有一番创立惊天伟业的气势。一时之间，一大批同仁好友纷纷响应，为了一个共同的梦想纷至沓来。在这些合作伙伴中，既有技术全面的周连春、空竹名家田双亮、具有飞斧神技的张金发一家三口，还有魔术大师傅天正、姚天华等达七八十人之多。无疑，这些魔术与马戏同仁的加入，给华侨大马戏团注入了新的血液。无论在节目的数量还是质量上，都有了空前的提高，整体艺术表演均能堪称一流。

大后方重庆因为战争和家国危难而不约而同聚到了一起的各种人才，为这个中国马戏先驱提供了一个为我所用的梦想平台，使得华侨大马戏团的规模迅速壮大起来，并呈现出一片欣欣向荣的景象。

这一年，孙福有已经步入花甲之龄，而余慧萍才刚刚进入而立之年。

第二十四章 马戏之福

孙福有的六十大寿，就是在较场口度过的。

正是夏天，余慧萍的身子已经很沉了，按照日子推算，不久之后就该临盆了。

这天，马戏团的演出结束之后，余慧萍和孙福有回到了住处，正有一句无一句地说着话儿，余慧萍忽然想起什么，望着孙福有说道："我该给你过一个生日了。"

"过生日？"孙福有好一会儿反应过来，不觉问道，"咋这么稀奇！"

"我还从来没有给你过过生日呢，这都怪我大意了。"余慧萍有些歉意地笑笑，说道，"今年不同了，是你的甲子年，况且咱们马戏团也走出困难期了，所以，说什么我也要把这个生日给你好好过一过。"

孙福有一下笑了起来，末了竟笑出一串剧烈的咳嗽来。

"你怎么忽然想起这事来了？"孙福有说，"马戏团现在这么多事，还是以后再说吧！"

"不行，事是忙不完的，但是这件事不能再推了。"余慧萍一边下意识地摩挲着凸起的大肚子，一边认真地说道，"你看看我这身子，以后哪里还能顾得上你？"

孙福有朝余慧萍笨重的身子看了一眼，想了想，忍不住又把脑袋贴了上去，专心地听了好一会儿，这才抬头问道："一定要过吗？"

"一定要过。"余慧萍点点头，态度很坚决。

孙福有一边摇着头，一边笑着说道："好好，那就依你，过吧！"

余慧萍点头说道："这些日子，马戏团里的事情，你该怎么忙的还怎么去忙，生日的事情你不用插手，都由我做主操办就行了。"

孙福有心疼地看了她一眼，怜惜地说道，"你现在是双身子的人，万事都要多加小心，不要因为这件事情过于劳累才好。"

"不过是办一场生日酒宴的事情，况且下面还有那么多人在听吆喝做事呢，你放心就是了。"余慧萍说道。

孙福有点点头，想了想，又说道："就按你说的办，只要不影响到正常演出，咱们就尽量办得体面些。你这提议也正好提醒了我，咱们马戏团来重庆也有半年了，很快就要离开这里转点到别的地方，在离开之前，总得对同仁好友以及相关人士有个交代，做个答谢道别仪式才好。现在，我们借生日之名把这些朋友邀请到马戏团来，好好聚上一聚，岂不是两全其美吗？

余慧萍说道："这也正是我的意思。"

"好吧，那就有劳你了。"孙福有顺从道。

于是，余慧萍便与孙福有一起商量着，定下了举行生日宴会的日子，又把所要请到的嘉宾名单拟了，将它交给韩象瑞，一一发了请柬。接着又预订了酒席，布置了寿堂，马戏团里里外外，一时间沉浸在一片喜庆的气氛之中。

宴会前一天，马戏团宽大的会客室已经布置一新，两只写有"寿"字的大红灯笼高悬在门口上方，室内墙上斜插着两面青天白日的国民党旗帜，中央位置张挂着蒋介石委员长的半身像。总统像的下方，一个大大的"寿"字两旁，右侧是"福如东海"，左侧是"寿比南山"，横幅则是由田汉亲笔题写的一帧十分考究的"马戏之福"。

贺寿厅里，十几张八仙桌一字摆开；寿桌的蜡台上，也已经放好了一对特大的红烛；四只大汽灯经过了调试，照耀得大厅里一片通明。

一切都已准备就绪，只等着次日马戏演出的夜场结束，生日宴会宣布开始。

这一天，从来不修边幅的孙福有，在余慧萍的精心装扮之下，身着一套周正合体的黑色西服，配上洁白的衬衫和大红的领带，看上去极是端庄与精神，使得一米七八的瘦削身材，显得更加高大起来。

自然，余慧萍对自己也进行了一番打扮。而立之年的她，尽管有孕在身，但是，一旦穿上那件上海蓝的旗袍，立刻也便凸显出了她的高贵与典雅，既雍容华丽又大方得体。

晚上9时许，孙福有邀请的嘉宾已经陆续来到了。在这些到场的嘉宾里，有重庆市市长杨森、原桂林市市长——马戏团的老朋友陈恩元、原杭州市长周象贤；有文化艺术界的田汉、夏衍、金山、白杨、金少山、马连良、盖叫天、麒麟童等；也有杂技马戏界的同仁姚天华、傅天正、刘万春、蔡少武、皮德富、丁善德等，以及重庆工商界的友好人士。余慧萍和韩象瑞一一热情迎候。马戏团里一时间高朋满座，笑语喧哗，好不热闹。

10点整，宾主们各自落座后，贺寿仪式开始了，外交经理韩象瑞以"司仪"的身份，先是代表孙福有向宾客们致谢，接着又代表马戏团同仁向孙福有致辞祝贺。韩象瑞的祝辞，妙语连珠，一下把祝寿的气氛推向了高潮。但听得祝福声和祝寿声此起彼伏，又见得众嘉宾一个个频频举杯，开怀畅饮⋯⋯

觥筹交错中，不觉已是酒过三巡，孙福有不禁感到有些微醺，竟然开心得像个孩子似的，一边彬彬有礼地向来宾们含笑举杯，一边说着一些同喜同贺福寿年长的话儿⋯⋯

宴会一直持续到凌晨时分才告结束。嘉宾们其乐融融，尽兴而去，孙福有又和余慧萍及韩象瑞把他们一一送出门外，这时，他才真正感觉到了周身的疲劳。

办过了六十寿辰的生日宴，又该计划着动身转点的事情了。

1944年7月，出于种种考虑，余慧萍和韩象瑞经请示政府相关部门，顺利办妥了继续保留使用较场口马戏用地的相关手续，并将重庆较场口马戏竹大棚托付于交情甚笃的同仁好友姚天华夫妇和时任重庆市民间艺术委员会副主任的傅天正看管。

随后，孙福有率华侨大马戏团辞别重庆，去往成都等地巡回演出。

第二十五章　大邑·堂会风波

转眼到了1944年9月，孙福有带团来到川西大邑县搭棚演出。

这天上午，孙福有正和演员们练功，突然闯进十几个人来。这些人一个个身上背着盒子炮，完全一副耀武扬威的架势。

演员们不知道发生了什么事情，便都停了正在练着的功夫，站在那里看着他们。

那些人进得马戏棚内，连声招呼都不打，左左右右环顾了好大会儿，最后竟把目光落在那些女演员的身上，淫笑的神情十分怪异。

孙福有看出了端倪，忙走上前去给一个看似头儿的人搭话儿："请问……"

一句话还没说完，那人却看了他一眼，态度强硬地问道："你就是孙老板吧？"

孙福有答道："鄙人正是孙福有。"

"找的就是你。"那人说着，便向身旁的一个人使了个眼色，马上把带来的银元奉上了，说道，"这五百块大洋，是我家老爷的一点心意，请孙老板笑纳。"

孙福有望着那些银元笑笑，问道："无功不受禄，请问意为何来？"

那人说道："我家老爷这些日子心情不好，让我们到马戏团来，

挑几个女演员到府上，演几个小节目解解闷！"

"原来是演堂会啊，"孙福有一下明白了，便又问道，"请问你家老爷是谁？"

"不说你不知道，说出来真怕吓你一跳，"那人竖着一根大拇指，十分夸张地说道，"无论川南还是川西哪个地界，只要我家老爷跺一下脚，没有哪块地皮不乱颤的。你可听好了，我家老爷大名刘文彩，孙老板可听说过？"

孙福有听了，不由吃了一惊。关于这个名叫刘文彩的大地主，他自然听说过。早在1921年的时候，因为他的弟弟刘文辉当了川军旅长，驻扎在宜宾一带，刘文彩便先后被委任为四川烟酒公司宜宾分局局长、叙南船捐局长、川南护商处长、川南禁烟查缉总处长、川南捐税总局总办、叙南清乡中将司令等职。有了财权和军权，刘文彩便开始在川南横征暴敛，仅叙府一地开征的项目就有四十多种，所捐名头无奇不有。从乐山到叙府一百余公里就有强收护商税的关卡三十余处。他强迫农民种罂粟，继而收烟苗税、烟土税、经纪税、红灯捐，对不种罂粟的农民，就收懒税，使得川南人民饱受其害。

刘文彩在川南期间，就数度派人回乡修公馆、置田产。他的田产遍及大邑和川西11个县。

1932年刘文彩由川南退回大邑老家后，凭借刘氏军阀的枪杆子、印把子和为患川南时的余威，以安仁镇为中心，不断扩张势力。1941年，经过一系列铲除异己、拉帮地痞流氓等社会黑势力，并裹胁部分群众，组成了一个号称"十万兄弟伙，一万多条枪"的袍哥组织——"公益协进社"，在18个县市均设有"码头"（即分社），各地的袍哥大爷、恶霸地主、土匪头子趋炎附势，在他的羽翼下为非作歹。

刘文彩为了护卫他的公馆，还特设了一个手枪连的武装卫队，并豢养了一大批保镖。素日里欺男霸女，无恶不作，被当地群众称为"刘老虎"。

第二十五章 大邑·堂会风波

不听则已，一听竟是刘文彩，孙福有当下就感到不痛快了。

"这恐怕很难办，"孙福有说道，"我们还要演出，实在是抽不出人来。"

那个头儿一听这话，脸色立时变了："孙老板，你这是什么意思？"

孙福有淡淡地一笑，说道："真的对不住了，如果你家老爷喜欢马戏，就请他到马戏棚来好了，我们是从不演堂会的。"

那个头儿冷笑一声道："我们老爷请你们演堂会，这是看得起你们，你们可不要敬酒不吃吃罚酒。"

话没说完，正要掏枪，孙福有意识到大事不好，突然用俄语对孙吉堂大喊道："快去叫司拉鲁拿家伙！"

话音刚落，那头儿已经拔出枪来，正要将枪口指向孙福有，孙福有猛然间一个侧身，顺手抓过一把螺丝刀，一个甩手，不偏不倚正刺在那人举枪的手腕上。

枪掉在了地上，旋即，刀扎的地方鲜血直流，那人疼得大叫起来。

这当儿，来人已被马戏团的众演员团团围住，每个演员的手里又都紧握着练功用的刀枪家伙。一见这架势，那些来人也毫不示弱，一个个亮出了手里的武器，那情形剑拔弩张，眼见着就要有一场火拼发生。

就在双方相持不下的时候，忽听到马戏团出场门后有人炸雷一样地大喝了一声，紧接着便旋风一样冲出来一个黑脸庞的彪形汉子。众人不觉愣了一下，还没待彻底反应过来，司拉鲁已经光着膀子，身着短裤，赤脚站在了那里，他的脖子上挂满了子弹，两只大手正端着一挺歪把子机枪。看上去，像个天王一般。

那些人见状，早吓得丢了魂魄一样，一个个不禁大惊失色，纷纷向后退去。

顿了顿，孙福有这才走上前去，对那个受了伤的头儿说道："你们还算聪明的，没一个敢开枪的，不然的话，一个不剩全把你们突突了。"

孙福有见那头儿紧攥着流血的手腕，还在那里哎哎哟哟地叫唤着，想了想，忙又让孙占凤取来了伤药，给他包扎了一下，说道："快让你的弟兄们拿着大洋滚蛋吧！"

那些人听了，再不敢说什么，转身灰溜溜地逃走了。

一场风波就这样平息了。但是，强龙压不过地头蛇。因为担心夜长梦多，惟恐再出现当年上海滩上的一幕，事发之后，孙福有还是很快率领马戏团离开了大邑。

第二十六章　美丽与伯当

这个时候，经过孙福有和司拉鲁一番训练的美丽和伯当，早已能够登台演出了。

孙福有对这两只德国名犬很是喜爱，时间长了，便从感情上将它们看成了自己的两个可爱的孩子。逢到节目演出需要，他便让它们一试身手，把精心编排的一出神奇有趣的串场滑稽节目"嗅物比赛"奉献给前来观看马戏的热心观众们。它们在马场中的表现，常常引起满场观众的一阵阵爆笑。

平日里，司拉鲁更是把这两只名犬作为心爱之物，与它们形影不离，并且让它们成为生活中不可或缺的帮手。

在马戏团，孙福有和他的家眷们是和演员们分开吃饭的。不管马戏团到哪里演出，每天早晨司拉鲁都要带着美丽和伯当一起出外去买菜。

与团里的其他演员们不同，孙福有一家吃的是小灶。一般情况下，头一天晚上，余文泉就会将拟好的一份菜单交给司拉鲁，第二天早晨采购时，司拉鲁将这菜单放进篮子里，再把篮子交给美丽和伯当，让它们用嘴叼着，跟在自己的身后。到了目的地，司拉鲁寻个就近的小吃店去吃早点，懂事的美丽和伯当便双双叼着菜篮子，先是来到肉店老板那里，等着他取了篮子里的菜单，按着标注的斤两把肉切好，再放进篮子里。自然，那肉店的老板也是已经认识了的，并且知道了这其中的规矩。肉就这样买好了，接着，美丽和伯当再叼起篮子，来到下一个鱼摊或者别的菜摊。所购肉、菜的品种不多，每天大概四五种的样子，如此这般买全之后，它们再去小吃店寻找司拉鲁。往往是还没等到司拉鲁用完早点，美丽和伯当已经完成任务了。自然，逢到月半，司拉鲁便会与肉店老板与各菜摊根据挂账情况结算一次，从未出现过差错。如果马戏团转点改换一个新地方，只要司拉鲁带着美丽和伯当到过菜场一次，并且与各个老板相识，以后的事情也就用不着司拉鲁操心了。

把小灶的用菜买好之后，司拉鲁接着还会带着它们去买早点。这些早点是为全团的人准备的，或大饼、油条，或包子、馒头，早点的量大，就用箩筐装，往往是一箩筐大饼，一箩筐油条，大饼由司拉鲁扛着，油条由两条狼狗叼回来。马戏团的练功规定十分严格，每天早上6点钟起床开始练功，直到8点结束，而后洗脸、刷牙、吃早饭，稀饭则是自己的伙房准备的，所有的事情一点也不耽误。

可是，不久之后还是出事了。

事情出在这年10月。当时，马戏团正在川北一带搭棚演出。一天半夜时分，团里突然溜进来两个窃贼。这两个窃贼刚溜进大棚，就被看守大棚的美丽和伯当发现了。正当他们准备下手时，美丽和伯当已经一边啸叫着，一边扑了上去。一时间，狂吠声与哭喊声响成了一片，那两个窃贼当场就被咬伤了。两个人被两条狼狗死死地拖在地上，齐呼乱叫着吓得半死。

马戏团的人都被这狗叫声和人喊声惊醒了。

孙福有慌慌地来到现场，喝住了美丽和伯当。马戏团的人呼啦一声也都围了上来，看到地上跪着两个陌生男人，一个一个鸡啄米一样地连连磕头求饶，嘴里边大爷大爷地直叫唤，灯光里又看到他们的裤腿被两条狼狗咬得直淌血。司拉鲁仍然觉得不解恨，猛地一脚踢在其中一个的后心上，还要接着抬脚踢去时，却被孙福有一把拉住了。

面前的这两个陌生男人，让孙福有不觉又恨又怜，一霎时动了恻隐之心。待问过了姓名，又问过了来由，知道这也是因穷成盗的，想了想，实在不忍心报官，便摇了摇头，朝大伙儿说道："算了，放了他们吧！"

谁成想，这一下却留下了后患。

事过半月后的这天早晨，司拉鲁突然发现伯当不见了，忙把这事告诉了孙福有。孙福有觉得事情有些蹊跷，便让演员们暂时停了练功，一起去附近的地方找一找。找来找去，找了好半天，结果竟在广场护城河的桥洞底下发现了它，这时，它已被人用粗麻绳勒死了。

司拉鲁一眼见了伯当，一边大哭着，一边跳下河去，把它抱回了马戏团。孙福有见了，一下心疼得掉下泪来，不停地自责道："都怪我，我千不该万不该把那两个家伙放走。"

伯当的尸体被埋在了广场附近的一片空地上。

因为伯当的死，演员们的心里都感到很难受，司拉鲁一连几天，既吃不下，又睡不好。也就是从那一天起，他主动挑起了马戏团夜间守棚的责任。每当夜晚来临后，他的身上总是背着那杆老猎枪，不停地在大棚周围转悠。他甚至渴望着再次见到那两个窃贼，然后毫不犹豫地扣动扳机，毫不留情地将他们打死。伯当之死，到底是不是那两个窃贼所为，最终仍是一个无法破解的谜。

为了防止再次发生不测，孙福有便对司拉鲁反复叮嘱道："你一定要看紧美丽，千万不要让它独自出去。"

第二十七章　梦断山城

　　孙福有又病倒了，而且这一次病得很厉害。马戏团里的人猜测，孙福有这一次病倒，多半与伯当的死有关，再加上连日来不停地奔波劳累，他已经变得心力交瘁。

　　余慧萍认真回想了一下，在此之前，孙福有曾经病倒过两次。第一次是1941年马戏团逃难到桂林演出时，当时，由于多次接待国民政府的要员，并频频参加演出，致使过度疲劳，引起心脏病复发，一连卧床近两个月才见好转；第二次是在1943年春夏之交，马戏团从贵州省的独山到贵阳的途中，因为卡车事故，他与司拉鲁、孙吉堂抢修车辆，夜间里受到了风寒，从而导致心脏病再次发作，直到进入重庆较场口后经过一番调养才见好转；而这一次，还是因为奔波演出的劳累，最终导致了一病不起。

　　头晕，恶心，胸疼，胸闷，反复发作的病情，已经让孙福有不堪其苦。

　　这是1944年11月，天气突然间冷了起来。在服用了许多药物之后，孙福有的病情仍没有一点好转的迹象，于是，余慧萍决定马戏团暂时终止在川北一带的演出，尽快回到重庆较场口，主要的目的就是为了让孙福有在重庆得到良好的治疗。

于是，马戏团侧转船头，直奔重庆而去，并于12月底顺利返回到重庆较场口。

眨眼之间，新的一年就要到来了。

过罢了小年，刚刚迈进了春节的门槛，孙福有突然有了一种不祥的预感。那些日子里，躺在病榻上的孙福有，几乎每天都在反复做着同一个梦。只要一闭上眼睛，他就会看到年迈的老母亲，散乱着一头白发，颤颤巍巍地站在孙家楼的大门口。她的手里拄着一根拐杖，目光一直望着村外，嘴里边不住地喊唤着他的小名："欢儿，回来吧！"

那个梦很长，长得就像一个世纪。醒来时，泪水不知什么时候，已经把枕头打湿了。

孙福有把这个梦讲给余慧萍。余慧萍握着他的一只瘦手，安慰道："日有所思，夜有所梦。你放心吧，等你病好了，咱们就一起回老家住上些日子。"

孙福有轻轻说道："也该回去看看了。"

这天晚上，孙福有半夜醒来，再也睡不着了，突然对余慧萍说道："我在想，如果我不在了，世道又不好，你就带着咱们马戏团回吴桥老家去练功吧……"

余慧萍没有让他继续说下去，大过年的说这些，她觉得很不吉利。

命定的事情最终还是发生了。

1945年2月17日（农历正月初五）凌晨3时许，较场口芦席棚中的孙福有，由于心脏病突发，永远地离开了这个爱恨交织的世界。终年六十三岁。

孙福有去世的消息，一时惊动了整座山城，人们不禁为这个技艺精湛的马戏艺人深深感到惋惜。

墓地选在距重庆市往长江下游方向170余公里处的丰都城的一座山岗上。

丰都城在民间传说中一直被称作冥界之都，是阴曹地府的所在地，所有的人死了以后都要到丰都城来报到，接受审判，根据前世是否作恶立功进行赏罚，从而进行下一世的轮回。

余慧萍希望孙福有有一个好去处。

葬礼是在第九天的上午举行的。

出殡这天，浩浩荡荡的送葬队伍一直从较场口排到嘉陵江边。这些人里既有孙福有生前的好友冯玉祥、田汉、白杨以及重庆市市长杨森等，也有一大批自发而来的喜爱马戏的热心观众。这场面，不由令京剧大师梅兰芳触景生情，深深感叹道："占尽演艺界威风的孙老板！"

马戏团全体人员于朝天门码头扶柩登上大盐船，缓缓向丰都城方向驶去……

下午4点左右，坟前的墓碑立好了，碑上写着：中国华侨大马戏团团主孙（公）福有先生之墓。这块墓碑不无悲伤地昭示了一段马戏神话的结束。

其时，孙福有最小的孩子孙宝根才刚满八个月。

始料不及的是，这当口，马戏团又发生了一件意外的事情。

为孙福有守灵的那些天里，人们由于一时忙乱，谁也没有顾及良犬美丽。一连几天的时间里，它就那样一动不动地蜷缩在较场口马戏大棚旁的一只大井盖上。这只大井盖下面原是防空洞的一只透气孔。

直到孙福有的葬礼结束，回到较场口，司拉鲁才突然发现，美丽已经喊唤不应，不知什么时候闭目归天了。司拉鲁紧紧把它抱在怀里，不禁痛彻心扉，久久不肯松手。余慧萍当即哭得死去活来，随后，让司拉鲁、孙吉堂和丁林清三个人，把它厚葬在了孙福有墓旁。

孙福有去世后，华侨大马戏团由余慧萍苦苦支撑，并继续在川南、川西一带演出，达两年之久。终因世道混乱，加之内部斗争日益激烈，最终力不能支，从此，余慧萍携家人并司拉鲁一起去往上海，与茄莉生活在一起。司拉鲁以管家身份，精心服侍于余慧萍一家，直到1978年冬，逝世于上海虹口区祥德路31号202室孙宝根家中。

1947年秋，孙吉成接管了华侨大马戏团。

1948年初，华侨大马戏团宣布解散。孙吉成带部分旧班底继而组成德胜马戏团，并于1949年加入重庆杂技团。

1949年后，孙吉堂在黑龙江齐齐哈尔马戏团任教；孙吉成、余龙根、孙秀蓉、孙吉利在重庆杂技团任主要演员和教师，曾多次代表中国杂技团出国演出；孙吉明在新疆杂技团任教；孙吉兴在北京杂技团任教；孙占凤与韩象瑞结为伉俪，并在天津杂技团任教和负责外交事务；边玉明在旅大杂技团任教；丁林清在河南开封杂技团任教；李成良在重庆杂技团任教；陈芝林（陈立）在成都杂技团任教。

1942年，孙福有在桂林将演员武桂兰许配给李殿起。两人均于1944年在逃难途中因不幸翻车身亡。武桂兰生前育有一子，名为李峻涛，现退休于上海。

1946年，边玉明在自贡地区私自离团逃走，在南京终与李应元结婚。随后，余静萍也离开了马戏团，与王士贞结为伉俪。

1949年初，孙吉堂去往杨宝忠的津武团暂居，并于1950年1月11日由重庆回到老家吴桥孙龙庄，从此以务农为生。

1952年春，余慧萍去往香港，后迁居台北。

自然，这都是后话了……

附录一　抗战逃难时期华侨大马戏团成员名单

孙福有、余慧萍、余文泉、张玉珍、孙倩琳、孙宝石、孙倩珠、孙宝环、孙宝根、余静萍、司拉鲁、孙吉堂、孙吉成（范连瑞）、孙吉兴、孙吉利、丁林清（小友）、余龙根、余根凤、王桃英（桃头）、孙占凤（占头）、边玉明（明头）、孙秀蓉、孙吉明、武桂兰（亮头）、孙文跃、孙文蓉、刘公仪、李殿富、李殿起、李殿颜、张立荣、周连春、李成良、陈芝林（陈立）、张金发、韩象瑞等计40余人。

附录二　华侨大马戏团曾接待的知名人士名单

蒋介石、宋美龄、李宗仁、白崇禧、李济琛、冯玉祥、张学良、韩复榘、陈洞明、张发奎、陈思源、蒋经国、张志祥、蔡廷锴、杜月笙、戴笠、唐生智、杨森、林森、何健、田汉、盖叫天、梅兰芳、周扬、梁叶南、白杨、欧阳莎菲、胡蝶、张瑞芳、马连良、白光、谭元寿、谭富英、丁善德、丁玲等。

后记：《王者江湖》的因与果

世间所有的事情，都是有因果的。这或许已是命定好的，就像是我手里的这部《王者江湖》，当它终于变成"果"的这天，蓦然之间，我又回想起它的"因"来。那些"因"，与一些人有关。那些人，则又都与马戏有关。

还是先说说我的家乡吧。我的家乡在鲁西北平原的黄河岸边。现在，它被冠上了许多光鲜耀眼的别称，比如"阿胶之乡"，比如"喜鹊之乡"，还比如"杂技之乡"。

把话题落到"杂技"上来，恐怕很多人都不会想到那个名叫曹子建的人。人们只知道他是"独占八斗"的诗才，却不知除此之外，他还娴熟弓马，跳丸击剑，是一位十分著名的杂技艺术家。据有关资料说，早在三国时期，曹操之子曹子建为东阿王。当时在他的带动和影响下，东阿境内竟出现了数百个马戏班子，马戏艺人多达几千名，其情其境可谓盛况空前，卖艺养家，这也算是他为当地民众造下了福祉。1951年，东阿境内黄河边上的鱼山曹植墓出土了一枚花石球，据说这就是他生前"跳丸"的道具。当地的那些马戏艺人们，自然是不敢忘记他的恩德的，直到现在，仍把他尊为师祖，并编唱了"锣歌"云：跑马卖解上大杆，跳丸地圈流星鞭。走江行会保平安，莫忘先拜曹子建。

　　我记得在我小的时候，我们村隔三差五就会来一些打把式卖艺的。那些人多是以"家"为单位，选在农闲时节，父母子女组团出动，皆以撂地为主，刀枪棍棒十分卖力地表演一番，从前来捧场的乡人那里挣些得以糊口的散碎银两，然后打一枪换一个地方，再装箱入柜赶往下一个村庄。那个时候我就想，这些以卖艺为生的人都是很辛苦的，但是他们又都是很自由的。对于他们的自由，我差不多要从心里生出一种羡慕来了。

　　除了以"家"为单位的杂耍群体，也会有一些规模较大的马戏团体到我们村子里来。这应该就是真正意义的上马戏团了。马戏团人多，道具也多，从这村到那村，多是用大卡车拉着，看上去很有声势。当然，对于那些人口不多的很小的村庄，他们是不屑涉足的，这自然是出于经济收入方面的考虑。在周边相邻的一些村子里，我们村应该算得上是大一些的了。男女老少加在一起，两千多口人的样子。况且一条平展展的柏油马路穿村而过，交通也实在是方便得很。于是，从某种意义上讲，它也便成了一个不容忽视的文化贸易中心。

　　马戏团很快与负责此事的村干部联系好了演出场地。场地大多选在十分宽敞的打麦场上。待搭好了戏台，布好了道具，演出也便开始了，且一演就是好几天。马戏团的演出，分日场和晚场，白天演，晚上也演。

　　这么多年过去了，我仍清楚地记得马戏团演出的"上刀山"节目。这个节目是在一个白天上演的。一个男子裸胸赤脚，就像攀爬一架云梯一样，一步一步小心翼翼地在朝高处攀登。他的脚下，正是一把一把刀刃锋利的钢刀。日光里，那些钢刀闪动着阴冷的光，看一眼，就会让人心生寒战。那男子脚踩在刀刃上，一边往上攀爬着，一边还时不时地停下来，朝下面仰着头看他的人挥一挥手，完全一副怡然自得的样子，以此赢得人们山呼海啸般的鼓掌与欢呼。而我却直看得毛发倒竖，心里头怦怦乱跳，总是担心着那刀锋会把他的脚掌割出血来，以至于眨眼之间将它割断了也未可知，更甚至于想到一旦他从那半空里失了手足，后果更是不敢想象的。这样想着想着，越想越感到心内一片悚然。

既然马戏里的很多节目都充满了危险性，为什么还有这么多的人从事马戏呢？如果我把这种现象解释为"是为了生活"的话，这或许就有些浅薄与牵强了吧。但是在我想来，左一步即生，右一步即死；前一脚天堂，后一脚地狱的生活，也的确算得上那些献身于马戏事业的艺人们的真实写照了。也许，对于他们的行为，我只能用一个"壮烈"来形容，并且以此表达内心的敬仰了。"壮烈"是需要勇气的，毕竟，在这个世界上，大多数人是无论如何都鼓不起这种勇气的。

如实讲，我在观看马戏节目的时候，从来没有得到过一丝的快乐。我感受到的只是惊险和刺激带给我的心惊肉跳。一想到马戏，我的内心就会万分纠结。从某种意义上讲，马戏对于我，只是一粒苦难的种子，自从埋进我心里的那一刻起，它就让我感到了不安。

那粒种子一埋就是几十年。转眼间，我已是半百之人。算起来，离开家乡也已有三十余载。

2001年1月的一天，我在电视里看到了一档马戏节目，立时受到了感染，由此勾引出了许多关于马戏的记忆，于是便有了一种想写一写马戏艺人的冲动。最初，我是以小说创作的方式进行构思的。为了在这部小说中找到合适的人物原型，我经老家朋友推荐，特意从北京赶回老家，采访了当年红极一时被称为"草上飞"的孟广连老人。但是，就像许多当年以马戏为生的老艺人一样，孟广连老人同样没有多少文化，加之年事已高而且记忆力衰退，并没能在很短的时间内如我所愿提供更多的故事，然而他却知道文化的重要性，接着便十分热心地把我介绍给杂技艺术家原聊城杂技团团长王大民。当明白了我的初衷后，慷慨无私的大民老给予了很大的支持。他不但给我讲述了许多

马戏杂技界的奇闻逸事，还把自己多年来积攒下来的宝贵资料以及个人创作的两部长篇小说《马戏一族》《杂技世家》赠送与我，让我深受感动并获益匪浅。此后的日子里，书来信往，我便一直没有与他间断联系。虽然日子一天天过去，大民老依然热切地盼望着我的小说早日问世。可是，由于种种原因，这件事情一拖再拖，却一直未能落笔遂愿。

2017年8月，当我痛下决心彻底摆脱了一直纠缠不休的工作事务之后，自由创作的热情终于再次鼓荡起来。而当我把自己的写作计划及时告诉给远在老家的大民老时，他当即向我推荐了定居在北京的路学义和傅起凤两位老人，随之又给我提供了他们的联系方式。8月的北京仍然十分炎热，但这并没有阻挡我拜访两位马戏艺术家的脚步。随后，他们十分热心地接待了我，并为我提供了许多宝贵的资料，由此使我的采访进行得十分顺利。

事情的转机出现在采访结束之后。这天上午，我突然接到了大民老的电话。电话里，他的声音听上去很是激动。他说，他突然想起一个叫孙福有的人来。他说这个吴桥人，是一个很有爱国情怀和传奇色彩的马戏艺人，不过，他早在新中国成立前就去世了，如果你有兴趣，可以进一步挖掘一下。接听电话的那一刻，我一下受了感动，周身的血液也随之奔涌起来。我连声说着，好，这个好，我就写他了。紧接着，他便把吴桥杂技学校齐志义校长的电话告诉了我。他说，我们是老朋友，你可以先与他联系一下，他会给你一些帮助的。放下电话，我当即就有些迫不及待地拨通了齐校长的电话。当我说明情况后，他表示出了极大的热情，随之又向我透露了一个十分重要的消息。他说，孙福有先生的家人早已定居在了上海，不过，他的孙子孙多米现在正在吴桥，我可以把他的电话提供给你。我是相信天意的。我知道这部书的写作有多大的难度，如果没有齐校长，我不知将要费尽多少波折，或许又一次把这件事情放弃也未可知。

电话里，我和孙多米没有说上几句话，当即便果断决定第二天由北京赶往吴桥。我说，你一定要等我。

后来的事情，自然是我来到了吴桥。在吴桥，我受到了齐志义校长的盛情款待。在他的帮助下，我对吴桥县原县长张连杰、吴桥杂技大世界博物馆馆长、魔术师张钰军等几位知情者进行了深入的采访。于百忙之中，齐校长又开车带我与孙多米一起来到了孙福有的老家孙龙庄，参观了他的故居"孙家楼"。让我由此对孙福有自小生长与生活的环境有了更为直观的感受。值得庆幸的是，这一次的吴桥之行，从孙多米先生那里，我得到了许多对于本书的写作起到重要作用的第一手素材。

关于撰写孙福有先生传记文学的创作准备就这样开始了。此书的创作蓝本，来自于孙多米先生所提供的其父孙宝石（孙福有长子）先生生前撰写的多卷本回忆录手稿《马戏春秋》。为了能够更多地掌握他的生前事例，接下来，我几乎想尽了一切办法，并充分利用网络资源，反复查找、核实与合理想象，最大可能地还原其人物形象，力图使他有血有肉且血肉丰满。从某种角度讲，《王者江湖》的完稿，算是替孙宝石先生完成了一大遗愿。与此同时，它也终于让我了却了一大心事。

谨以此书纪念世界现代马戏之父孙福有先生。

2019年5月26日于北京